吾爱吾师

[美] 俞宁／著

人民文学出版社

著作权合同登记号　图字　01—2020—6719

图书在版编目(CIP)数据

吾爱吾师/(美)俞宁著.—北京:人民文学出版社,2021
ISBN 978-7-02-016713-5

Ⅰ.①吾… Ⅱ.①俞… Ⅲ.①随笔—作品集—美国—现代 Ⅳ.①I712.65

中国版本图书馆 CIP 数据核字(2020)第 216380 号

责任编辑　李　俊
装帧设计　黄云香
责任校对　李　雪
责任印制　王重艺

出版发行　人民文学出版社
社　　址　北京市朝内大街166号
邮政编码　100705
网　　址　http://www.rw-cn.com

印　　刷　三河市鑫金马印装有限公司
经　　销　全国新华书店等

字　　数　172千字
开　　本　880毫米×1230毫米　1/32
印　　张　9　插页3
印　　数　1—10000
版　　次　2021年2月北京第1版
印　　次　2021年2月第1次印刷

书　　号　978-7-02-016713-5
定　　价　45.00元

如有印装质量问题,请与本社图书销售中心调换。电话:010-65233595

目录

近乎本色的记忆 · 1 ·

最忆师恩 · 8 ·

鸣谢 · 20 ·

天使的香味 —— 回忆陆志韦校长生平片段 · 1 ·

少年印象 —— 我的父亲俞"师傅" · 11 ·

母亲与"抖须" · 21 ·

启大爷 · 28 ·

三十年无改父之道 —— 和父亲的约法三章 · 40 ·

震灾中的"秀才人情" · 47 ·

两位师傅 · 57 ·

曼倩不归花落尽 —— 发现元白先生墨宝一件 · 69 ·

元白先生说"不"的艺术 · 76 ·

浓赠迎曦满室香 —— 和元白先生聊美国华裔女作家水仙花 · 89 ·

元白先生的人格与风格 · 102 ·

1

元白先生背后的章佳氏家族·114·

柴青峰先生出北平记·128·

柴青峰先生逃婚记·140·

迟来的谢意 —— 怀念李长之先生·155·

月光皎洁只读书 —— 怀念既专且通的包天池老伯·167·

吾师"周公"·183·

只缘身在此山中 —— 怀念傅璇琮先生·200·

怀念吴谷茗老师·207·

附录：

元白先生论元、白·223·

论诗兼论人 —— 从"明代苦吟"到"分香卖履"·233·

金牌得主李爱锐·243·

印度才子白春晖·253·

近乎本色的记忆

□ 缓之

这些天，新冠病毒把人们都困在家里，微信成为人际联络的重要方式。我偶尔会与远在美国的俞宁教授互推文章，发现彼此有共同的兴趣，即对我们成长的那段岁月念念不忘。近年，他发表了多篇文章，回忆往事，省净耐读，很有味道。2月26日，他在微信中提出要我写序的事，说："人民文学出版社计划出版弟之怀人散文集《最忆师恩》①。不知道我兄能否拨冗为之写一篇短序。如蒙赐序，请把您的邮箱地址发给弟，奉上全稿，供兄参考。"俞宁教授虚怀下问，叫我感慰兼及。我与俞宁教授既非熟人，也非同行。他文章中提到的一些学者，是我们这个行当中的大人物，我几乎没有机会接触。我与俞宁教授在学术会议上有过几次交往，彼此印象很好，有倾盖如故的感觉。他年长于我，一口京腔京味，没有丝毫的洋腔洋调。这与我见到的某些喝过洋墨水的人大不一样。他很客气，和你

---

① 《最忆师恩》是当初拟定的书名，请缓之先生作序时还计划使用。后来听取编辑的意见，改为现在的《吾爱吾师》。

讨论问题，总是一本正经，非常虔诚。一个认真的人提出来的要求，你不能不认真对待。

于是，随后的日子，我便沉浸在他的文字里，也不时地唤起我的许多记忆。我们的经历多有相似之处，在北京长大，接触了一些文化人，自己好像也沾点文化边儿。他说自己小时候外号"猴三儿"，我很惊讶，现在很难把这个外号与俞宁教授联系起来。北京话里，"猴儿"有淘气的意思，估计，他小时候够淘的。这个词儿还有一个意思，就是"猴精猴精的"。旧话说，老大憨，老二懒，最鬼是猴三。俞宁的聪明应该不用多说，当年考"托福"，能拿到663分；此后又在美国拼搏三十多年，最终站在大学讲坛上专门讲授英美文学。恕我孤陋寡闻，我觉得这不是一般人能做到的。

说到外号，前面还有"俞家"二字，我便感到分量。在中国文史学界，俞宁的父亲，俞敏教授的大名几乎无人不晓。1934年，陈寅恪先生发表《四声三问》，认为"佛教输入中国，其教徒转读经典时，此三声之分别亦当随之输入"。这一看法，学术界认为石破天惊。半个世纪以来，赞誉之声，腾于众口。三十年前，我撰写《门阀士族与永明文学》对此深信不疑。我还注意到《德国所藏吐鲁番梵文文献》中与"八病"相关资料，撰写了《别求新声于异邦》，曾得到启功先生的垂顾。我是后来才读到俞敏先生长篇论文《后汉三国梵汉对音谱》，叹为观止。俞敏先生力排众议，根据僧律中有关禁止"外书音声"的规定，强调指出："谁要拿这种调儿念佛经谁就是犯罪。陈先生大约不知道他一句话就让全体佛教僧侣犯了偷兰遮罪或突吉罗了。这太可怕了。"所以，他认为陈先生的说法"简直太荒谬了"。他还说，"汉人语言里本有四声，受了声明影响，从理性上认识了这个现象，并且给它起了名字，这才是事实"。这篇文章在《俞敏语言学论文集》（商务印书馆1999年版，第43、46页）中列在第一篇，振聋发聩，叫人过目不忘。我要是早点读到，说话会留有余地。再后来，我又读到俞宁教授发表在《文史知识》上的《少年印象——我的父亲"俞师傅"》，对这位睿智、较真儿的学界前辈有了更全面的了解，由此也记住了俞宁这个名字。他的文字不仅细致耐读，还很有特点。譬如他记述俞敏先生、启功先生，第二人称的"他"，总是写成"怹"，留下老北平音的印记。

俞宁赴美留学前夕，曾与父亲有过一段有趣的对话，《三十年无改父之道——和父亲的约法三章》记下这个场景：

> 父亲沉默了几天，突然对我说："你申请出国深造，按道理我不该阻拦你。但是有几个规矩你必须遵守，如果不能，就不要去了。"我早有心理准备，就静静地站着等下文。怹接着说："第一，你出国学习英美文学，不管多难，念不下去了就回来，绝不能转行去学汉学。那样做等于宣布我和你启大爷教不了你汉学，而那些中国话说不利落的洋人汉学家却能教你。我们丢不起这个脸。"我从来没想过这种情况。仗着年轻气盛，当场点

头应允。"第二,"父亲接着说,"你不要转行去学什么'中西比较文学'。你两方面的知识都是半吊子,怎么比较?那不过是找容易出路的借口罢了。"这下说中了我的要害。我心里有应急的计划,如果英美文学实在啃不动,就换个学校读比较文学。父亲把我挤在这里,我为了得到您的放行,只好硬着头皮承诺。于是父亲再说第三点:"你既然自己选择了英美文学,就得坚持到底,把人家的东西学深、学透。出来找不到工作,就回国。中国那么多英文系,总有你一碗饭吃。"

俞敏老先生真是目光如炬,早就看透了一些虚脱的学术。到国外学习中国文化,也成一种现象。《浦江清日记》(三联书店1987年版)1929年5月3日记述陈寅恪先生给北大史学系的毕业赠言:"群趋东邻受国史,神州士夫羞欲死。"当时群趋东洋"受国史",后来则是下西洋"学汉学"。欧美一些著名大学东亚系的学生,多来自中国。他们毕业后也努力继续留在海外讲授汉学。我听说有华裔教授还把国人的著作用英文改写出版,浪得虚名。后有好事者把它译成汉语,才让中国学术界惊讶地发现有似曾相识之感。当然这是极端的例子。

这些年,俞敏先生力劝俞宁不要轻易从事的中西比较文学,业已成为一时显学。上世纪80年代初,中国大陆一位著名教授在美国讲授中西比较诗学。他以"鱼书雁帛"故事为例,说明中西文化差异之大,超出想象。汉乐府有这样两句诗:"呼儿烹鲤鱼,中有尺素书",这位教授根据《文选》五臣注发挥想象,说古人用鱼传书:捉到一条鱼,把鱼肚破开,把写着信的绢和布塞进去,然后把鱼放到水里,让它顺流而下,正好游到收信人住的地方,正好被那里的人捉住了,捉到的人发现这封信,就会把信交给收信人。再说"雁帛"的来历:捉来一只大雁,把写好的信捆绑在雁腿上,让它飞走。如果这只大雁正好飞到收信人的地方,正好被人打下来,这封信就可以到达收信人手中。这位教授信誓旦旦地说:古人传递书信确实是这样做的。据说,这样的讲座,美国人很欢迎,作者也因此获得声誉,回国后还把讲义整理出版。我真是纳了闷啦,中国的鱼儿和大雁怎么那么皮实,硬是不死,难怪洋人大开眼界。我不知道俞敏老先生是否看到这些奇谈怪论,我想他是预料到的,所以才会有上述一番叮嘱。

俞宁教授不违父命,三十年来专心攻读英美文学,不敢轻言中西比较,更不敢以汉学研究自居,最终成为一名英美文学专业的教授。不过,他回顾自己走过的路,发现洋墨水喝了多年,身上依然还保留着父辈遗传给他的文化底色,年龄越大,底色越浓,很多老人旧事常在不经意间就浮在眼前。他写李长之先生在"改造"时扫地的模样:"把扫帚抱在怀里,靠腰部的扭动带动扫帚,划出不大的一个弧,扫清不大的一片水泥地。"这让人想起《阿Q正传》中阿Q和小D打架的场景:"四只手拔着两颗头,都弯了腰,在钱家粉墙上映出一个蓝色的虹形……"在俞宁的脑海中,这样的画面一定很多,譬如,他当学徒工时的师傅,做研究生时的老师,还有最让他念兹在兹的父亲"俞师傅"和朝夕相处的"启大爷"……他们的一句话，一个眼神儿，一个动作，哪怕当初叫他难堪，很不高兴，而今，"却话巴山夜雨时"，又会变成一种温馨的记忆。他说自己渐入老境，更加理解了父辈们的教诲。他们教过的知识，他们的人生经验，岁月压不住，记忆抹不去，就像江河长流，不时会翻卷出来。他想，现在已摆脱了"两方面都是'半吊子'的尴尬境界，有了独到的心得"，是可以表而彰之，让更多的人去品味，去领悟。纪念文集中收录的《元白先生论元、白》《论诗兼论人》《吾师"周公"》等，就是这些记忆的片段，具体而微地展现了上一代学者的文化风貌，也给作者回归中国传统、认真研读唐诗提供勇气和智慧。这些文字，干净平实，没有旁征博引，没有装腔作势，有的只是"老老实实地详解唐诗"。他说，这样做，有点像回头的"学术浪子"。言下之意，是千金都买不来的。

我就是在他回头的某一时刻，与他萍水相逢，结成君子之交。我学无所长，没有他那样学贯中西的渊博和漂洋过海求学讲学的经历，但成长的大环境，约略相似。从叙述中知道，他1971年初中毕业，两年以后到房管所做学徒工。我晚他三年，1974年初中毕业，本应下乡。后来北京部分中学恢复高中教育，在插队和读书之间，我选择了后者。《唐山地震四十周年引起的回忆》也有我的记忆。1976年7月28日地震时，他参与编辑《抗震救灾快报》，刻蜡版，推油墨辊子。这些活儿，我们都干过。地震那天，我正在初中插队同学所在的那个村子体验生活，还梦想着当作家呢。地震把我困在了村里。那一年，大事连连，周恩来、朱德、毛泽东等伟人去世，唐山大地震，各种的惊心动魄。还没有回过神儿来，粉碎"四人帮"的喧天锣鼓，又把我们送到广阔天地，成为新一代的农民。

　　回想起来，我们这一代人，先天不良，后天更不足。虽然没有经历上一代人的种种苦难，确实也虚度了许多时光。学工，学农，学军，进工厂，扛过枪，下过乡，有过欢乐，有过迷惘。恢复高考，我们终于抓住读书的机遇，拼命苦读，不分昼夜，如饥似渴。当我们抬起头眺望的时候，突然发现已接近老成。俞宁教授说，他花甲之后开始尝试撰写回忆文章。这些年，这类文章特别多，立场不同，风格各异。我更喜欢汪曾祺那种学者散文风格，隽永温润。俞宁教授的文字正是我喜欢的那种，回归本色，气定神闲。他提出让我作序，我几乎不假思索，就贸然承诺下来。这些天，借着疫情禁足的机会，我随着俞宁教授的笔触走进岁月的隧道，看到很多熟悉的人物，熟悉的场面，以致夜不能寐。

　　北京的疫情还在胶着，但已看出曙光。读罢俞宁教授的《最忆师恩》，我的思绪也逐渐散淡开来。我要努力像俞宁教授那样，早日走出户外，沐浴新春阳光，放慢脚步，缓之而行，让生活充满诗意，让记忆画满色彩。

　　是为序。

2020年3月5日草于爱吾庐

最忆师恩

我曾经填写过一阕《忆江南》,朴拙有余,才气不足,却反映了我写作本书所收文章时,内心的真实感受:"京华忆,最忆是师恩。伯授诗书亲外语,曹公轻巧董雄浑,饮水贵思源。"

"伯",是指先世伯元白(讳启功)先生,曾教我书法和古代诗文的阅读。亲,是天地君亲师的"亲",指先父叔迟公(讳敏);我十三四岁时,在先父的严教下开始自学英文、练习阅读没有标点的线装《史记》《汉书》。曹、董二位,是我在北京市西城区长安街房管所的瓦匠师傅,不但传授给我一些实用的手艺,而且在立身为人方面影响我至今。

我大半生的运气有好有坏,在得到名师指点这一方面,运气好得出奇,使我不得不暗自感叹:何德何能? 何德何能! 上面提到的四位,是我诸位恩师的缩影;其他人,书中尽量详细地介绍,以图和读者分享受教于名师的切身感受。

最强的感受,是我从心底爱戴这些名师。"吾爱吾师,吾更爱真理",是国人熟悉的一句古希腊格言。熟悉西方文化的国人可能还相信它出自亚里士多德的笔下。据说原话是"我爱柏拉图，我更爱真理"。柏拉图是亚里士多德的老师，因此前边的那个版本可以理解成"意译"，不能算失真。不过，细考古希腊文献，内容与此最接近的，其实是柏拉图的老师苏格拉底，对毕达哥拉斯学派哲人所说的话。柏拉图在他的《斐多》篇里这样记载："西米亚斯和西比斯，我探讨这个问题时的心态是这样的：我希望你们思考真理，而不要考虑我苏格拉底。如果在你们看来我说的是真理，那就同意我的意见；如果并非如此，那就全力抵抗我的意见，以免我的热情既误了你们，又误了我自己，弄得我就像蜜蜂一样，把毒刺留在你们的皮肉里，而自己也死了。"（此处由笔者根据英文译成中文。）人们后来把这句格言安到亚里士多德头上，可能是因为古罗马文献里有一个相近的拉丁文版本：Amicus Plato, sed magis amica veritas. 直译是："柏拉图是朋友，但真理更是朋友。"其内涵与亚里士多德的《尼各马可伦理学》(Nicomachean Ethics)卷一，第六章开篇处的一句话十分相近："虔敬之心要求我们把真理置于朋友之上。"[1]在信息大爆炸的今天，AI可以轻松击败苦思冥想的围棋鬼才柯洁。我不敢说自己是否知道真理究竟长得什么样子，但我有十足把握说，本书介绍的这几位恩师，都是好人、真人。所以我只能把古代哲人的格言颠倒

---

[1] Robert Maynard Hutchins, Editor in Chief, *Great Books of the Western World*. Chicago, London, Toronto, William Benton, Publisher, Encyclopaedia Britanica, Inc. 1952, Vol. 9, *Aristotle II*, p. 341. 英文译文是："[W]hile both are dear, piety requires us to honor truth above our friends." 此处乃笔者所译。

一个次序：我应该热爱真理，但我实在爱戴自己的恩师。希望读者阅读这本小书，也像西米亚斯和西比斯那样，多考虑这些恩师的风趣人格，不要考虑我那不能把恩师之德才表达于万一的文笔。

曾几何时，有些流寓在美国、加拿大的华人妇女，出于对我职业的误解和对她们儿子心理健康的关切，错把我当成了"美国通"，希望我能够抽时间和她们的儿子谈心，谈得深入一些，帮助她们儿子调整心态，以便顺利"融入主流社会"。我先是耐心地解释：所谓"主流社会"，对于个人来说，是一个文化虚构。像一切神话一样，你理会它，它就存在于你的意识之中；你不理会它，它就是子虚乌有，或者顶多是一些不那么聪明的他人意识里，不那么聪明的幻觉。这种解释，我至今相信是比较接近实际情况的，但是她们不相信这番大实话。而我青少年时期在房管所学徒时，董师傅根本不允许我和妇女们顶嘴（见本书《两位师傅》）。只好耐着性子，尝试和她们的儿子们谈谈。此类谈话的收获之一，在《启大爷》一文中有所交代。另外一个收获，是我从和某个心思较重的男孩谈话中领悟出来的。他告诉我，"你是哪儿人"这个问题，是人们初次相遇时最常见的问话，几乎是见面寒暄的老套，但对他来说，却是一种实实在在的困扰。他出生在上海，三岁便随母亲到了美国，对上海毫无记忆。我迂回着问了几次，发现他印象最深的是母亲初来美国读书时的那个大学校园，具体就是该校为外国留学生们提供的那一片二层公寓小楼。他还记得儿时的玩伴——那些来自孟加拉国、土耳其、法国、德国、日本、匈牙利、伊朗、伊拉克、喀麦隆、冰岛的各种肤色的小朋友们。他说:"那时伊朗和伊拉克还处在战后的敌对阶段,但那两国来的孩子们和我们在一起玩得很开心。"他似乎熟悉那里的一草一木,印象最深的是一块长满青苔的大石头,夏夜里常有十来个孩子坐在那里看星星。"我就是在那里,"他说,"认识了猎户座和大熊座。"我说,既然如此,那么别人再问起你的时候,你为何不说你来自麻省的 A 小镇呢? 他若有所悟,说:"对呀! 其实我不就是新英格兰的一个'扬季'(New England Yankee,北方佬儿)吗?"我说,可不是吗,你是个启蒙得很好的北方佬儿(a well-enlightened Yankee)啊! 后来他上了大学,再见到我时又提起此事,不过他的汉语差不多忘光了,我只好把他的话翻译成这样:"我寻根不仅仅是为了追求'归属感'。我见过特别明确自己从哪里来、到哪里去的人,比如您。你们好像特别有'质感'。那种质感看得见摸得着,硬邦邦的。自从我把自己看成'北方佬儿',我觉得自己也有了'质感',不那么飘忽了。"他似乎很感激我,而我心里却难免打鼓:万一他妈妈,或者他那个一直在上海做生意的富翁父亲,晓得是我帮他认同了"新英格兰北方佬儿"的身份,恐怕我再遇见他们时就有必要绕道而行了。

不过他把我理解成"有质感""硬邦邦"的人,倒是给了我一点儿启发。我和他不一样,难以把自己定位成新英格兰的北方佬儿,虽然我也在那里读了六七年书。从父亲的祖籍讲,我是浙江山阴人;

从母亲的祖籍讲，我是湖南长沙人；但无论我走到哪里，总觉得自己是北京人，属于那群渐行渐远，就连引车贩浆者流都不失温文尔雅的老北京人。如果说我真有什么"质感"的话，那么它一定来自文化古都，来自我记忆里的那个外表质朴，却掩不住内心高雅的老北京。这样的北京平民，可以在《两位师傅》《迟来的谢意——怀念李长之先生》《元白先生背后的章佳氏家族》里略见一斑。我从他们那里感受到一种极富特色的温情，希望通过自己的笔尽量把它保存下来，并传递给尚未谋面的读者们。如果这就是那个孩子所说的"质感"，那它绝不是"硬邦邦"的，而是很柔软、很厚实、很暖和的那种"老北京感"。我写文字怀念老北京，能顺便在心中反复体验那种温厚的老北京感。

和这种"质感"互为表里的是老北京的方言。我是使用这种方言长大的。行文中虽然不曾刻意追求所谓"京味儿"，却也不可能脱出它的影响。遇到非北京人不易理解的方言，我用一个括号注明，并简要解释一下。只有一个"您"字，有必要在此讲得稍微细一些。这个字读若"滩"，是第三人称的敬语，和第二人称的"您"字相对应。我上小学的时候，这是北京人日常使用的词语。后来随着北京人口结构的变化，这个词的使用率逐渐降低。到了我当学徒的时候（1973年），就很少有人使用了。而现在，有些在北京生活多年的、以中国语言文字为专业的朋友们都觉得它很陌生，这确实是一件令我感觉失落的事。我有心为北京话保存这个敬语，却也不愿为难读者。故此本书里我只对三个人保持了这个称呼。这固然含有我对怹们的特殊敬意，但主要原因是跟怹们相处得比较长久，从小使用这个词形成了习惯，如果硬改成普通的称呼法，自己心里觉得不自然。这三位是先父、先世伯、多年的紧邻包老世伯（讳桂潚，字天池）。

还有一个语言习惯，与北京方言无关，而是多年受老知识分子影响形成的，也顺便解释一下。前两年有一位中年知识分子对我说："我和启功先生接触较多，注意到一个情况。每次我跟他谈起陈垣先生的时候，他总是用'老校长'这个称呼，而形成文字之后，总是'援庵先生如此如此，老校长如彼如彼。'今天听你提起先生，总是元白先生如此如此，启大爷如彼如彼。这是一种什么习惯？是你有意模仿启功先生的语言范式吗？"

他如果不问我，我还真没意识到自己有这么个习惯。我1986年出国，因为自己所学专业的特殊性，无论写论文、讲课，甚至日常生活，我都尽量用英语思考，以至于自己的汉语，和国内通用的相比，因停滞而落后了三十多年。我2016年开始用中文写一些文章，无意间保留了三十年以前的一些语言习惯。起初写的一些文章中，谈到启大爷，我总是使用"元白先生"这个写法。责任编辑改成"启功先生"，理由是读者当中知道"启功先生"的人多，而只有少数人知道先生的表字是"元白"。为了扩大文章的影响，争取更多的读者，他们改成"启功先生"。我理解他们的职业考量，同意他们的改动。直到上述中年人问起来，我才明白了自己的语言习惯可能已经落后于时代，有必要向不了解情况的人耐心地解释。

《礼记·曲礼上》说："男子二十冠而字。"注曰："成人矣，敬其名。"也就是说按照周朝的古礼，男子年二十要举行"冠礼"表示成年，将为人父或已为人父。故此，要尊敬他的名字，不能随便乱叫，尤其不能当着他后代的面直呼其名。此时他会选择与自己德行相当的表字，以供人们称呼。我对那位中年人说："这样看，您对先生直呼其名，不符合周礼。应该使用其表字——元白。而先生称老校长为'援庵先生'，那才是正宗的中国儒风。"中国知识分子，在日常生活中保存了一些毫无实用性，因此可有可无的古礼遗痕。对于长辈，甚至平辈的成年男子，称呼他们的"字"（当然，前提是他们有自己的表字），以示尊敬，就是这种遗痕之一。有些人潜意识里面遵从这个习惯，但也承认现代人对此可以宽松处理。也有些人比较严格，认为对长辈直呼其名，在中华文化传统里，是一种失礼。但是，在古代，如果有人故意这样做，就被他人理解成恶意挑衅、侮辱，会遭到对方的强烈反击。《晋书·陆机传》里记载了太康末年，江南名士陆机、陆云兄弟二人来到洛阳，经太常张华推荐，被太傅杨骏"辟为祭酒"。后来杨骏被诛，原北方士族的人就试探性地轻慢，甚至欺凌陆氏兄弟。范阳卢志有一次当着众人面问陆机："陆逊、陆抗于君近远？"陆逊是陆机祖父的名讳，曾任吴国丞相；陆抗是陆机父亲的名讳，曾任吴国大司马。陆机听到卢志直呼祖父、父亲的名讳，非常生气，就回答说："如君于卢毓、卢珽。"卢毓是卢志祖父的名讳，曾做过魏国的司空；卢琏是卢志父亲的名讳，也曾官至卫尉卿。陆机这样回答，是针锋相对、以眼还眼的做法，对卢志的无礼冒犯表示极度愤怒。此言顶得卢志"默然"，一时无言以对。事后陆云劝哥哥说："殊邦遐远，容不相悉，何以于此？"陆机余怒未消，对弟弟说："我父祖名播四海，宁不知邪！"这件事，放到现在，人们会觉得小题大做；但当时人却很重视："议者以此定二陆之优劣。"

一次，一位年轻人在微信群里向我询问先父的一些事情，并且直呼其名。这样的情况，我经历过几次，所以心里几乎没有什么不快的感觉。内心原谅她年轻，不懂得过去的礼数，简单地回答了她的问题。群主是以刚烈闻名的社科院研究员范子烨兄，见状勃然而怒，不仅将那个年轻人罚出群一个月以示惩戒，而且私信给我，批评我不该纵容年轻人不懂规矩。他的批评，我全盘接受。心里有些感受，却不好意思告诉子烨兄。他的刚直，如陆机；我的松懈，如陆云。二者高下立判。想到此，心中的滋味，颇像一个不会喝酒的人，灌了二两衡水老白干儿。至此，只得自认情商不但不如陆机，甚至还不如陆云，对这个语言习惯态度更加随意，认为这是一个渐渐消亡甚至已经消亡的传统。出于少年时期养成的习惯，自己适度坚持；同时理解、认同他人对它的忽略或者浑然不知。本书里，提到前辈学人的时候，但凡他们有个表字，我会避免直呼其名。当然，那些遵循新文化，不取表字的师长们，例如专修英美文学的周珏良师、王佐良师，我尊重他们的选择，以实名称呼。

本文开头"京华忆，最忆是师恩"那几句话，说的是我少年时期得到老知识分子如先父和先世伯的耳提面命。此外还有老工匠的言传身教，如本书第七篇所讲述的曹师傅、董师傅（皆五级瓦匠）。我这略嫌过时的汉语里头，也有老北京劳动人民的痕迹。我十八九岁时，分配了一个工作——北京市西城区长安街房管所瓦工学徒。三年后出师（一级工一年）然后转正（二级工将近一年）。我读过一些同龄人写的回忆录。他们认为"知识青年接受工人阶级再教育"是违反常识、浪费青春。他们说的是一般规律，很有道理。但凡事皆有例外，可能是我特别走运，所以从房管局的师傅那里真学到了不少好东西。至今我还记得上班第一天班长师傅对我们的训话：

你们现在来房管局学徒，真是掉进福窝窝里来了。过去人家看不起咱劳动人民，难听的，管咱们叫苦力、力把儿；好听的，管咱们叫匠人。"匠人"是什么？大口张开半边儿，撑死了也就是个一天吃一斤粮食的命。现在好了，咱们成了当家做主的工人。"工人"是什么？工人这俩字摞起来就是一个"天"！瞧见没有？现在把咱捧到天上去了！你们还想怎么着？刚才你们嚷嚷着想学技术。房管局修的都是破房子，干活儿的诀窍是'齐不齐，一把泥'，有什么技术可学的？最要紧的是跟你师傅我学习为人处世。来到咱们这地方，我给你们上的第一课就两句话："先学不生气，后学气死人！"

我何尝听过这么通俗、精辟、逻辑跳跃的开场白？所以印象特别深刻。下班后就对启大爷和启大妈复述了一遍，然后笑着说："难得这师傅识字，还懂训诂学呐！"启大爷一摆手儿，说："这叫'拆字儿'，离训诂还有十万八千里呐。不过，不生气很好；气死人，还是算了吧。"启大妈也有点儿着急，说："咱可不能和人斗气儿，不能斗气儿！"大约过了半个月，我才有机会见到先父，把您们的评论和师傅的原话一股脑儿告诉了父亲。您听了叹口气，说："语言天才呀！'齐不齐，一把泥。''先学不生气，后学气死人！'短促有力，朗朗上口。而且特实诚，一点儿都不做作。你可不敢低估劳动者的语言天分。以后上班儿，得支棱着耳朵好好儿听、好好儿记。有什么精彩的，跟我念叨念叨。"

先父受您的老师陆志韦校长影响，主张"我手写我口"，所以您要求我写文章一定要口语化。启大爷则强调提炼融汇口语和书面语的精华："您瞧《红楼梦》里头口语多不多？但也不排斥文言。只要前后搭配的恰当，口语就能不失典雅，而文言也能明白如话。"您们念叨的次数多了，我有点儿嫌烦，就说"懂了，懂了"，没想到老二位在不同时间不同地点对我的答复却出奇地一致："你懂什么呀，你懂？"这是老二位挤兑我的标准方案。不过在二老的特殊调教下，我也不是什么省油的灯。一次，您们一起当着我面又祭出这句法宝，我回嘴说："不懂，不懂，什么都不懂。'我只知道，我什么都不知道！'"先父笑开了花儿，指着我，对启大爷说："您瞧瞧！这叫 Socratic paradox，苏格拉底悖论，意思是'你们都自作聪明，只有我了解人类认知的局限性，所以承认自己什么都不知道'。这小洋鬼子讽刺咱们呐！"启大爷说："嚯！'色即是空，空即是色，受想行识亦复如是。'知道就是不知道，不知道才是真知道？跟我玩儿这套？"

在您们面前，玩儿哪套都不灵。这种"夹板儿气"和我自己中英文阅读体验的交互作用，挤兑出了我自己的语言风格。可以说是不文不白、不中不西、不高不低当然还有点儿不稂不莠。它扎根儿于北京方言，比较谨慎（因为随时提防二老挑刺儿），可惜略嫌过时、略显陈旧。子曰："工欲善其事，必先利其器。"可是，怎样做才能使"器"锋利高效呢？孔夫子接着说："居是邦也，事其大夫之贤者，友其士之仁者。"（《论语·卫灵公》）"居是邦"，可以借用来指代我曾在老北京居住。先父、先世伯、瓦匠师傅们虽算不上什么士大夫，但他们确实是各自业内的"贤者"和"仁者"。我从他们那里学来的语言虽然陈旧，却也被他们的"挑刺儿"挑得比较顺溜儿，有毛病也不大。用您们的语言来回忆您们，二老若在世，一定会骂："这小洋鬼子还会'以其人之道还治其人之身'！"打完这一巴掌，您们肯定还会"揉三揉"，说"不亦宜乎，不亦宜乎"。

长辈们教了我中国古典文学和古代汉语里的一些基础知识，师傅们教了我一些非常实用的手艺，而我却选择了英美文学作为职业。

嘴上不说，心里一直觉得这是对师长的一种背叛，很对不住他们。长期积累，竟然有了向"负罪感"发展的趋势。升为正教授之后，我在华盛顿州买了一个小农场，上面有一所小房子。我的老伴儿，是我在房管局时的同事，是个手艺很不错的油漆工。2015年暑假，我们重操故技，把破旧的小房子翻修一新。其过程，说是愉快似乎还不够，应该说是愉快中还带有甜蜜，因为引起了对我们年轻时代相识、相交、一起劳动的美好回忆，有如食橄榄后的回甘。这算我对瓦匠师傅们有了一个不太充分的交代。这件事给了我一个启发，觉得也应该做一点儿事，向父辈做个交代，以表达对您们的感恩之心。于是从2016年开始，我陆续发表了几篇怀念老一辈知识分子的系列文章，这才发现自己竟然如此走运，有幸近距离接触了不少学问精深、人格高尚的老先生。回忆、书写的过程，温暖而酸爽，其甜蜜程度，超过了和老伴儿一起翻修旧房子。至今，共写了二十多篇。其中三篇是纯学术论文，蒙人民文学出版社不弃，遴选部分文章结集出版，了却了一桩感恩的心愿。故此我的感恩之心，当然也包括出版社和编辑们。

俞宁

2020年8月

鸣　谢

大概是小学二年级的寒假,我趴在家里一个旧沙发上读完了一本大约二百页的书,叫作《蔺铁头红旗不倒》。那是我从头到尾读完的第一本厚"字儿书",而在那之前,所看的都是我们叫作"小人儿书"的连环画。因为是第一本,所以印象特别深。讲的是一个红军战士,被敌人砍了头,但脖子没有断,还连着些皮肉。醒来之后,他用白羊肚手巾把脖子扎紧,止住了血,爬出死人堆,到山里静静地养好了伤,然后缴获了一挺机枪和一箱子弹,继续和敌人战斗。我那时对脖子的理解就是一根光滑的肉柱子,不知道里面还有气管、颈椎、神经和主动脉等零碎。蔺铁头的奇迹,给了我深刻的震撼。我想象中,那本书是他在空山里,独自趴在子弹箱上写出来的。后来我又读了很多书,又帮助很多学生读了更多的书,这才慢慢明白,书不是一个人在空山里写出来的,而是由很多因缘,凑巧触动了很多人,大家互相促进、互相帮助,才慢慢产生的。那不是一个人"斗酒诗百篇"的过程,而是许多人共同努力的结果,是一个网状系统"粒粒皆辛苦"的收获。因此,当我完成了这本小书之后,迫切地想

鸣　谢

感谢那些和我共同努力过的朋友们。

这本书，由二十多篇互相没有直接联系的短文组成，里面摄取了多位知识分子的生活片段。知识分子，对我来说是一个不断变动的概念。我参加工作那年，名义上是初中毕业生，实际上是小学四年级水平。即便如此，老师傅们还是把我们这些"初中毕业"的学徒工叫作"小知识分子"。1978年考上了大学，一位同学的母亲是中央新闻纪录电影制片厂的编剧，她对我们说："你们是未来的小知识分子。"此话给了我时光和知识一起倒流的印象。她的无心之言，使我不得不暗自重新定义"知识分子"这个概念。知识分子，我想，应该是说话有趣味、行事有讲究，为人处世，时时在无意间流露出智慧光芒的人。这样的人，才是有知识的人，才是我心里的知识分子。本书的人物，多数是德高望重的老教授，是典型的知识分子。但也有曹师傅、董师傅这两位五级瓦匠。他/她们进过扫盲班，认得三五百个字，能在工资单上签名。但是他/她们的趣味、讲究、智慧，不一定少于我熟识的那些老教授们。他/她们的知识结构也许和那位新影厂的编剧有所不同，但在我心里，他/她们也是当之无愧的知识分子。我董师傅，不但行事公道大气，而且说话生猛刚烈，还自信很有几个"文词儿"；曹师傅的智慧和仁心，我少年时一尝亲炙，便终生奉为圭臬（见本书《两位师傅》）。所以，凑成这本小书，我首先要感谢我心中的这些知识分子。他们不但给了我知识，帮助我成人，而且也给了我记录生活片段的素材。

其次我要感谢中国艺术研究院的张立敏先生。2016年我刚刚尝试恢复中文写作，他读了《启大爷——一个海外学人对父辈角色的思考》的初稿，推荐给其他朋友，获得好评，从而给了我接着写下去的信心。

感谢中华书局《文史知识》杂志前主编刘淑丽女史。她拍板发表了我的第一、第二篇文章：《启大爷》和《少年印象——我的父亲俞"师傅"》。同时感谢赵晨昕先生，他编辑了这两篇和后来的多篇文章，并写文章加以鼓励。我三十多年没有写汉字，那时乍一拿起笔来，心里确实没底。以上这三位帮助我建立信心，为我输送了巨大的"正能量"。

此后，《博览群书》的主编董山峰先生、《南方周末》的刘小磊先生、《财新周刊》的徐晓女史和李佳钰女史先后约稿、审稿、编辑了拙文多篇，都收进本书。李佳钰女史耐心、及时地帮助我解决电脑技术问题。有了他/她们，才有了本书所收入的多篇文稿。我怎能不心生感激？

还要感谢中华书局古籍数字化的团队。连续三年，他们为我提供了"经典古籍库"，使我查找资料极为方便，也使我这个半路回头的学术浪子显得比实际上有学问多了。佛靠金装，学靠数字装。我没有傻到想隐瞒自己"学不够、数库凑"的真相，因此要明明白白、大大方方地对他们表示谢意，并希望他们继续为我提供帮助，维持我"有学问"的假象，直到某一天我终于真有了些学问，却仍然承认离不开他们的数据库的时候。

我的发小，著名历史学家柴青峰（讳德赓）先生的文孙，柴念东兄，为我提供了有关青峰先生生平的宝贵材料，使我能够完成多篇文章。另外，儿童相见复相识的感觉，两个顽童伙伴在花甲之年合作，写有意思的文章，是美妙难言的人生体验。真得好好谢谢他。

本书里的多篇文章，都曾预呈高等教育出版社高级编辑李喆女史过目。她的火眼金睛，使我避免了不少文字上的错误。而且，她还帮我购买过图书和高铁车票，为我回国开会节省了时间。在此对她表示衷心感谢。

有两位幕后的英雄，也格外使我感激。北京大学孟繁之先生，为《吾师"周公"》提供了许多珍贵照片，并把师母方缃先生和周公之十弟景良先生的反馈及时转告我，让我感到很温暖，很快乐。他还协助胡振宇先生编辑了柴念东兄与我合作的一篇学术文章，刊发在《中国文化》，虽然没有收入本书，但我仍要感谢他的无私帮助。我的紧邻包同曾大哥为我提供了包天池老伯的生平资料、照片和日记，使我能有可靠的细节来描绘老先生的人生片段。感谢他对我几十年如一日的帮助与关爱。

中国社会科学院范子烨研究员和他的弟子、商务印书馆资深编辑白彬彬先生，中华书局赵晨昕先生，《财新周刊》徐晓女史，北京大学赵白生教授，都曾帮助筹划这本小书的出版事宜。关于出书，我请教较早的是徐晓女史。后来疫情突起，《财新》全身心投入抗疫的报道，暂时顾不上我这本与时事新闻关系不大的小书，我才转而联系其他出版社。我感谢这些热情的朋友；对于徐晓女史，我在感激之外还有一些歉意。

同门师兄弟谢思炜教授和刘石教授对我帮助太多了，让我的感谢不知从何说起。我去国三十多载，回京后待人接物难免落后时代，时而闹些小笑话。所以关于回国应该如何与人交往，如何写有国味儿的学术文章，乃至拙著的书名、封面设计我都曾找师兄弟们商量。刘石教授温润如玉的人格和翩翩佳公子的风度，使他人脉甚广。通过他，我和人民文学出版社的资深编辑李俊先生取得了联系，并且促成了本书的出版。在感谢师弟和师兄的同时，我也感谢李俊编辑。

先父的老学生，崔枢华大哥和赵文跃大哥，热心阅读拙稿并提出修改意见。我借此机会向他们表示衷心感谢。

我的家人，长期容忍我一天到晚坐在电脑前敲个不停，实在是最慷慨的支持者。还有虽无血缘联系却情似家人的章佳氏一族，包括小怀哥、景荣大姐、大姐夫王仪生、他们的女儿小悦，审阅我叙述元白（讳启功）先生的文章，并给我鼓励。他们总说："嗐，这谢什么？"而我却觉得一定要谢。

最后，特别要感谢缓之（刘跃进）先生。他在百忙之中认真阅读了拙稿，并拨冗为本书写了热情洋溢的序言，不仅使我感到鼓舞，而且坚定了我的文化自我定位。他的座右铭"做好今天事，珍惜眼前人"，和我的人生观无缝对接。所以，我不仅感谢他为我写序，而且还要感谢他按照自己生命的轨迹运行,无意之中和我的人生偶然交汇。由于性格、经历相近,我们在不太长的时间里竟然成为交淡如水的远方知音。所以,在感谢缓之先生之余,我更要感谢命运本身。

还有很多热情的读者,读过本书的部分内容并对我说过鼓励的话。他/她们的支持,是我一篇一篇写下去的动力。我感谢他/她们,更感谢尚未谋面的将来的读者。我有话要说,你们肯花时间听我倾诉,并且肯花钱买我的书,理应接受我的谢意。

天使的香味

——回忆陆志韦校长生平片段

不久前我在微信上看到一篇纪念陆志韦先生的文章,就往北京打越洋电话,把那篇长文一字一句地读给九十一岁的母亲听。母亲虽然高寿,但头脑依然敏锐,听我读罢,叹了一口气,说:"这个人不认识陆先生,把纪念文章写成了履历书。"

写这类文字,除了母亲说的需要熟悉当事人之外,我觉得还有一个文体的选择问题。有了合适的体裁,文字才能有声有色。陆志韦先生的人格高尚而又单纯如赤子,学问广博且精深,才高八斗故兴趣广泛。如果想全面而细致地介绍他那戏剧性颇强的人生经历和学术贡献,需要一本数百页的长篇传记[1]。我读给母亲听的那篇文章意图在七八千字的框架里概括陆先生一生的各个方面。一旦选择了这样的写法,即便作者熟悉陆先生的生平与性格,也难免要写成履历书。我从小听父母讲过许多陆校长的故事,耳熟能详。眼下要

---

[1] 见项文惠著《陆志韦传》,杭州出版社,2004年,共273页。即便是这样一部体量较大的人物传记,阅读之后的感觉也还是骨架全而血肉少。

想让母亲满意，又能让普通读者感兴趣，似应采取"二三事"的体例，转述我父母乃至全家和陆先生直接交往或当场见证过的几件小事。如果读者喜欢，可以后续扩展为七八事或十二三事。如此，或许能为这个伟大的灵魂还原一些血肉。

一　"如是其急也"

我小的时候，父亲督着我读过《孟子》。到了《离娄下》"禹思天下有溺者，由己溺之也；稷思天下有饥者，由己饥之也"这一句，我自以为通过前一段的学习，已经大概了解大禹和后稷是什么人，这句话的意思也能猜个十之八九，就对父亲说："这句懂了，咱们读下一句吧。"那时父亲无论教我点儿什么，都是用"急就章"的办法，因为不知道哪一天又会被送回牛棚，这个一师一童的小小家塾就得散伙停业。但这次，他沉吟了半晌，说："不行，这个道理知易行难。得举个例子。这字面上的意思，是有人被水卷走，禹觉得是自己治水的责任没尽到；有人饿肚子，稷觉得是自己农田管理的责任没尽到。这仅仅是神化古代的圣人呢，还是对现代人的生活依然有参考意义？你甚至会怀疑，这么高尚的人格从古到今真的出现过吗？"于是父亲就讲到了您学生时代的一件事。

父亲于1936年考入北京大学国文系。七七事变后，因为上有寡母下有幼妹，您没能和老师同学们一起奔赴万里之外的西南联大，无奈中转学到辅仁大学，于1940年毕业。之后进入燕京大学读研究生。那时陆志韦先生是燕京大学校长，因为缺乏现代化仪器，从心理学转入语言学研究。父亲有超人的语言天赋，加上特别用功，所以早早就显露出学术锋芒。为吸引您去燕大读研，校方给了您一笔相当丰厚的奖学金。不过燕大有一个规定，即奖学金足够一个学生维持不错的生活，因此学生应该全身心地投入学习，不能再兼职谋求其他收入。按常情说，这个规定是合理的。但是，为了负担自己母亲和妹妹的生活，父亲念本科的时候就开始在北京五中教书。如果现在领取奖学金，就得放弃五中的教职，那样做则无法养家。陆志韦校长为此想方设法与燕大的美国托事部沟通，使得父亲既能保持研究生身份，又不至于让家人生活没有着落。父亲对我说："当时我有困难，陆校长认为是您没尽到校长的责任，没考虑到看似公允的规定实际上是排斥而非扶助了寒门子弟。这与先生的平民教育思想相冲突。于是您把我的困难看成是由您自己的思考不周密而造成的。所以您不但着急、不但积极想办法，而且一个劲儿地向我道歉！这才是孟子描写的'由己溺之也……由己而饥之也'。现在你明白'如是其急也'不仅仅是一句漂亮话了吧？陆先生这种利他精神，我那是一生中第一次遇到，而且终身折服。您虽然是美国留学生，但骨子里是传统的中国正人君子！"

说完这番话，父亲抬眼注视着我家那因漏雨而画出一道道"黄河"的墙壁，不说话，也不动，似乎也不再担心耽误了我的课程。

莫非您神游燕园去了?

二 "无过可悔"

可惜，父亲跟陆先生的初次师生缘分，只延续了一年多就被日本人打断。日本的联合舰队于1941年12月7日偷袭了珍珠港，日本宪兵次日便强行闯入燕京大学，逮捕了10名学生和15名教职员，其中包括校长陆志韦。在狱中，日本人说只要陆先生写一份悔过书，检讨自己不为日伪政府工作的态度，马上就可以放他出狱。陆先生在纸上写了"无过可悔"四个大字。日本宪兵恼羞成怒，用日式的木屐打先生耳光。并且反复施压，加之酷刑，但陆先生决不屈服。日寇无奈，判了他一年半的徒刑，罪名是"违反军律"，至于违反了哪一条"军律"则语焉不详。过去在燕大校医院工作的郭德隆大夫，此时任德国医院的院长。因为德、意、日轴心国的关系，北平的日本宪兵队要卖德国医院院长的面子。经郭医生斡旋，陆先生得以"取保监外就医"。从此他闭门谢客，埋头读书，靠变卖家产艰难度日。日本侵略军虽然没有天良，但法律一旦做出裁决，执行的时候却不敢越法胡来，因此就没再来骚扰陆先生，直至1945年抗战胜利。

早在入狱之前，日本人刚占北平的时候，陆校长拒绝与日伪政府合作，还暗中保护抗日的爱国学生。他的事迹传到了远在南方的国民政府。蒋介石亲自颁发给他一枚勋章,并派专人送到敌占区北平。陆先生接到勋章,连盒子都没打开就随手往桌上一扔,说:"把国家管理成这个样子,还发什么勋章!"

日寇的暴行激怒了父亲,您在陆先生爱国主义高尚人格的感召下,中断学业,逃离日本人的统治区,到日寇因兵力不足而管辖不到的山东滕县去教书糊口。抗战胜利以后,美国把日本占领了半个世纪之久的台湾还给中国。那时的台湾同胞当中,受过良好教育的多说日语,普通百姓说闽南话和客家话,几乎没有人会说国语。1946年,父亲跟随另一位老师魏国光(讳建功)先生到台湾推行国语,恰巧我母亲也随魏先生到"中华民国"教育部国语推行委员会工作,二人相识并结为伉俪。1947年春天,台湾爆发了所谓"二二八"事件,国民党当局怀疑其中有共产党的谋划,事后逮捕了国语推行委员会的一个推行委员。父亲知道那个同事性格耿直透明,根本不可能从事地下工作,于是联合了国语会另外一位同事王玉川老先生,冒险保出了那位同事。为此,父亲被台湾当局怀疑是共产党,至少也是亲共分子。不知找了个什么茬口,把父亲叫到局子里百般盘问,最后也要父亲写个悔过书。不用说,父亲写的只能是从您的老师那里学来的"四字真言"——"无过可悔"。

这个消息,通过国语会的各位同仁,辗转传到了北平。熟悉父亲的师友,都认为把我父亲这样单纯专注学问的人当作共产党,当局真是疯了。一时成了小圈子里的笑话:如果我父亲都是共产党了,那么还有什么人不是呢？恢复了燕大校长职务的陆志韦先生，不能忘怀这个最有才华的学生，也有点儿担心他的安全，亲自下聘书，从北平寄到台北，请父亲回燕大任教。那时的知识界无人不晓，陆校长是最敢收留共产党、最愿收留共产党的人——虽然我父亲连共产党的外围都没接触过。

三　三斤白梨成经典，两个门生罹传言

秋高气爽的季节，我的父母双双回到美丽的北平。先是陆校长亲自安排，暂住在校外不远处的羊圈胡同，然后搬进校内，在佟府一个带壁炉的洋房里安了家。陆校长问父亲家中有什么困难。其时母亲因怀了我姐姐，又不习惯北方的食物水土，妊娠反应强烈，饮食难下。父亲如实对陆校长说了。陆校长听了，急得摇头自责说："哎，真是怪我粗心！我自己刚从南方到北平来的时候也是水土不服，不习惯北方的面食，吃不下饭去，后来是吃了京白梨才打开的胃口。京白梨在前清时是贡品，肉丰汁多，柔嫩香甜，现在正是季节，你快去给她买一些来。"多年以后，父亲把这件事也当作"由己饥之也……如是其急也"的注脚之一。

可是当时，我父亲正忙着准备开学第一课，不知怎么就忘了给我母亲买梨这回事。后来母亲对我们讲过多次，一天晚饭后，父亲拉着母亲在院子里慢慢散步，老远看见一个穿着半旧蓝布长衫的瘦

高男子，脸色庄重而严肃，却骑了一辆旧自行车，后面还坐着个妇女。和严肃的脸色对比，有点儿滑稽。那妇女手上提个布袋，看样子还挺沉。车子直奔我家而来。近前打招呼，母亲才知道是陆校长和陆师母刘义瑞先生来登门看望。布袋子里面装了三斤京白梨，刚从校外海淀镇上买来的。师母亲手洗了几个，递给母亲。母亲虽然没有胃口，但难却长辈热情，就尝了一口，真觉得浸润心脾。于是一连吃了三个，从此打开了胃口。后来她对父亲说："这就是校长么？穿得那么朴素，面色虽严肃却一点架子都没有！如此礼贤下士，关心学生兼下属，是大儒的风度。"父亲笑着说："严肃？熟了你就知道悠随和的一面了——比随和还随和。"

这三斤京白梨成了我们"家族叙事"的经典，母亲曾带着我们精神会餐过N次，足见她印象之深。每当她讲到大儒风度，父亲总是接过话头说，"别看初见时陆校长显得严肃，要说对人和善，没架子，陆先生确实是我所见过的第一人。我第一次去陆先生家里拜访，有一位六十多岁的老太太接待我，热情而又亲切。我听她一口湖州话，又见先生和她说话时十分恭敬，以为是先生的母亲，就一口一个老夫人称呼她。先生也不纠正我。后来一次闲谈，无意中听师母说那位老夫人其实是陆家从浙江老家带来的用人谢妈。"

这位谢妈，也是个了不起的人物。后来风向改变，就连陆校长的得意门生都上台批判他。当时有人想象，既然谢妈是用人，就一定受剥削和压迫。于是动员她也上台揭发、批判陆校长。没想到这位看似柔弱如水的江南劳动妇女，用正在切菜的那把刀当场刎颈。虽然被人们七手八脚救了下来，却也使得动员她的人们，从此不愿上门。

至于关心学生，先生更是有名的"护犊子"。父亲说："我之外，还有西语系的某君，是先生最关爱、最提携的年轻教授。某君二十七岁就当上了副教授。我1947年按讲师受聘到燕大，1948年就提升为副教授。不少人说，文学有某君，语言学有我，是陆校长的两大才子。因为某君祖籍钱塘，出生于天津；我祖籍山阴，也出生于天津。那些人根据这个巧合，传说陆校长偏爱在天津出生的浙江人。这本来是大家随口一说的玩笑话。但这话，无意中贬低了先生的胸怀。其实，燕大校园上，谁不知道当年'一二·九'运动之后，燕大学生自治会执行委员会主席王汝梅被捕，先生四处奔走，联合清华大学校长梅贻琦，把他和其他因示威游行而被捕的学生们保释出来？谁不知道这位王汝梅同学就是后来的外交部部长、国务院副总理黄华？我听过这位王学长说话，可以判定他的口音以河北邯郸为主，外加一点点东北味儿，不会是浙江人。还有燕大学生冯树功，我没听过他说话，但不知听谁说的他似乎是山东人。1938年，他由燕大骑自行车进城，行至西直门外被横冲直撞的日本军用卡车轧死了。在日寇占领下的北平，这种事屡有发生，苦难中的同胞从来不敢表示自己的愤怒，只能默默忍受。但是这次他们伤害的是燕大的学生。陆先生在校园中举行了隆重的追悼会，登台捶胸恸哭，控诉侵略者无法无天，发泄全体教师同学在野蛮政权下不得不忍受的压抑感。这样的人物，志在得天下英才而教育之，怎么可能为狭隘的乡土观念限制住？"

我父亲一生教书，母亲1950年代也在中央戏剧学院教书，我们兄弟二人在中美两国的大学都教过书。像陆先生这样对下属、学生体贴入微，不惜为他们以身犯险的校长，我们只遇到过这一个。

四 天使的香味

落户燕园不久，我姐姐出生。母亲初为人母，在北平又没有什么亲友帮忙指导，觉得手忙脚乱，毫无章法。幸亏陆志韦校长就住在燕南园，离我家所在的朗润园不远。他和夫人常来我家过问一下煤是否够烧、屋子够不够暖和、习惯了面食没有等生活琐事。因为父亲说英语流畅如母语，一位美国教授 Grace Boynton（中文名包贵思）也常来找父亲聊天。她隔三岔五还送给母亲许多美国产的 Klim 牌奶粉罐头。陆校长天性喜欢小孩，常常抱着我姐满屋子转。没想到有一次婴儿一高兴，溺了他一身，打湿了衣服的前襟。母亲觉得特别难为情。陆夫人一面安慰我母亲，一面抱怨陆校长"闹得太疯了"。没想到陆校长满不在乎地说："婴儿就是天使。《圣经》里面有一个叫西蒙的，用三十块银币买了香膏涂抹在主基督耶稣的身上。今天轮到胖胖（我姐的乳名）天使用香膏涂抹我。"边说边用手在身上的湿渍处擦了一把,把手伸到他夫人面前:"不信你闻闻,这就是天使的香味呀!"说完得意地大笑。父亲脑子快,马上接着说:"香水的婴儿在我怀里／犹如流星在灿烂的星空。"原来陆先生1915—1920年在美国留学期间,写过一首新诗《小船》,收入诗集《渡河》。诗中有"小船的影儿在我心里／犹如流星在灿烂的星空"之句。父亲根据当时场景临时改编了该句,并利用了"影儿"与"婴儿"的谐音。陆校长听罢笑得更开心了,用湿漉漉的手拉起父亲的手使劲摇着说:"叔迟是我的知音!"陆夫人却说:"呸呸呸,叔迟该打。什么流星? 胖胖是启明星! 永远是最亮的。"

　　1948年暑假,父母和姐姐在朗润园生活得很幸福。外面的世界却是天翻地覆。8月里,上千国民党军警包围了燕大,拿着黑名单要抓捕学生中的地下党。陆校长把他们挡在大门之外,维持了校园里短暂的宁静。然而,北平城外却传来隆隆的炮声。那是解放军的炮声。陆校长历来主张燕大虽然是美国人出资所办,但这所大学不是为美国人办的。燕大校托事部主要由美国人组成,他们虽然一直支持陆校长的说法与做法,但陆校长觉得总是隔着一层。他向往着把燕大办成真正的国立大学,独立自主地为建设中国培养人才。此刻他热切地盼望解放军进城。

少年印象
―― 我的父亲俞"师傅"

按旧礼这篇文章应该这样开头:"先君子讳敏,字叔迟……"如果我坚持国粹,用笔而非手提电脑写文章,也许还得学习林黛玉,在敏字上少写一笔,然后读作"米"。但是,父亲虽然精通旧学,骨子里却是个新式的知识分子。德先生赛先生的精神渗透了他的价值观,因此他后半生就不太顺畅。如果只是精通旧学,情况就会好得多。尽管如此,他还是把自己修成了一个著名的教授。有人称他俞先生,有人叫他俞教授,近来还有人说他是某个领域里的"大师""巨匠"。这后两个称谓因膨胀而贬值,让人闻而生畏。就算不贬值,父亲在天有灵,也会发挥语言"大师"的天赋之才,把这四个字挖苦得悔遇仓颉。

只有我才知道父亲最喜欢人们怎样称呼他。

大概是1971年,我和父亲从北师大主楼西侧往新华书店旁边的理发馆缓缓而行,迎面飞来一辆半旧的自行车,骑车的人身材颀长,面色微黑,左脚鞋跟蹭地代替刹闸,很有风度地停了下来。在看戏

先父叔迟公一直工作到生命的最后一刻,且一直保持着幽默、乐观的心态

都有样板的年代,这独出心裁的停车法,对于我这个半大小子来说,颇具"震撼力",比杨子荣的"气冲霄汉"更使我终生难忘。停下车,那人用京东、天津一带口音问候一声:"俞师傅,干吗去?"嗓门之大,震得我耳鸣。父亲也用那种口音回答:"韩师傅,推头(理发)去。"说完二人点头一笑就各奔前程了。我问父亲:"这是谁呀? 怎么管您叫师傅? 是您的徒弟? 那您干吗也管他叫师傅? 到底谁是谁的师傅?"父亲说,那是中文系的一个青年教师,叫韩兆琦。"我们曾在一起劳动过。他干活有力气,是把好手。"父亲补了一句,算是回答我的问题。

大学教师、有力气、劳动好手……不知道二十一世纪的国人是否会觉得这事有些难解。

父亲被错划"右派"是1958年初的事情。从时间上看，应该是凑名额"凑"上去的。但是，无论什么原因，一旦"加冠"，就必须用劳动来"改造思想"。到了"文革"，劳动渐渐有了超越改造，实施惩罚的意思。父亲的工作也从带有工农业生产性的劳动下降到打扫主楼六层整个走廊、各个办公室加男女厕所的卫生。我第一次见到他劳动，就是这类保洁工作。

1966年的8月，我未满十一岁，正被突然到来的风暴吓得糊里糊涂，邻居的几个孩子告诉我说作家老舍在太平湖投水，"自绝于人民"。"太平湖？离太平庄多远？"我无心打听老舍是谁，只是担心太平湖离太平庄太近。我那时知道父亲工作的中文系在太平庄，正在接受"疾风暴雨式的批判"和"劳动改造"。我生怕那个姓舍的老头（老张姓张，老舍自然姓舍）投水的地方离父亲太近，以致父亲会受他的启发，弃我而去。于是我开始了自己十年人生中最长的徒步旅行，去看看父亲劳动的地方离湖边是否太近了。旧辅仁大学在城里，护国寺以东，离北太平庄的"新校"公交车六站地。

连问带摸，我居然找到了师大的主校园。这个校园是50年代建设的，1966年时，人们还习惯地把它叫作"新校"。我转了一圈，并没看到湖水，算是放了心。到处打听着，又摸上了主楼的六层，一眼看见父亲正用拖把很努力地擦拭着走廊的水磨石地板。我拉了拉您的后衣襟,您转过身来。我看到胸前挂着个牌子,上面写了十二个字,横向三行,行四字,顶格:"右派资产／阶级反动／学术权威"。这种东西在当时我见得多了,已经不再害怕,只要您还活着、还有力气劳动就好。您也不问我为何突然到学校来找他,直接附耳轻语:"别看上边两行。单看下边那一行。"然后直起腰来,指着地面说,"你看,你看!是不是跟镜子似的?嘿嘿,锃亮!"说罢还给我示范劳动程序:先在左边墙角与地板的交接处狠狠地前后擦两次,然后横抡三下,从左墙根擦到右墙根,再在右墙角与地板结合部前后狠擦两次。"横三竖四。这是我的擦地秘诀。"父亲很骄傲地告诉我。

我对"秘诀"没兴趣。只是看您兴冲冲的样子,松了口气。反正我不会说起太平湖的事情。没想到您不由分说,拉着我走进男厕所,推我站上小便池,说:"靠前站。撒泡尿。你先使劲闻闻,没味儿吧?"我仔细闻了一下,确实没有什么异味。反而有一种净水刚刚冲洗过瓷砖的清爽气。说话间您伸手从厕所门背后的挂钩上摘下一个布袋,就是以前上课时装书和讲义的旧书包。四五年以后我在先世伯元白先生家里泡着的时候,注意到您也有一个类似的书包,我至今记得,因为它的外形跟父亲的书包太像了。元白先生还为那个书包写过几句话:"手提布袋,总是障碍。有书无书,放下为快。"那一次父亲的包儿里掏出来的可不是书,而是一个不小的玻璃瓶、橡胶手套、扁铲、砂纸。父亲说:"以前我没能巧干。用铲刀、砂纸物理性地去除尿碱、垢垢。效果不佳，反而溅了我一身一脸。后来赵伯伯给了我这个。"说着您举起那玻璃瓶，看着那里面多半瓶的液体，轻轻摇了一下接着说，"浇上去，沤上几分钟，刷子一刷就掉了。嘿，就是扫厕所，咱也得扫出最干净的来！"

那个赵伯伯，当然是以我口气称呼的。父亲朋友中能对上号的，有两三个。我猜想应该是师大化学系的赵继周先生。他那时也受批判。一次他拉着我父亲诉苦，说："他们给我扣的帽子是资产阶级反动学术权威。我子女多，生活不宽裕，哪有资格当资产阶级？再说我既没权又没威。要说您是学术权威还差不多。"我父亲赶紧说："这您可不带谦让的。我已经有了'右派'帽子了，您还要再给我加一顶啊？"说完他们竟偷偷笑了起来。今天我看到父亲的牌子，知道不管愿意不愿意，那顶帽子是扣上了，而且肯定不是从赵伯伯那里转移过来的。他在此刻还能悄悄帮助父亲，真是够朋友。

我看看便池上亮晶晶的瓷砖，一尘不染的水磨石地板，又见父亲没事，就转身回家。父亲送我到六楼的楼梯口，说："本来他们让我把橡胶手套扔了，说是资产阶级。我说不戴手套药水烧手，他们也就让我留着了。大学里的红卫兵还是讲理的。回去跟你妈、你哥、你姐说，不用担心我。"我一面急匆匆地跑下楼梯，一面心里嘀咕："知道我们担心的是什么吗？"

到了1971年、1972年之际，父亲的劳动更重了，却不像以前那么脏了。您参加了后勤基建科的劳动，砌院墙、盖房子。刚开始，后勤的师傅们让您当壮工，就是和泥、运砖什么的。时间长了一点，大家混熟了，知道您劳动认真、肯钻研、肯吃苦，似乎忘了您是改造对象，而像普通工友那样对待您。证据之一就是很快父亲就从和泥搬砖的"力把儿小工"升级到上脚手架"跑大墙"的"腕儿大工"。"跑大墙"是行话，专指初级技术工人在师傅"撂"下"底盘"、"放"好线之后，沿着线一块一块地把砖砌到墙上，不能碰线，也不能离线太远，标准是与线似挨非挨，行话叫"抖搂毛儿"。为什么我懂得这么多的泥瓦匠行话？因为命运偏爱我，为了让我给父亲做一个合格的儿子，1973年冬天政府安排我到北京市西城区长安街房管所当了一名瓦工，学徒三年，出师一年后，又升为二级瓦工。1978年我考上大学的时候，已经是如假包换的工人师傅。正因为如此，我才更加佩服父亲，因为从工艺角度看，父亲的手艺至少不比我这个专业瓦匠差，在细微的地方，甚至比我强。当然，我年轻，干活的速度可能比您快些。

让我吃惊的是，父亲并没有止步于跑大墙。一次您指着一所平房的墙角说，"这个角儿，是我把的。""把角儿"，又是行话。意思是技术较高的瓦工专管砌东西向和南北向两墙垂直交接的墙角，加上两个方向各一小段墙。您必须把握两个垂直：上下与水平线垂直，两段墙也要互相垂直。"码"（专业师傅不说砌）砖要横平竖直，不能"奔儿"（外倾）着，也不能"败"（内倾）着。所以把角儿的"把"字，有把关的意思，是"技术含量高"的工作。后来，我瓦工出师之后，还专门去用工匠的眼光考察了一次父亲把的角儿，因为后勤的师傅们给了父亲一个光荣称号："三级教授，四级瓦工。"瓦工是数字越大级别越高，与教授的级别正相反。我学徒三年，一级工一年，到第五年头上才升为二级工，心里当然不服气。考察结果使我大吃两惊。一是后勤的师傅真胆大，居然敢让改造对象干专业要求高、风险性高（墙角歪了，整面墙就歪了，有垮掉的危险）的工作。二是父亲的活儿干得真地道！横平竖直不说，选砖对角十分细致，外加"游丁走缝"绝没有超过一公分的。根本看不出是非专业工匠干的活计。难怪后勤的师傅们如此信任您。我当时的感想相当复杂。觉得给您当儿子，实在是窝囊。您教我点过《史记》，我知道您的古汉语知识是我望尘莫及的；现在就连我的专业瓦工，您都要略胜一筹。给儿子留个饭碗行不行？恢复高考以后，我之所以报考英文系而不报考中文系，就是想躲开您的强项，给自己找一个发展空间。没想到，多年以后我到北外读研究生，发现两位全国顶尖的英语教授，一个专文学，一个专语言，都比不上父亲那口纯正的剑桥音。"木秀于林，风必摧之。"我这个亲儿子都受不了，别的人可想而知。父亲的命运不顺，是不是因为我们太小了？您并没做错什么。错的是我们——我们受不了您把样样事儿都做得比我们好。

从"文革"开始到"四人帮"倒台，我和父亲见面总是断断续续的，因为他经常不定时地被"集中学习"，不能回家。我参加工作以后，父亲十分关心。每次见面都要详细打听建筑队里面的事情。我总爱挑一些徒工们淘气出洋相的事情讲给他听，希望您笑一笑，放松一下。但您更注意听我复述师傅们的言谈，跟我说："一定得找个好师傅。人们食古不化，总喜欢重复伯乐相马什么的陈词滥调。其实，任何选择都是双向的。伯乐选马，马也选伯乐。找个好师傅，不但能学手艺，而且能学做人。"看来父亲有了充分的思想准备，您这个比较喜欢读书的儿子，似乎命运注定要做一辈子瓦工了。至于我，也许是天生的书虫，工作之暇，依旧是东一榔头、西一棒子地胡乱读书。

我的英语是1969年秋冬之际开始跟父亲学的。更准确地说，是在父亲指导下自学的。因为不能常见到您，而且何时能见，何时不能见，既没有规律也不能自主。所以父亲是我的英语师傅，不是我的英语老师。老师定期、定点教学生，师傅则不同。有俗谚为证："师傅领进门，修行在个人。"我初学英语时，父亲急急忙忙地教会我国际音标和查字典的方法，就被集中到校内的"学习班"里面去了。临走时放下一本原版《傲慢与偏见》，一年多以后才回家，看到我已经把该书从头到尾通读了一遍，所有的生词都查了出来，写满几个大本子。您很高兴，问了问内容，发现我一点儿都没懂。非但没生气，反而笑倒了，说："你的耐心可真不错。看不懂的东西却能从头查到尾。你能忍得住枯燥，学外语一定能大成。"说到此您忽然话头一转，说："你懂什么叫师傅吗？'师'字好懂，'傅'字就有点儿微妙了。"说着就开始给我细解"傅"字的来龙去脉。这里岔开说明几句。对于父亲拿手的训诂之学，我是一窍不通。您当时给我讲的，我似懂非懂，记忆下来的可能脱离了本意，也可能根本就没理解对。现在资讯发达，我可以上网查一查，纠正自己的错误印象，把我记忆中的误差调整过来。但是我不打算那样做，因为哪怕我理解错了、记忆错了，这么多年来就是那些可能错误的印象在指导我。本文题目既然是"少年印象"，那我就忠于这些印象，哪怕它们是模糊的、走样儿的。即便说错了，也是真诚的错误。再说，也可能我那些印象并没错，或者并无大错。

父亲的大意是"傅"字开始是指侍弄花草的人。我理解就是园丁。但父亲说那也不尽然。因为"傅"除了侍弄之外还负责展示花木。换句话来说，仅培植还不够，还要认准花木的优美之处并将其展示在世人面前。所以后来古代官职有少傅、太傅之称，都是培养太子、向世人展示太子才能和品质的官儿。作为师傅，一个人须有见识、肯于劳动、善于劳动并且无私地把劳动对象的优秀品质展示出来，而自己甘居幕后。你今天能劳动且技能娴熟，你今天是师傅；明天不能劳动了，就要老老实实地认识到自己不再是师傅。师傅不是师父，一日为师，终身为父，不是真正劳动者的态度。你看有些老先生，自己写不动文章了，就叫学生写，自己挂名而且挂在前头。那样就是师父，不是师傅。我希望你成为一个劳动到最后一刻的师傅。学术也好，手艺也罢，要做一个能工巧匠。一旦不劳动了，就干脆退休，不能再自称师傅了。古起太初之民，在《卿云歌》里唱：

"精华已竭,褰裳去之。"今迄三十年代的浪漫小生,挥一挥手不带走云彩,都可以看成是为师傅"收官"做注解。

父亲嘱咐我的话,您自己完全做到了。首先,您遵循"有教无类"的古训。虽然自己的儿女已经被划在了不准上大学的那一"类",他对工农子弟中有才而基础差的,课外开小灶。至今我还记得一个贫农出身的学生牛纪超,在三年饥荒时期到我家来补课,父亲不但掰开揉碎给他讲,而且补课之后,还把我们十分紧张的口粮拿出一些来给他吃。这当然算培养。在您生命的最后一周,还为一个学生的书写了序,把学生书中的优点,一一推荐给读者。这就是展示。您对师傅的阐释,可能我理解得不对。但是我理解的那个师傅概念,恰好是您生命的写照。说得透彻一点,您就是个脑体两栖的劳动者,生命不息,劳动不止。过去那些莫名其妙的人说您有"剥削阶级思想"或"资产阶级思想",完全是无稽之谈。我父亲引以为傲的事,是干哪行就能成为哪行的师傅。

您临终时洗了个澡。干干净净地,刚站起来,又坐倒在地上——往生净土了。没有"褰裳",没有挥手。却是用生命的终结再一次诠释了"师傅"二字的意义。

我很幸运。我的父亲就是我人生的第一个师傅。

母亲与"抖须"

我从2016年暑假开始重新用汉字写文章,没想到一发而不可收,竟写了二三十篇。2020年暑假开始,给自己定了一个规矩,准备暂时封笔。干什么吆喝什么。我一个教英文的,不能一味写汉字文章。没想到此时《南方周末》约稿,题目是"影响我最深的三本书",触发了我的回忆,竟然引我"破戒"。

要说影响我最长久的,当数唐诗。我四五岁的时候,母亲从韶关的外婆家把我接回北京。外婆送我们绕过一个水塘,母亲弯下腰对着我耳朵说:"桃花潭水深千尺,不及阿婆送我情。"回到北京,夏夜院子里,坐在父母中间乘凉。那时的市中心还有萤火虫飞来飞去,我用大蒲扇去拍打,扇出的风让它们飘得更远了。母亲说:"轻罗小扇扑流萤。"从湿热的广东来到北京,我最能体会"天阶夜色凉如水"的滋味。对我来说,唐诗不是一本书,是一种声音 —— 母亲的声音,清柔如暑天的微风。父亲问我:"你怎么把'扑(pū)流萤'念成'瀑(pù)流萤'呢?"我说:"'扑流萤'不好听,'瀑流萤'好听。"父亲摇摇头,说:"怪来哉!'扑'是入声一屋。仄平平。"我一头雾水。

唐诗不是书，是一个谜——父亲的谜，神秘如夏夜的流萤。

　　我的生日比法定开学日期晚九天，要再等上一年才能入学。母亲不甘心。她领着我到大翔凤小学，从校长室到教务处到教室，走了好几个地方，游说老师们："这孩子怪，没人教过他汉语拼音，他自己就会拼。"说罢让老师随便指个什么东西，然后让我拼出声母和韵母：之喔桌，依蚁椅，吃汪窗，喝雾户。校长和教务主任点了头。出了校门，母亲嘱咐我，上了学不能和小朋友打架，要好好"抖须"。我在外婆家，听不懂外人的广东话，听得懂家人的湖南话。

　　抗战期间母亲在重庆的国立女子师范学院国语专修科读书，胜利后跟随她的老师魏国光先生到台湾推行国语，普通话极标准。那天她故意用家乡话把读书说成"抖须"，是为了一番紧急的学前教育："你看蟋蟀平时抖动它的长须，多威风、多漂亮！再看它打架时张开大牙，与对手掰来拧去的，多暴力、多难看！你上学以后不要做难看的事情。"我们住的那条胡同叫大翔凤胡同，那里的学校叫大翔凤小学。我知道，那原来叫"大墙缝"胡同，有人嫌它不好听，改成了大翔凤。我想，我要真是母亲所说的蟋蟀，那么"大墙缝"倒是我应该去的地方。加上她领我奔走求情，让我感到爬进"大墙缝""抖须"是费力气争来的机会，很宝贵。

　　于是我就努力认字，为了早点儿"抖须"。到了二年级的寒假，我在课里课外认了不少字，趴在旧沙发上竟读完了一本大约二百页的"厚字儿书"，叫作《蔺铁头红旗不倒》，而在那之前，所看的都是我们叫作"小人儿书"的连环画。因为是第一本，所以印象特别深。不知道为什么，它影响我最深的，不是书里写的战斗故事，而是书里没写、我想象出来的那个孤单的、趴在箱子上的人。这使我早早就懂得，读书与写书，都不是凑热闹的事。还有一件得意的事，是连我哥哥都不认识的"蔺"字，我却认得。

我所读的第二本影响深刻的书是《儒林外史》。我对周进的理解与同情，远胜于对范进的叹息与摇头。但一部大书最给我震撼的，竟是那些不惹人注目的小人物。比如芜湖甘露庵里的老和尚，见诗人牛布衣客死他乡，不但在他柩前念"往生咒"，而且忙碌着"煮了一锅粥，打了一二十斤酒，买些面筋、豆腐干、青菜之类到庵"，请众乡邻一起祭奠牛布衣。他说："出家人不能备个肴馔，只得一杯水酒，和些素菜，与列位坐坐。"众人答道："我们都是烟火邻居，遇到这样的大事，理该效劳。"于是老和尚请了吉祥寺八众僧人替牛布衣拜了一天的《梁皇忏》。自此之后，老和尚早晚课诵，开门关门，一定到牛布衣柩前添些香，洒几点眼泪。小人物里有真君子，无论出家的还是在家的，都让我闻到了一股生活本身的"烟火气"。

还有开香蜡店的牛老爹和间壁开米店的卜老爹，他们日常的交往寒素而温暖："卜老爹走了过来，坐着说闲话。牛老爹店里卖的有现成的百益酒，烫了一壶，拨出两块豆腐乳和些笋干、大头菜，摆在柜台上，两人吃着。"我十四五岁时读到这里，无来由地觉得这样的温情小酌，远胜大观园里"饕餮王孙应有酒，横行公子竟无肠"式的狂欢豪宴。他们经营小本生意，勉强度日都难，却肯互相帮衬着为孙子、外孙女完婚。卜老爹说："一个外甥（孙）女，是我领来养在家里，倒大令孙一岁，今年十九岁了，你若不嫌弃，就把与你做个孙媳妇。你我爱亲做亲，我不争你的财礼，你也不争我的妆奁，只要做几件布草衣服。况且一墙之隔，打开一个门就挽了过来……"我看到小人物在生活的重压下仍然保持了一种素朴的尊严，在窘困中尽力安排自己的生活。其言行举止，无意中流露出人性温柔的光。可惜牛老爹的孙子牛圃郎不学好，把"三讨不如一偷"之类的奸诈当作智慧，"拽开"老和尚的箱子，偷出已故牛布衣的诗集，冒充牛布衣到社会上招摇撞骗，作廉价的"名士"。我在学校里、社会上听到很多"做人要诚实"的说教，但都不如这段故事有效。我不能骗人，不能像牛圃郎那样对不起他祖父那温柔敦厚的人品。

1978年，我考上大学，成了英语专业的学生。三年级时来了一位美国教授"老白"（Eric White）。一天他把一本书扔到我课桌上，说："宁，你翻翻（thumb it through），如果喜欢，咱们抽印一部分，作课本。"我一看，是 *Walden and Other Writings*（《瓦尔登湖和其他作品》），美国十九世纪作家梭罗写的。我这一翻可不要紧，好像找到了文学的新大陆。没翻几页，我就不由自主地朗诵起来："近来哲学教授多得很，哲学家却一个没有。现在我们羡慕授课，因为过去我们曾经羡慕生活。作为哲学家，仅有微妙的思想，甚或建立一个学派,都是不够的;应该热爱智慧,并按照智慧的吩咐去过一种简朴、独立、大气、信任的生活。"①我少年时跟父亲读《论语》,曾经非常崇尚"饭蔬食,饮水,曲肱而枕之,乐亦在其中矣"那种高风崇义。现在读了梭罗的话,大有他乡遇故知的感觉。后来还发现他从法文译本里读到孔夫子"知之为知之,不知为不知,是知也"这段话,不知是法文译者的主意,还是梭罗本人的"妙计",总之,英文译本是用哥白尼名言代替了孔夫子的语录:"To know that we know what we know, and to know that we do not know what we do not know, that is true knowledge."我试着把它再译回中文,感觉颇为好玩:"知道我们知道我们所知道的,也知道我们不知道我们所不知道的,这才是真知。"这种奇妙的语言变化,把一个伦理学陈述,变成了一个认识论的陈述;把孔夫子的话用哥白尼的话来替代,而读者又不能说它完全错误,使我初次感受到语言学习和文化交叉的深层乐趣。

梭罗关于读书的论述也让我心生喜悦:"文字是最精美的文物……它是贴着生活最近的艺术品。"而经典作品的著者"在每个社会里都是自然的、无法抗拒的贵族"。他提倡读者读书应该像著者写书一样的认真而慎重。最好的书房不是大学的图书馆,而是他在树林里自己搭建的木屋,因为不用交学费,不用付租金,成本最低,因此干扰最少、精力最为集中。读书是精神上的新生。他挑战性地

---

① 这段译文参考了徐迟先生的译文,但纠正了他的误译。我当初朗读的,当然是原文。

设问:"有多少人能够用读了某一本书来记录自己生命又开始了一个新的阶段呢?"我因此想到了《礼记·大学》里的名言:"苟日新,日日新,又日新。"正是因为读了梭罗,我才心里打定主意,此生不妨在研读英美文学中度过。同时产生了到瓦尔登湖游游泳的想法。若干年后,我带着儿子横渡瓦尔登湖的时候,忽然产生了幻觉,仿佛在我身旁奋力划水的不是十四岁的男孩,而是四十岁的梭罗。古人说"一个人不能两次涉足同一条河",但我觉得托我浮起的那湖清水,也曾承载过梭罗简单明快的思想:人生本不复杂,我们把它极简化,是为了把只有一次的生命用在我们觉得最有意思的地方。

1982年徐迟先生翻译的《瓦尔登湖》出版了。我买了一本送给母亲。她反复阅读,在上面画了许多着重的横线,并在扉页写了几句话:

兀兀不修善

腾腾不造恶

寂寂断见闻

荡荡心无著

我问她什么意思。她说:"参。"我参不透,也不太在乎。反正在参透之前,我还可以继续"抖须"。参透以后是不是就不"抖"了呢?那也未必。

老白教授离开中国的时候,把那本书送给了我。我至今还保存着。我每次教十九世纪美国文学课，一定用它，绝不新买一本。它现在卷边破角，看上去像一只疲倦的老狗。但我把它看得比鲁迅那只"金不换"毛笔还珍贵。狗是人类最忠实的朋友，这本老狗似的旧书，是我最心爱的伙伴。老白在科罗拉多大学英文系教书，我在西华盛顿大学英文系教书。我们联系不多，也没断。他知道我还在"抖"着他当年送给我的"须"。

2006年陪81岁的母亲到丽江，游玉龙雪山

启 大 爷

"还不快叫人？"父亲说。

我站起来看着笑眯眯走向我的圆面男子，微鞠一躬，说："启大爷，您硬朗啊！"

"大爷"这个词在北京话里头至少有两种读法、两个意思。一是重音在"大"字上，意思是父亲的兄长，是一种亲属称谓。二是重音在"爷"字上，意指富家子弟，阔大爷。当时我听那人管父亲叫"叔迟三兄"，而父亲叫您"元白大哥"。心里迷惑，如果父亲年长，就该叫您叔叔；如果您年长，就该叫大爷。犹豫了一下，我按北京习俗，不清楚时，捡大的叫——当然是把重音放在大字上。

您拉着我的手说："别鞠躬，别鞠躬！"然后放低声音说，"除了对着伟人像的时候，鞠躬算四旧。"说得我们仨都偷偷地小声笑起来。那大概是1969年底或1970年初，母亲刚刚下放干校，我初学做饭，很难吃，不得已才到外面买。上面的那一幕就发生在鼓楼前，路西，湖南风味的马凯食堂（"文革"前叫马凯餐厅）。母亲是湖南人。父亲和我想她，就去马凯食堂吃湖南菜，常常被母亲的"家乡风味"辣得眼泪长流。那天"启大爷",就是后来大名鼎鼎的启功先生,凑巧也到那里吃饭。遇见您,我们居然笑了起来。难得,故可贵,以至终生难忘。"启大爷"这个称呼,我从那时一直用到现在。今后还会用下去。只可惜您听不见了。

我在美国生活了三十多年。由于是在大学里教美国人美国文学,一些华人邻居、朋友们误认为我是"美国通",常常对我诉苦,说她们的孩子不愿和父母沟通,希望我跟孩子们谈谈。说"她们",是因为那些家庭的父亲们多数还留在中国发财,把妻子儿女移到美国或加拿大定居,而自己做"空中飞人",隔上几个月才能回家探望一次。我和孩子们的谈话渐渐深入,了解到其中男孩子的心理纠结其实比较简单,就是希望父亲能够常在身边,作为他们生活中的"角色榜样"。这个词是我根据英文"role model"杜撰出来的,意思是孩子们有样儿学样儿,生活中如果有一个品行端正、乐观向上的成年男子做榜样,他们就能顺利地成长为品行端正、乐观向上的小伙子。由此想到自己的少年时代,不免纳闷儿:"文革"期间父亲经常被关在学校里交代问题而不能回家,断断续续地很多年,回家时间短,离家时间长,而我却没有这些孩子们的心理问题。原因何在?后来想通了。父亲的角色是可以由其他的慈祥男性暂时代替的。回想自己少年时的情况,有好几位先生无意间扮演了父辈的角色,比如北师大生物系教解剖学的包天池(讳桂潞)教授、教育系教心理学的陈友松教授,还有水电部工程师、北海少年水电站的设计者陈宏光先生,都对我的心理成长起到了榜样和向导的作用。但是,一直有意呵护我,而且时间最长、最细致入微的,就是启功先生。他们使我懂得了,真正的好男人能顶着压力关爱下一代,能在粗暴的大环境里小心翼翼地为晚辈维持一个温文儒雅的小气候。美国国父之一富兰克林说:"小小的蜡烛能把光明投射得很远;浊世之中的善行像烛光一样闪耀不熄。"启大爷以及我通过您而认识的老一辈学者又岂止是蜡烛!他们就像熊熊火炬,放射出知识与修养的光芒。

那次偶遇之后,父亲带我到西直门大街南草厂内小乘巷拜访过启大爷两次。之后就是我自己登门。在那种大环境里感受到一种温文的幽默,我自然是越去越勤;后来您患上了美尼尔氏综合征,蒙启大妈委托(北京话称大爷的夫人为"大妈",即伯母之意),无论您到哪里去,总得由我跟着,生怕您因头晕而摔倒。直到小怀兄、小葵姐和章五大爷从湖北十堰市调回北京,我才移交了这个任务。"近朱者赤",跟随的时间长了,我也开始在您的督促下读些唐诗,还写写毛笔字,甚至有一段时间干脆住在小乘巷,算是登堂入室了。有一次我在荣宝斋看到了一位王姓画家画的梅花,回到家中被要求仔细描述。启大爷默默地听罢,然后说:"这画儿不大对。"我当时觉得奇怪:画儿有好看不好看、像不像之分。何来对与不对呢?您大概猜到了我的念头,接着就解释说梅花儿多生长在江南,那里雨水多,所以梅花儿花心朝下,像雨伞一样,不至于让雨水浸泡花心而烂掉。王先生把梅花儿画得朝天开放,成向日葵了。梅花儿哪有那么傻？画画儿不能出大格儿。我当时还篡改了张九龄的诗："那就干脆说'梅花儿有本心，不肯朝天开'得了。"直到后来我誊写您的《论书绝句》到了第九十八首方才彻悟您的艺术立场：

亦自矜持亦任真，亦随俗媚亦因人。
亦知犬马常难似，不和青红画鬼神。

任真不是"认真"，而是放任天真的意思，与"矜持"对立而统一，有时正襟危坐，有时天真烂漫。艺术当然鼓励创新，但这创新应该以自然规律为依托，而不是胡乱涂抹些神鬼难辨的东西糊弄观众。后来我读瑞士心理学家荣格的理论，知道生物人在扮演社会人的角色时，需要准备面具，人人如此。又读《史记·汲黯传》，两相结合，不由得想起了启大爷的那段话和那首诗，觉得原则性和灵活性的平衡，不仅是微妙的艺术理论，而且在社会生活中也是至关重要的。您这种尊重自然规律的态度，也贯穿在唐诗的解读当中。一次谈到王绩的《食后》一诗，您问我楚豆是什么，我顺口就说："大概是湖北一带的豆子吧。"您用手指在我额头轻弹了一下说："就知道你会编。"然后仔细给我讲解楚豆其实是牡荆的果实，不仅湖北，咱北京也有，叫荆条。叶子是一对儿一对儿的……我当时真是不懂事，不知道珍惜这难得的机会，反而觉得您啰唆。您看出我的心思，就苦口婆心，告诉我读古代的文章和诗歌不能望文生义，因为语言不断演变，要想弄懂原意，非得认真查阅字典、仔细看注脚。后来我努力克服自己的浮躁，慢慢地入了古典文学之门。

经他耳提面命，我总算比多数的同龄人多认识了几个字。可惜我天性鲁钝，再加上半大小子多少有些逆反，奉命背诵唐诗的时候，常出些奇怪的错误，包括把杜甫的名句背成"听猿实下三滴泪"。启大爷听了显出诧异的神情，惩戒性地轻轻弹了弹我额头，说："三滴泪怎么流？左眼一滴，右眼两滴吗？"然后他翻出线装的《水经注》和《乐府诗集》。哈，两本书里都有"巴东三峡巫峡长，猿鸣三声泪沾裳"。我读罢心服口不服，矫情地反问："那三声泪怎么流？人泪还是猴子泪？"启大爷听完笑得像个弥勒佛。这使得我在马凯食堂之后又一次体验到文雅的谐谑。

1984年我入北京外国语大学英美文学专业读研究生，从导师周珏良那里听到了西方形式主义文学批评理论。那时启大爷已经搬进北师大的小红楼（先生称为浮光掠影楼），离父亲的居所仅数十武之遥。我从北外回家，总要去看看他。一天，他神色疲惫地歪在床上，见我来了，说："昨晚一夜没睡着，今天一天没精神。你说点好玩儿的，帮我解乏。"我顺口就说起了周先生课上讲的美国的"新批评主义"。50年代时新，现在有点旧了。不过与其相关的"陌生化""模棱""反讽"等几个概念还是很好玩的。说着说着，他本来疲倦的眼睛渐渐亮了起来，忽然从床上一跃而起，拍着床边说："现在你知道三声泪怎么流了吧？"我怔了一会儿才明白过来，原来我的幼稚与浮躁，一直都在您心里装着呢。一有机会，您就会敲打敲打我，希望我克服性格上的弱点。在这次谈话的启发下，我发现西方的形式主义文艺理论对我们解读唐诗真能帮上大忙。后来我还写了一篇文章，用西方形式主义理论分析杜甫的《秋兴八首》[①]。启大爷在天有灵，知道后会再次笑成弥勒佛吗？

那几年跟随启大爷，我不仅读了些书、练习写毛笔字，还接触了一些可以作为榜样的人。翻开中华书局2012年出版的《启功日记》，能见到某年某月某日俞宁来，周振甫来，以及其他一些类似的句子。不了解内情的人或许会以为俞宁也是哪方大儒，万也想不到其实是个十几岁的懵懂少年。有几位老先生我至今还印象深刻，例如中华书局的周振甫先生和唐长（zhǎng）孺先生。他们二位都戴深度眼镜，都是江浙口音，而周老先生的口音似乎更软、更糯。他常穿略微发白了的蓝色中山装，但收拾得干干净净。看上去既简朴又儒雅。多年以后我的岳父无意间谈起一件小事，使我对周老先生的为人更加敬佩：一天周先生来到我岳父的办公室，非要把一些钱交给他。我岳父不明就里，因而不知所措。周先生解释说，前一天中华书局派车接他去某处开会，会后又派车送他回家。单位里用车有规定，某某级干部才可以。周先生自认为级别不够，所以不可以用公车。既然用了，一定要缴纳汽油费。我结合周先生平日的节俭，马上联想到苏轼的《前赤壁赋》："且夫天地之间，物各有主。苟非吾

[①] 可参阅俞宁《〈秋兴八首〉之形式美发微》，《中山大学学报》2017年第5期。

之所有，虽一毫而莫取。"我闭上眼睛，试图把周先生的高风亮节和他那口糯糯的吴侬软语叠印起来，却总是很难做到。

唐长孺先生到小乘巷来大概是1973年的事，因为连日阴雨使得启大爷的东山墙变形，行将圮坏。当时启大爷被借调到中华书局标点《清史稿》，而唐长孺先生好像是标点二十四史的工作中担负某些协调责任，也许算得上是一级领导。启大爷为屋坏写了一首自嘲的诗："东墙受雨朝西鼓，我床正在墙之肚。坦腹多年学右军，而今将作王夷甫①。"（凭记忆，难免有错，但大意如此。）拿给中华的同事们传阅，作为笑谈之资。没想到唐先生知道了，先是写了封信慰问 —— 我依稀记得信里还有一首诗 —— 后来还特地来登门探望。唐先生来时，我们已经把床挪到了西墙根，尽量远离危险之地。我把椅子放在紧靠床的地方，也是尽量避开危险的意思。而唐先生却把椅子挪到东墙附近，然后正襟危坐，轻言细语，大有晋人挥麈清谈的风度。我先倒茶，然后垂手而立，一边听着两位长者说话，一边心里打鼓：万一客人真成了王衍，我可怎么交代呢！幸而不久送客，照例是启大爷送到院门，我送出小乘巷西口，指给客人看，顺南草厂往北，出口就是西直门内大街。那里有27路公交车和5、7、11路无轨电车，以方便客人回家。送客回来，我问启大爷客人为何一定要靠着危墙坐。先生说，唐先生虽然算是负点儿责任的人，但

---

① 王衍，字夷甫。西晋末年的重臣兼清谈家。后来被石勒命人推倒坏墙活埋了。我当时并不了解这些。是读了启功先生的诗，因不懂而问，启功先生讲给我听的。

并无什么实权,因此不能给同事解决实际困难。心中无奈,所以亲自来看望并故意坐在危墙之下,以表达与朋友共患难的意愿。这样一解释,唐先生在我心中立刻高大起来。他坐在那里的音容笑貌,仿佛是对托名李陵诗的现场演示,"温声何穆穆,因风动馨香",使我再也忘不了。后来我读《世说新语·德行》,里面说陈仲举"言为士则,行为世范",脑海中马上就浮现出唐先生斯斯文文的大丈夫气势。大概从那时起,我心目中的英雄就不再是叱咤沙场的战士,而换成危墙下轻言细语的学者。周、唐二位先生的行为,成了我心中的模范。如果现在有人写"新世说新语",我会恳求作者把周、唐二位先生写进"德行篇"去。

除了在小乘巷"何陋之有"的小南屋里接待来客,启大爷也出去拜访朋友。我记忆里比较清楚的,当数去东琉璃厂一带拜访李孟东先生。从小乘巷到琉璃厂,须乘坐7或11路无轨电车到厂桥换14路汽车。总算下来要四十多分钟,下车后还须步行穿过小胡同,所以一路上时间富裕。启功先生随口说些历史掌故、文人旧事。多数我都忘掉了,只记得提起过李孟东先生原来是裱画铺里的学徒,通过自己处处留心、勤问苦记,不但学了文化,而且慢慢地发展出了文物鉴定的本事。他和启大爷交往,先是起源于裱画,后来还在旧书店里为启大爷淘过所需的书,而且是物美价廉。再后来才是交换文物鉴定方面的意见和信息。那天我们去看望李先生,是因为听说他得了不容易医治的病。他家的院子明显低于小巷内的路面。我还观察到那附近的其他院子都是如此，仿佛是一个院子一个坑。启大爷解释说，路面高于院子是因为旧北京垃圾回收业不发达，而北京人冬天都烧煤球炉子取暖。炉灰不能及时输送出去，就近倒在胡同里。日久天长，路面越来越高，形成了现在的局面。1950年代以来有了比较现代化的垃圾疏散系统，这种情况有了改善。

　　李先生病中有人探望，很是高兴，热情招待，用吃饭用的粗瓷碗倒了两大碗白开水。我一路走渴了，也没客气，端起大碗一饮而尽。启功先生也喝了几大口。然后问病情、吃什么药、怎么将养，等等。李先生说现在条件比以前好了，每天都能吃"俩鸡子儿"（两个鸡蛋）。谈话间我没头没脑地问了一句："李先生，您府上是河北什么地方？"李孟东先生脱口就说："衡水。"然后才问："你怎么知道我是河北人？"他这一问，我反而傻了。真的，我怎么知道他是河北人呢？启大爷赶紧道歉，说这孩子没规矩，您别往心里去。他随他爸爸，有口无心，外加耳朵还挺尖。李先生问："这不是您的公子？"启大爷答道："还公子呢！这么没规矩。这是某某人的小儿子。"李先生作恍然大悟状，说："原来是俞先生的孩子。难怪！听说俞先生开会时，组里除他之外的四个人来自四个不同地方。上午开会，俞先生听着。到了下午，他跟甲说甲方言，跟乙说乙方言……"我从来没听说过父亲还有这种本事，更没想到琉璃厂的裱画师傅能知道我父亲这么个人和这么段故事。回家的路上启大爷沉默了好一阵子，我以为是因为我失礼而生了气。没想到您忽然对我说:"你写字手挺笨的,可这耳朵辨认语音真灵!看来不能浪费你爸的遗传,你还是好好学习语言吧!"本来我已经中断了自学英语,是启大爷这句话使我又重新开始。命运弄人,现在我竟然在美国教美国人美国文学和西方文论三十多年了!好的导师点拨学生就是一句话,好的学生报答导师的应该是一生的努力。

1977年恢复了高考。我报考英语系,落第。1978年再试,如愿以偿。当初如果我选择中文系,或许不用唱这出"二进宫"就能顺利入学。但是我很害怕两位父辈的影响力,不愿意在他们的领域里有人为我开绿灯,更不愿意走到哪里都被人说这是某某人的子侄而因此丧失自我。回忆大学里背单词、练听力、练口语这些枯燥的功夫,如果进入中文系就会免此一劫吧?可是我现在并不后悔,因为这一路虽然艰难,毕竟是靠自己的力量走过来了,没有依靠长辈的荫庇。更何况现在的感觉是对美国文化的了解到了和对中国文化了解几乎相等的程度,仿佛是一人两命,同时从两大文化中吸取营养。我生不幸,小学四年级还未结束,"文革"就掀起了滔天风暴,使我失去了接受正规中小学教育的机会;我生又大幸,因为正式的教育系统被打乱,反而获得类似于私塾的学习经历,况且是在国宝级大师家里和朋友圈中亲承謦欬!这种经验使得我在少年时代心理发育十分不稳定的阶段,得到了优秀的"父辈角色榜样"的引导。虽然社会环境迫使我和父亲长期分开,但父辈的角色却由启大爷和那些人格高尚的前辈们扮演得有声有色。对此,我深怀感恩之心,感谢启大爷对我的收养与教育，感谢父亲结交了那些正人君子，感谢老一辈知识分子的高风亮节为我引导人生之路，感谢上苍使我对中西两种文化都有了比较深刻的了解。我今后的生命怎能不放在这两种文化的交流与沟通之中？

我最后一次见到启大爷是在1999年的秋杪冬初之际。我回国探亲，当然要去看望老人家。相谈甚欢，也相谈颇久。我欲起身告辞，他马上提起一个新的话题，于是坐下继续交谈。反复几次，我虽木讷，却也领会了他恋恋不舍的心情。于是突然起了个念头，问："能否把您日常所用的砚台送我？"他二话不说，拿起案头墨汁未干的

1999年秋末冬初，作者回京探亲时看望启功先生

砚台，走到厨房清水洗净，顺手扯张宣纸擦拭干燥，放在一个大牛皮纸信封里，交到我手中。我又犹豫着看了看墙上挂着的"谢绝照相"的字块。您说："摘！摘掉！"我满心惭愧地把它摘下，请照顾了启大爷多年的小怀兄为我们拍照留念。美国文学家爱默生说："人是站在废墟中的神。"意思是一旦走出废墟，人就还原成真正的神。他还说："宇宙的正气循环往复，穿过我的身体，使我和上帝血肉相连。"在中国那个特殊的历史时期，文化被改造成一片废墟。而我有幸在那片废墟里遇到了许多神一般的学者，他们的榜样引导我走出废墟，使我的精神逐渐与他们的血肉相连。有一本纪念先父的论文集名叫《薪火编》，意思是学问如火，学者如柴。火中续薪，薪尽火传。古往今来，多少学者甘愿做薪，才把知识的火种传到了今天！我们这辈学者，应该如先辈们一样，呵护、感召年轻一代，使他们看到功利以外的人生美景。如此，他们就能顺利度过心理的躁动期，成为品行端正、健康向上的好人。

三十年无改父之道
—— 和父亲的约法三章

弗洛伊德说凡是儿子都要和父亲起冲突，因为儿子恋母。我间或确实产生和父亲对抗的情绪，但这和恋母无关，而是因为父亲对我的要求太高、太严。

有些朋友赞叹我幸运，能得到元白先生和父亲这两位长辈的教诲。我当然承认自己幸运，但我这种幸运也有另一面，那就是如山的压力。试想一个没有受过正式中学教育的年轻人，对中国传统文化产生了兴趣，想通过自学而深入了解这文化。当他读书有疑惑的时候有两位内行的长辈可以请教，这是多么方便、多么幸运的啊！然而，那两位的学问实在过于厚重了一些，一个在古代汉语专业，一个在古典文学专业，都是山一样的存在，挡在国学传统的两大核心领域，使这个小青年处处自惭形秽，似乎整个领域里面永无自己的出头之日。这正是我青少年时期的感受。

从十八岁到二十三岁这五年时间里，我在北京市西城区长安街房管所做瓦匠，为管片内居民修补旧房。劳动虽累，但能切实感到人们需要我的工作，觉得自己是个有用的人。于是我一边劳动一边诌了四句："少罹磨难甘卑事，越脊攀房匠亦侠。陋巷泥颓阴雨后，几家唤我备灰麻。"写下来仔细看，觉得说出了自己的真实感情，词语还算雅驯，平仄也符合"一三五不论，二四六分明"的粗线条儿要求，读出来自己觉得朗朗上口。下班后兴冲冲地把自己的新"诗"拿给父亲看。没得到期望中的夸奖，却受了短促的训斥。心有不甘，就拿到启大爷家里，再请您看看。他看了摇摇头，问："你爸看过了？"答曰："是。"又问："骂你了？"再答："是。"接着问："怎么骂的？"答："您说'什么乱七八糟的？韵都没押上！'"启大爷笑了，说："得，这下我想骂你都没词儿了。"随手翻出《佩文韵府》，指着某页说："看见没有？'侠'字是入声，押十六叶，不押六麻。"这样的经历虽然使我弄明白了几个字的韵部，却也使我丧失了写旧体诗的热情。到了1977年恢复高考，我决然不考中文系而投考英文系，一方面是不想托二老的荫庇，另一方面也是让老二位吓怕了，巨人身影之下，不敢久留。落第后再试，终于在1978年如愿以偿，成了英文专业的学生。如果我直接投考中文系，很可能不用唱这出《二进宫》就上了大学。然而我毫不后悔，因为当时自以为从此走出了两位长辈的影子。

　　本科毕业后留校教了两年公共外语。服务期满，考上了北京外国语大学英美文学专业的研究生。这样更远离父亲和启大爷的专业，他们会不会不高兴呢？开学不久，接到两位长辈的礼物。启大爷的

礼物放在一个大信封里,是周振甫先生在人民文学出版社出的《文心雕龙注释》,扉页上写着:

  启功先生　指正　周振甫

父亲早年接受严格的英国教育,故礼物按西人习惯包在花花纸里。打开一看,是杨明照先生在上海古籍出版社出的《文心雕龙校注拾遗》,扉页上写着:

  俞敏先生　正譌　杨明照(加印章)赠　一九八四年十月

因为两件礼物几乎是同一天交到我手上,而且同是借花献佛——把其他著名学者送给他们的不同版本《文心雕龙》转送给我。经过二老长期的嘲讽加斥责训练,我脸皮渐厚、疑心渐重,根据礼物的内容,知道两位长辈是谋划好了之后共同行动的。事凡牵扯到我,只要老二位联手,耍傻小子当然是他们最直接的乐趣。但此外总是另有深意。因为经常接受这两位智商极高的长辈的"关怀",我逐渐练出了特殊的思维方式:这绝不是普通的礼物。用父亲的话说这叫 charades(打哑谜),目的是测验我的智力;用启大爷的话说这是禅宗的一例新出炉的公案,目的是试试我有没有慧根、悟性。参! 首先按父亲那套严格的逻辑思维推测:我考上了当时号称"亚洲最好的"英文系，为什么不送我《牛津字典》而要送《文心雕龙》？为什么二老要送我同一部书的不同版本？为什么二老不去新华书店各买一部送给我，而要把校注者赠给他们的样书转送给我？这就是二老常说的"遇事先要想进去"。结论是他们提醒我不要数典忘祖，不能忘了我是中国传统文化园地里的苗子。滋养过我的不仅是二老，还有他们的朋友和朋友的朋友。这如同说"你小子背叛了家学，跑到英美文学那边去了"。莫非是想让我产生负罪感？父亲肯定是在借杨朱的理论提醒我：人生之路多岐，走上一条，越走岔道儿越多，再回头就不可能了。这种关心，没经过特殊训练的人是体会不到的。

下一步是用启大爷弃常识、逻辑如敝屣的方法，"想进去之后还要想出来"（那时我才刚刚听说"解构"这个术语）。您对我的教诲，一般是禅宗版柏拉图对话体：礼物是什么？是书。书是什么？是一沓子用胶水粘起来的纸。纸上有什么？一些印上去的被人们称作文字的符号。书是谁写的？刘勰。刘勰是什么？是一个人。你认识吗？不认识。不认识你怎么知道是人？因为他的名字。名字是什么？两个汉字。汉字是什么？是符号。那刘勰到底是什么？也是符号。符号写符号，能懂吗？不懂。怎么办？找人注释。谁？周振甫。你认识吗？在您家里见过很多次，总穿洗得发白的蓝色中山装，讲一口糯糯的吴侬软语。可靠吗？可靠。他怎么注释？用汉字。就是符号？是。用符号注释符号能弄明白吗？不知道。不知道怎么办？老老实实承认不知道。结论：你连表达母语的汉字都读不明白，去学什么英美文学，靠谱吗？不靠谱。参透了吗？当然没参透。您的公案，我从来都参不透，自认是个"俗汉"。不过俗汉也有俗汉的一知半解，得出如下俗论：不靠谱也得去，否则让你们老哥儿俩挤兑得无地自容。这是启大爷鼓励我朝自己的目标努力。您的方法一般人是摸不到头脑的。当然，受这二老夹板儿气的滋味儿，恐怕这个世界上只有我一人知道。

  1985年秋末，父亲对我的关心到了一个临界点。我和家兄同时申请到美国留学。家兄的专业是国际金融，比较有前途，申请奖学金的希望也比较大。而我的专业是英美文学，中国人申请这个专业，录取的概率不可能高，奖学金的希望更是渺茫。所以开始的时候父亲并没在意，早已料到我这个"猴三儿"逃不出您如来佛的手心儿。到了冬天，我们的申请陆续有了回音。兄弟二人都有三四个学校录取，剩下的是最关键的一步——他们到底给不给奖学金。此时母亲开始不安。在她眼里，大儿子插过队，吃过苦，出去闯荡，她是放心的。小儿子从来没出过北京城，一下子去万里之外，她不愿意。父亲嘴里不说，但您的态度却使我想起《战国策·赵策四》里面赵太后和左师触龙的对话。"太后曰：'丈夫亦爱怜其少子乎？'对曰：'甚于妇人。'"不过父亲毕竟是高级知识分子，放不下身段去阻止我申请留学。您安慰母亲说，录取了也没用。人家不会出钱让一个中国人去学英美文学的。世事难料，到了1986年春季，学校来了消息，我们兄弟二人双双得到了奖学金。父亲沉默了几天，突然对我说："你申请出国深造，按道理我不该阻拦你。但是有几个规矩你必须遵守，如果不能，就不要去了。"我早有心理准备，就静静地站着等下文。他接着说："第一，你出国学习英美文学，不管多难，念不下去了就回来，绝不能转行去学汉学。那样做等于宣布我和你启大爷教不了你汉学，而那些中国话说不利落的洋人汉学家却能教你。我们丢不起这个脸。"我从来没想过这种情况。仗着年轻气盛，当场点头应允。"第二，"父亲接着说，"你不要转行去学什么'中西比较文学'。你两方面的知识都是半吊子，怎么比较？那不过是找容易出路的借口罢了。"这下说中了我的要害。我心里有应急的计划，如果英美文学实在啃不动，就换个学校读比较文学。父亲把我挤在这里，我为了得到您的放行，只好硬着头皮承诺。于是父亲再说第三点："你既然自己选择了英美文学，就得坚持到底，把人家的东西学深、学透。出来找不到工作，就回国。中国那么多英文系，总有你一碗饭吃。"哈哈，这才是您的真实目的。还是希望小儿子留在身边。这必须要承诺：找不到工作就回家，天经地义。父亲最反对的就是我落入俗套，对着洋人讲中国学问；对着中国人，讲西洋学问。他把那种情况叫作"两头儿嗙"，认为真正的学者谈之齿冷。要是找到工作呢？您给我留了一条后路。

到了美国，我努力不违父命，在英文系里埋头苦读七年，终于在1993年获得了英美文学博士。经过三百个博士申请一个助理教授职位的激烈竞争，居然在一所州立大学获得了一席之地，主讲美国文学和西方文艺理论。并在此得终身职、提副教授、正教授，一直干到今天。从出国那年算，到现在三十多年了。子曰："父母在，不远游，游必有方。"（《论语·里仁》）可见孔夫子并非完全反对子女远行，而是要求他们远行时有个明确的目标。我于父母渐老的时候做万里之游，可是我不但去了一个让父母放心的地方，而且一直按照父亲制定的方案认真治学，老实做人。应该算没有违反"游必有方"的古训。孔子还说："三年无改于父之道，可谓孝矣。"（《论语·学而》）三十年来，我一直没有偏离父亲为我指出的方向。即便是最近，自己也渐入老年，回归唐诗研究。回国讲学，老老实实地详解唐诗。只是现在我有一个强烈的愿望，就是用西方的一些文学理论，例如形式主义理论、读者反应论、神话学理论、生态批评理论、认知诗学来分析唐诗。我想用这种中西结合的研究方法，是因为自己觉得现在已经脱离了两方面都是"半吊子"的尴尬境界，有了独到的心得，应该和国内同仁分享。父亲的在天之灵，应该会点头赞成吧。至于启大爷，您在世时已经松了口儿：某些外国的东西，可以回国讲一讲。至于"某些"到底指的是什么，我这个俗汉还得按照当年的路子：参不透也得参。当然，傻小子也有傻小子的对策：实在参不透，就只好"瞎猜"了，因为按照启大爷那套禅宗话语系统，"参"字和"猜"字，不过代表了两个声音符号，而那两个声音符号的差别，不过就是一个以辅音结尾，一个以元音结尾而已。

震灾中的"秀才人情"

常听人们说"秀才人情纸半张""君子之交淡如水"。大意是说知识分子,尤其是旧式知识分子,只能坐而言道,或顶多写写画画,聊以寄托,根本谈不上"起而能行"。他们生活在书本的虚幻世界里,在实际生活中不接地气,遇到困难相对软弱无助。然而吾生有幸,唐山大地震这样的自然灾害期间,见证过几位老先生互相惦记、互相帮助的场景。

2016年7月27日我从西雅图登机回北京探望九十一岁的母亲,到京时已是28日的晚上。出得机场,北京湿度、温度皆高的空气"热情地拥抱"了我,使我想起四十年前的那个晚上。1976年的7月27日,北京的天气也是这么湿热。那时母亲干校结束后下放到湖北十堰市的第二汽车制造厂工地,把姐姐也迁到了那里。父亲的"问题"还没有"解决",待遇却已有所改善。"文革"初起时我们一家五口无奈中迁出北师大宽敞明亮且还算现代化的教授宿舍,搬到贫民聚居的德胜门内孝友胡同,住进一间破旧潮湿的南屋,大约十七平米。1976年父亲待遇好转,得以在北师大校园内的西斋北楼(简称西北楼）借到一间学生宿舍，理由是需要就近看管劳动工具，方便工农兵大学生参加学工、学农的劳动。不过我曾看到在那间宿舍里一些工农兵学员拿着鲁迅的《说钿》请他讲解。所谓看管工具似乎只是个幌子，其实是父亲非正式地重新讲课了。因为是工作需要的宿舍，父亲讲原则，不让我或哥哥住在那里，所以我们兄弟二人依旧住在德胜门内的蜗居里。

哥哥是因病从插队的山西农村"退"回北京的，分配到西城区客运摩托车公司，相当于现在的"的哥"，只不过他开的是三轮摩托车，俗称"小蹦蹦儿"，一天到晚颠得骨软筋麻。我则在北京市西城区长安街房管所做瓦工学徒，还要半年才可出师，体力劳动相当辛苦。那天晚上由于潮热难当，我们兄弟二人翻腾到后半夜才得入睡，但睡得很沉。突然间我被惊醒，发现床板正在做垂直的上下运动，把我们颠得腾空离床一寸有余。由于我们有1966年两次邢台地震的经验，马上猜到地震又来了。急忙蹿到屋外，此时仿佛大地变成了水平运动，使我们前后摇摆，迈不开步子，在院中"扭起秧歌"来。好不容易适应了被动的"摇滚"步法，我们想奔出四合院的院门，没想到门楼垮了下来，险些砸伤我们。吓得我们赶紧跑回院内，发现街坊们动作不如我们快，反而毛发无损。大姑娘、小伙子都光着膀子，站在院中面面相觑。

父亲虽然精通旧学，但骨子里是一个新式的知识分子，从来不曾用忠孝等观念教育我们。但是亲情是人性中的本能，所以我们不等惊魂稍定,天没亮就急忙骑自行车赶到北太平庄去看父亲。到了西北楼,发现早已人去楼空,倒是大操场上聚着不少教工、学员。仿佛没费多大力气就在西看台上找到了父亲。他见我们无恙,也觉得心安,转而训斥我们:"你们怎么不动动脑子呀!我住的西北楼有钢筋水泥,不会有问题。你们还不赶紧去看看陆阿公和启大爷去?他们住在校外,房子破旧,比我危险得多!快去,快去,天马上就亮了。"

陆阿公指的是父亲的老师、黄季刚(讳侃)先生的亲传弟子陆颖明(讳宗达)先生。我猜想是母亲这个湖南人的意思,使得我们没按北京人的习惯称他"陆爷爷",反而用了"阿公"这个南方称呼。陆老住在宣武门外前青厂。我们从当时北京的北郊赶到南郊,天早已大亮。他家独门独院,是那时北京少见的自有住房。陆老在1949年以前就暗中支持共产党的地下工作,他的儿子陆敬本身就是地下党员。后来陆老当上了北京市政协的副主席,"文革"时受到的冲击不算大,所以保住了自己的独门四合院。他的房子并不像父亲说的那么旧,我这个二把刀"内行"看了看,没有发现什么结构性的问题,陆家上下人等也都平安无事。只是陆家阿婆抱怨房子漏雨,找房管所几次,也没见有人来修。凑巧他家的房子离我们长安街房管所的管片儿不远,她想通过我打听一下内情。我心里明白,实际情况是房管所管理、修缮公家的房子尚且忙不过来,少数私有住房的问题自然就放在了后头。我这个小徒工根本没有管理权,但是我有一帮要好的师兄弟和一个特别"护犊子"的师傅。因此，我劝她别急，我自有办法把她的房子修好。

几天以后，我在师傅曹士元的"纵容"之下，趁中午休息的时候，和师兄叶家义偷偷地蹬上一辆人力三轮车，把一车青灰膏和少量麻刀运到了陆家。"走你们的，"曹师傅说，"反正都是民房，反正都是抗震救灾。出事儿我顶着。听说还有大学问？"我和小叶听了相对挤了挤眼睛——谁让我们摊上好师傅了呢？就是牛！就是有底气！大话虽然可以这么说，但我们心里明白，这毕竟是把公家的建筑材料无偿地用于修缮私房，所以潜意识当中，难免"做贼心虚"的自责。

陆家独苗孙子陆昕和我是发小，当时发配去了东北的生产建设兵团。我实在记不清那一次探望陆宅是否也见到了他，但是不久后修缮他家房屋的时候他确在家中。虽然"文革"动乱，大家天各一方，再次相遇却觉得格外亲热。师兄叶家义帮我运来青灰膏，参与施工的却是我、我哥哥、第三建筑公司的青年工人刘士励。陆家小昕体弱，不能上房，只能在下面打打下手。我们三个人虽然已经位列工人阶级，但正在悄悄地自学英语，而小昕在跟他爷爷钻研国学。大家因劳动而聚在一起，正是互相切磋的好机会。记得我曾大喊："大刘，把我的 trowel（抹子）递过来。"大刘又对小昕喊："把那个 brush（刷子）扔上来。"我哥也说："Watch out！Here comes the mortar（小心点，灰浆来了）。"小昕在下面看得心里痒痒，也想上房参与我们的热闹。但是他祖母坚决不同意，只得作罢。他事后感慨地说："你们真是新时代的工人阶级。有技能，也有知识。"说来事情也巧，十年以后，大刘、我哥和我到美国留学，进了同一所大学的研究生院。大刘很快成了环境保护学科的博士，我哥获得经济学博士学位。我的道路最古怪，1993年获得英美文学博士学位，之后到美国一所州立大学里教授美国文学和西方文论直到今日。陆昕没出国，但十年之后也成为中国政法大学的中文教授。工程完毕，陆老先生亲自请我们吃"晋阳秋"的名菜过油肉，而陆家阿婆亲自下厨做出精细讲究的炸酱面，吃得我们余香满口。我们当时感觉到的，是亲密的朋友们在一起劳动，用建设性的快乐压倒了对灾难的恐惧和无助感。

地震当天我们去看望的第二家，是启大爷在西直门南草场内小乘巷的居所。您的住房，和我家在德胜门内的一样，是一间两方丈的南屋。我们之所以舍近求远，先出南城看望陆老先生一家，是因为我对元白先生的起居情况太了解了，所以心里有数，不是十分担心。"文革"期间，我父亲因为需要"交代问题"，被隔离在校内"学习班"的次数相当多，所以和我离多聚少。我常年泡在元白先生家里，熟悉他房屋的状况。

1973年夏天北京雨水多于往年，致使先生的东墙受潮，发生"离骨"现象，行将圮坏。向房管所打了报告，可是雨季坏屋较多，修缮队忙不过来，要等几天才能过来修理。我们把床和书箱等怕潮的东西移到西墙根，把桌椅等物靠东墙摆放。一来是这些东西不怕潮，二来是万一墙垮下来，它们能挡一挡。房屋坏了，甚至有一点危险，您老人家并不沮丧，反而作诗自嘲。那时我已经和您相处了几年，说话越发"没规矩"，胆大妄言："您跟王羲之学的是书法，不是东床择婿，'坦腹'应该改成'弄笔'。还有，王夷甫是谁呀？"他说："嘿嘿，瞧把你能的！你倒教起我作诗来了。王夷甫就是王衍，挥麈清谈的那个。他是西晋重臣，后来惹恼了石勒。石勒命人推倒坏墙把他压死了。咱们这东墙一倒，我不就成他了吗？"说完一边咳嗽一边笑。幸好那天没有出事。次日房管所的师傅们就来了。有了1973年的那次修缮，东墙这次才没出问题。

启大爷的南墙和南边另一座房屋的北墙紧挨着，这正好和我家在德胜门内的情况一样。这在北京很常见，叫"对背房"，意思是两座房屋背靠背。不常见的是，南边那座房屋是煤厂的一部分，里面放着轧煤球的机器。机器一开，会发出很大的声响和震动。其效果之一，是启大爷那"何陋之有"的两间南屋也随之震动。您在那里居住多年，渐渐地已能安之若素。不过自从患了美尼尔之后经常头晕，在这个时候开动轧煤机器，会使您晕上加晕，实在难受，打针吃药都不管用。一天机响屋晃，您晕得厉害，只能靠着床上的被垛，半躺半坐，闭着眼睛，反复长吟诗句：

卓锥有地自逍遥，室比维摩已倍饶。

片瓦遮天裁薛荔，方床容膝卧僬侥。

蝇头榜字危梯写，棘刺猴题阔斧雕。

只怕筛煤邻店客，眼花撮起一齐摇。

起初语调平平如诵经状，渐渐地抑扬顿挫，音韵铿锵起来。我也慢慢听出字句，有懂的，有不懂的。心想，问问您，分散一下注意力，也许头晕程度会减轻。就说："这诗我听着耳熟。但是我记得最后一句原来是'连人撮起一齐摇'呀。今儿怎么变了呢？"启大爷不答而反问："那你喜欢哪一个结尾？"我心想：哪个都不喜欢。它一摇，您就晕，您一晕，我就抓瞎。

唐山大地震来时，启大爷的房屋幸好在三年之前已经翻修加固过了。地震当天我们去看您。您见我们兄弟二人入门，早已明白来意，摆着手说："不要紧，不要紧。七三年刚修好，这次管了大用。要是七三年就地震，我就真成王夷甫了！"说完哈哈大笑，仿佛得了便宜一般。我说："也多亏了煤厂的对背墙。如果是单墙，恐怕就塌了。"他说："是呀，是呀！什么叫'祸兮，福所伏'？什么叫'坏事变好事'？"我见您得意，便故意气您："都是您写诗填词闹的！没事您非写什么'天旋地转，这次真完蛋……'这回真成了'连人撮起一齐摇'了吧？"您听了不但不生气，反而哈哈大笑，说："你还记着呐？你背英语单词怎么没这么好的记性？"现在回忆起来，我那几年跟启大爷学到的东西真不少。其中最珍贵的就是您苦中作乐的本事。

  我在那次地震灾害中不仅仅是感受到高级知识分子在困境中的相濡以沫,基层民众人性中光明的一面被灾难激发出来,也深深地触动了我。四十年后的今天写出来时,双手还不由自主地在键盘上发抖。

  我们那拨青年徒工名义上都是初中毕业生,但实际文化水平还停留在小学。我由于自学抓得较紧,显得文化略高于师兄弟们。修建队的领导为了给大家鼓劲,特意把我抽调上来,编写本队的《抗震救灾快报》。不知当时哪里来的一股牛劲,我自己采访、自己撰稿、自己编排、自己刻蜡版、自己连夜推油墨辊子,然后自己把一份份油印小报送到各班组的弟兄们手里。干得风风火火,忘了热,忘了累,更忘了危险。使我吃惊的是,我一早送小报到工地上,发现弟兄们干得正欢。第二天我提前去,大家依然是在我到达之前开了工。问他们几点来的,没人理我。改问谁来的最早,大家都说是魏六子。六子大概有一米九,平时仗着身大力不亏,喜欢欺负别人。我嫌他太粗鲁,就不愿意搭理他。但这次我很好奇,这个平常劳动热情不高、身上毛病不少的大个子为什么现在干劲这么足。问他,他不理我。我心里明白,这是平日我有些看不上他的缘故。一个偶然的机会,帮我揭开了这个谜底。

  施工队领导大概看我一个人干得辛苦,就派了一个文文静静的女孩子给我做帮手。她心细,每次去工地之前总从医务室王大夫那里领出不少十滴水、藿香正气丸什么的，为防工地上有人中暑。有一天真的遇到一例中暑的，但不是我们的工人兄弟，而是住户的一位老太太。我们正在加固她家的房子，她们只好暂住在路旁的一个塑料薄膜搭成的抗震棚内。塑料布一晒就透，却不通风。一家人热得不轻，老太太体弱，首先中暑晕倒。我那个帮手连忙又掐人中又灌十滴水，暂时度过危机。那家人借用我们工地的人力三轮车，把病人送到医院去了。这时魏六子走过来，指着渐行渐远的三轮车说："你不是想知道我为什么早来吗？就为了让他们早点搬出防震棚，回家里去住。没想到，还是××晚了一步！"我心有所悟，抬头看他，见他眼圈红红的。心想，这个破地震，居然让这大老粗有了细腻的心思。

我十八岁参加工作，瓦工学徒，一进房管所的修建队就认识了我那个帮手。但因为她是油漆工，和我没有直接的工作关系，所以认识了两三年却没和她说过话。这次不同，天天早出串班组，晚归印小报，渐渐熟悉起来。先是觉得谈得来，后来竟产生了好感。抗震救灾工作一结束，她就带我回家见她的父母去了。和二老谈了几句，发现她的父亲是中华书局的老前辈，他从30年代末期就在中华工作，50年代初为支援首都文化建设从上海迁到北京，一直把书局的经济运作管理得井井有条。那一刻起，我认识到了自己的宿命就是在高级知识分子堆里沉浮。我在社会基层的体力劳动者群中当了那么多年瓦工，还在那里交了个油漆工女朋友。而跟她回家，发现自己又转回到高级知识分子之中。难道这就是传说中的天意？

2016年7月7日，在我于西雅图登上飞机的二十天之前，我和我的那个终身"帮手"刚刚庆祝过结婚三十四周年的纪念日。

唐山地震给我们带来灾难，同时也算得上我们俩的媒人。启大爷说得对，"祸兮，福所伏！"对我个人是如此，对和我们共同生活的那个人群，又何尝不是如此？

两位师傅

我在中、美两国的几个大学里辗转读了十几年,又教了二十几年,可最近做梦,不知为何,总是梦见我在北京西城房管局长安街房管所学徒时的瓦匠师傅。醒了,就把记忆里比较清楚的零碎片段连缀在一起,写下一个前后大致连贯的往事轮廓。

我师傅姓曹。1973年冬季,我开始在房管所学徒。那正是"文革"中后期,手工业劳动者的拜师学徒传统,也被视作"四旧",不能明目张胆地进行。但传统之所以是传统,就因为它断不了,尽管形式上、细节上可以权作变通。以前是徒弟托人、请客送礼,找技术好、人品好的"大腕儿"拜师。现在是师傅看上了哪个年轻学徒,就直接点将,说:"得了,往后你就跟着我吧。"这个新传统,明摆着是徒弟们占了便宜。曹师傅能看上我,让我感到又荣幸又惶恐。前思后想,可能是有两件事情,使我投了曹师傅的缘。

我参加工作以后,父亲十分关心,每次见面都要详细打听建筑队里面事情。我总爱挑一些徒工们淘气出洋相的事情讲给他听,希望您笑一笑,放松一下。但您更注意听我复述师傅们的言谈,跟我

作者十八九岁开始做瓦工学徒

说:"一定得找个好师傅。人们食古不化,总喜欢重复伯乐相马之类的陈词滥调。其实,任何选择都是双向的。伯乐选马,马也选伯乐。找个好师傅,不但能学手艺,而且能学做人。"

经这一提醒,我注意到了第一施工班的副班长曹士元师傅。曹师傅个子不高,甚至显得瘦小,乍看不像很出色的体力劳动者,平常话也不多,工间休息时喜欢一边喝茶一边眯着眼听大家"砍大山"。他偶尔笑话我们:"先说天,后说山,拆完大塔砍旗杆。你们是什么大砍什么。"相对世上流行的"侃山",我更欣赏曹师傅的"砍山",

有力度！从词源学的角度看，山是没法砍的，能砍的只有山上的树。乒乒乓乓砍上一阵，听着热闹响亮，但其结果是秃了一座山。这是我们劳动者讽刺吹牛皮爱好者的委婉而有力的说法。有时兄弟们吹得过分了，我就挤对他们："忒邪乎了吧？您比《今古奇观》还奇！"一次一位师兄提起一个高明的师傅，给顶棚抹白灰时总喜欢穿黑色上衣，为的是工作完成以后向同行显示自己身上一个白点也没有。那时的室内装修，比现在简单一万倍，能做到"四白落地"就算得上高级。至于顶棚，是先钉上一层苇帘，再用掺了麻刀的白灰膏薄薄地抹在上面，就是一个白白净净的天花板。抹灰膏时，匠人仰面朝天工作，白灰滴落到身上是牛顿力学万有引力定律规定的，黑衣服上面一个白点都没有是吹牛。至少我当时是这么认为的。所以我随口就说："吹大发了啊！《今古奇观》里面可都没有这种事儿呀！"曹师傅听了鼻子里轻轻地哼了一声。

不几天，我们施工的房子就到了内装修、抹顶棚的阶段。曹师傅说："俞子，今儿你给我扩（kuǎi）勺儿。"抹顶棚是难得的技术活儿，我本来是想干的。可是出于对曹师傅的尊重，只好放弃。"扩勺儿"，就是用一个长木柄大铁勺把掺了麻刀的白灰膏扩起来，放在师傅的托灰板上，您用抹子轻轻挑起，然后把灰抹到顶棚上。"六成儿半，不到七成儿。"曹师傅言简意赅。我扩起多半勺灰，放在板上。曹师傅掂一掂行话称为"翻天印"的托灰板，抹子一挑，右臂一展，手腕一抖，白灰顺溜地抹到棚上。您又是一掂、一挑、一展、一抖、一抹，犹如舞蹈一般，煞是好看。这时我忽然觉得眼前一暗——啊？刚才没留神呐！？原来今天曹师傅竟穿了一件黑色对襟小褂儿。我不敢怠慢，每勺儿都是精准的六成半。很快一间屋的顶棚就抹完了，曹师傅跳下满堂红的脚手架，拍拍手，展开双臂问我："你瞧仔细咯，有'今古奇观'吗？"我前后巡视两遭，不得不说："还真是没白点儿。"师兄弟们抢着挤对我，而曹师傅拍了我后脑勺一巴掌，说："算你实诚。学着点儿吧！"

一见到父亲的面，我马上就把曹师傅的传奇讲给您听。您笑得很开心，眯着眼睛说："你就选这个吧，是个好把式。"您眯眼的神态倒是跟曹师傅有点儿像。"你得买点儿烟酒什么的登门去看看人家，琢磨琢磨怎么拜师吧。"我说现在不讲究这个了，领导说算封建迷信呢。父亲说："话虽如此，但该拜还得拜，别声张就是了。你现在拜了他，出师之后他就能护着你。"看来父亲已经有了思想准备，他这个比较喜欢读书的儿子命中注定要当一辈子瓦匠。

那时我受红色教育很深，买烟酒送礼的事绝对做不来，但登门拜访还是可以的。一个闷热的傍晚，我推开了曹师傅家的院门。院里吵吵嚷嚷，两团白肉扭打在一起，定睛一看，原来是两口子打架。天热穿得少，再加上撕扯，身上露出很多不该露的地方。曹师傅坐在树底下抽烟，看都不看眼前热闹的西洋景。我见那个男的出手太重，生怕出大事，想拦住他又无从下手。曹师傅扫了我一眼，明白我的意思，却也不跟我打招呼，从兜里掏出两块钱，说："出胡同口儿往南拐，杂货铺里买个大绿盆来。"那时北京人洗衣，喜欢用一个大瓦盆，里面搪了绿釉，外面是瓦红色。我正拿着钱不知所措，只见曹师傅走到打架人家门口，抄起了一个洗衣的大绿盆，走回到两位"斗士"面前，抡圆了往地上一摔，大瓦盆变成碎瓦片，四处乱飞。那两口子吃了一惊，马上停止战斗，张着大嘴，瞪着曹师傅，四支臂膀仍然绞缠在一起，只剩下三分像搏斗，却有七分像拥抱。他们虽一时气促说不出话来，但兴师问罪的表情却在脸上写得清清楚楚。那些日子的业余时间，我正在半懂不懂地读《诗经》，见此情景马上想起了"兄弟阋于墙，外御其侮"。曹师傅朝我一挥手："俞子，快去！"我走到院门，忍不住又停下来回头看。只听曹师傅说："暑热无君子。你们打，我想拉，下不去手。只好这么办。我徒弟去买盆了，给您赔上。大热天儿的，有话好好说，别动手。吓着小孩儿！"

我父亲听到这段故事，吃惊不小，说："你看过《史记·游侠列传》，那里头的都不如这个精彩。这位曹师傅有仁心，有急智，话不多，但每句都在点子上，是个人才。现在拜不拜师倒不重要了，他已经认下你这个徒弟了。"

果然，没过几天，班长派活儿，副班长曹师傅说话了："今儿个，往后也是，俞子就跟着我吧。"班长看了我一眼，又在我后脑勺儿上不轻不重地扇了一巴掌，说："算你小子有运气！"师兄弟们也是东捣我一拳、西踢我一脚地骚动了一阵子，然后一哄而散，各自干活儿。我的理解是，拜师是大事，得有仪式。过去是徒弟给师傅磕头，现在是师傅的师兄扇我一个"瓢儿",我的师兄弟们打我几下,表示略带羡慕和嫉妒的善意,也算是中华礼仪之邦的新套路。

董师傅是小佟的师傅,不是我师傅。我曹师傅是副班长,董师傅没官儿。曹师傅瘦小、机灵,干活儿使巧劲儿,活儿干出来,看着就飘飕、俏皮。我身高差一点点一米七,跟一米六一的曹师傅学徒最合适。小佟一米八二,虽然干瘦,但跟着一米七五的董师傅学,看着才顺眼。别看董师傅不如小佟高,但梳了个大背头,攥着俩超大号儿拳头往那儿一戳,显得比他威猛多了。特别是董师傅"手长过膝",跟刘备好有一比,而且那俩拳头疙里疙瘩的,指节特别粗壮。

要说我能和小佟成为朋友,也是出人意料的事儿。小佟是红二代,喜欢逢人就说他舅舅是四级干部。我们这帮徒工里有能人,告诉我们:"十三级以上就算'高干'。"说完扳着手指数了数,说:"嚯,家伙! 就你呀? 你舅舅,比高干还高八九级? 你有高级舅舅还和我们混? 你就吹吧! 再吹,让俞子给你呀写到《今古奇观》里头去。"可能小佟的舅舅真是特别高的高干,所以他最恨人们怀疑他的出身。他常常给出一串我们仿佛在广播里听过的大人物名字,然后说:"你们打听打听去,他们谁不认得我舅舅!"那么高级的人物,我们上哪儿打听去? 我和小佟恰恰相反,最不愿意提起自己的出身,因为在那时属于"黑五类"之第五。我矮小,接受了矮个子的位置,也就在徒工当中混了一个认可。小佟高大,又是高干出身,在工友群中要"拔份儿",反而引来故意的贬低甚至打击。最让他难堪的就是魏六子。小佟个儿高,魏六子比他还高,自称一米九,实际也要在一米八六以上。两个人动过几次手,都是小佟吃了亏,不过那是董师傅收小佟为徒之前的事儿。自打小佟有了师傅,魏六子不得不收敛自己的嚣张气焰,因为他也不敢正眼看董师傅那骨节粗壮的拳头。

我也腻味魏六子,他老是缠着我讲故事。平常上工,干了一阵子之后,曹师傅喊"抽袋烟吧",大家抽烟的抽烟、喝茶的喝茶。我那时候走火入魔,崇尚"饭蔬食、饮水",所以就拧开自来水龙头,咕咚咕咚喝上一阵,抹抹嘴儿,盘腿儿坐在地上休息。没等我坐稳,师兄弟们就嚷嚷:"俞子来一段儿!"我就把《今古奇观》里头的《杜十娘》《苏小妹》《俞伯牙摔琴》《李太白吓蛮》等故事添油加醋地即兴发挥一番。一般是,一个故事讲完,曹师傅就叫"起了啊"。然后大家接着干活儿。我也知趣,干活儿的时候,绝不乱讲。可魏六子没完没了,追着我非要"再来一段儿"。我既怕曹师傅训斥,又不愿意因此受魏六子欺负,所以左右为难。要说魏六子硬是把我和小佟逼成了朋友,也不算冤枉他。

有一天,曹师傅带着我在北屋砌窗台,下"皱砖",董师傅带着小佟抹南屋的顶棚。开工不一会儿,小佟跑来找曹师傅,说:"今儿南北屋都得抹完了,活儿不少。董师傅说借俞子给我们抎勺儿。"曹师傅听了一翻眼皮,说:"回去跟你师傅说,借俞子行,光抎勺儿不行。上午俞子抎勺儿,你抹灰;下午你抎勺儿,俞子抹灰。要不然不借。你学技术，俞子就不学技术？他天生就是'力把儿'（没有技术的力工）的命？"话音儿没落，就听董师傅在南屋里吼了一声："小老曹儿，您别太小瞧了我！"

到了南屋，董师傅说："你们俩都上脚手（北京方音，脚读作交，脚手即脚手架），我伺候你们勺儿上的事，告诉你们怎么干。"他嗓音儿沙哑而又尖锐，扎人耳朵，明明是说给曹师傅听的。我说："董师傅，您教我手艺，我大恩不言谢。但是您话里话外埋汰我师傅，不合适吧？"董师傅说："嘿！早就知道你小子长了个巧嘴儿。你师傅是有名的'护犊子'，难不成你还知道护着师傅？"说罢轻轻扇了我一个"瓢儿"。

我跟小佟边学边干一上午，摸着了一点儿门道，但离完活儿还差得远呢。到了下午，董师傅说："小佟扽勺儿，俞子给我说一段儿《今古奇观》。"说罢他掂了掂灰板儿，唰唰地开抹了。我看他的身姿，大开大合，彪悍洒脱，白灰点子劈里啪啦地掉在身上、望板（横铺在脚手架上木板）上，和上次我看到曹师傅的飘逸轻盈相比，各有千秋。我心中暗暗喝彩，不禁对小佟说："曬，你师傅是'烈马西风塞北'，我师傅是'杏花春雨江南'。"

"什么，什么？"他们师徒二人齐声问，"劳您驾，翻译成人话成不成？"这种情况，是我学徒生涯里最得意的时刻，必须抓住机会，拿糖做醋地细细解释这一对美学范式。"人之患，在好为人师。"孟子这话不但适用于饱学君子，就连房管局的半瓶醋小徒工也脱不出他批评的"火力圈"。董师傅一边儿伸展他那如猿长臂,唰唰地干着,一边儿对小佟说:"我也不指望你跟他那么能说,但你多少也得跟人家学着点儿,下了班儿也想着看看书。您听听,'烈马西风塞北'!这话文绉绉儿,跟戏词儿似的,说得我耳朵眼儿直痒痒。"说罢他竟荒腔走板地尖声吼了起来:"(我)一马离了西凉界……"

一下午,我们说着、笑着,眼看着董师傅这匹烈马,像西风扫落叶一般,从南屋刮到了北屋,把六间屋的顶棚都抹完了。我和小佟推推搡搡、洗洗涮涮地准备下班,笑骂间小佟无意中带出个脏字儿,没想到让他师傅一把薅住了脖领子,把他臭数落了一顿,然后瞪着眼对我们俩说:"你们什么时候听见过我和曹师傅骂人带过脏字儿?师兄弟之间打打闹闹,骂个人可以,但不许带脏字儿。谁要是带了脏字儿,出去别说是我徒弟!"

我管不住自己的臭嘴,忍不住说了一句"本来就不是您徒弟"。

没想到平常和颜悦色的曹师傅也瞪了眼,说:"我徒弟更不许说脏话!"我心中不服,就说:"不让带脏字儿,那还怎么骂人?"两位师傅对视了一眼,董师傅开腔儿了:"讲比说,我呲儿(批评)你,你觉得我说的不对,你就说'师傅,我背手儿撒尿——不扶(服)您'。这就是骂我没带脏字儿。"我说:"这可不好把握呀!那怎么就算带了脏字儿呢?"他笑弯了腰,指着曹师傅说:"你师傅说过,要是我呲儿你在理(批评得对),你说:'师傅,您是歪××撒尿——不扶(服)不行!'这就是骂我带了脏字儿。"等笑够了,他正色说:

"骂人尤其不能把女人带出来！别人我管不着，你们俩要是骂人带上女的，我大耳刮子扇你们。凭什么？就凭你们的妈，都是女的；赶明儿你们娶媳妇儿，也是女的；生闺女，还是女的。对女人，别说脏字儿，粗话都不许说。更不能打女人。你们要是敢打女人，我一脚把你们下边儿的家伙事儿踢坏了，让你们这辈子甭想娶媳妇儿！打女人的，是畜生阶级；骂女人的，是资产阶级；骂人带脏字儿的，是个流氓无产阶级；骂人不带脏字儿的，才是咱们瓦匠——真正的无产阶级！"说完他得意地问我："俞子，怎么样？我也有文词儿吧？"

自打那次以后，只要赶上什么稀罕的技术活儿，董师傅就叫小佟来"借"我去"帮忙"，顺带着教了我一些真手艺。曹师傅说："跟我干活儿，你学着点儿细巧；跟他干活儿，你学着点儿大气。往后吃不了亏。"

有一阵子，曹师傅、我和董师傅、小佟在不同的工地干活儿，大概有个把月没见面了。他们用碎砖给一个军属院儿砌了院墙，然后把墙里墙外都得抹上"沙子灰"，不让那些难看的碎砖露出来。这个活儿，量大，技术含量一般，耗体力。所以那天小佟大老远地跑到我们工地，叫我过去，不是为了学技术，而是因为那几天董师傅情绪不高，想让"俞子来一段儿，给咱解解闷儿"。正巧赶上我读完了《今古奇观》,《拍案惊奇》也看得差不多了。跟着他去了他们工地，我顺嘴儿讲起了头天晚上看的那个翠浮庵里双性人"尼姑"的故事。还没说几句,小佟就冲着我挤眼儿、摇头儿、抹脖子。我莫名其妙,只管接着讲,董师傅不耐烦地说:"得了!得了!别他妈讲了!什么××故事呀?"我一听火儿就上来了,一句噎回去:"师傅,您今儿个可犯忌啊!您这可是资产阶级加流氓无产者啊!"没想到他抡起大长胳臂就要扇我耳光,更没想到小佟往前猛地一冲,替我挨了一巴掌,然后赶紧连推带搡地把我弄走了。董师傅赶上来又踢了小佟屁股一脚,大喊:"不许你胡说八道!"

离下班还一个多钟头呢,小佟却把我拉进了胡同北口的向阳红酒铺儿,按着我坐下,叫了二两红星二锅头,把一两的小瓷杯往我眼前一推,自己端起另外一杯,一扬脖子就是半杯下去了,惊得我目瞪口呆!我也试着喝了一口,辣得咳嗽流眼泪。我想忘掉刚才突如其来的不愉快,就问小佟哪儿来的那么大酒量。小佟却说:"喝!你干了这杯,我告诉你。"

"告诉我什么呀?"

"我师傅上礼拜进局子了,老苏给领回来的。"

我喝不下去,就走到柜台,买了三毛钱的粉肠儿,让了让小佟,然后蘸着醋,吃一片儿粉肠儿,抿一口酒,磨蹭半天,终于喝完了。脸热,头晕,舌头也不太灵活。小佟这才清了清嗓子说:"我师傅是二尾(yǐ)子(两性人)。"他看着我瞪得滴溜圆的眼睛,点点头儿,说:"我也刚知道。连着有小一个月了,他横竖脾气不对,就跟天天都窝着一肚子火儿似的。上礼拜一下了班儿他拉我上这儿来喝酒,碰上医务室的老苏。你也认得,刚从部队转业过来的那个,老吹自己酒量大。我师傅和他干了一瓶半牛二(顺义牛栏山酒厂出的较高级的二锅头),苏大夫就不行了,拉着我师傅傻笑,没完没了就那么一句话:'兄弟,嘿嘿,兄弟,好兄弟。'说得我师傅烦了,一甩手说:'一边儿歇着去吧您呐,谁是你兄弟?'说完就上斜对面儿的官茅房(公共厕所),晃晃悠悠地进了女的那一边儿,把里头的女的吓得吱哇乱叫,提溜着裤子都跑出来了。我师傅在女茅房一边儿解手儿一边儿笑,后来让'革命群众'扭送公安局了。老苏还算够意思,跑医院开了证明,完了就把师傅赎出来了。你个傻小子,没事儿讲什么不成?非讲个二刈子的,撞他/她枪口上了吧!"

人生如梦,一转眼我离开房管局四十多年了。最近美国人讲究政治正确,为了两性人厕所选择权争论不休。难道是因为这个我才梦见了董师傅,她的大背头和大拳头?我难以判定她该上什么厕所,所以觉得她应该有自己的选择权。想想她"烈马西风塞北"的大气和曹师傅"杏花春雨江南"的细腻,不能不在这个问题上非常自然地站到了"白左"一边。

曼倩不归花落尽

—— 发现元白先生墨宝一件

1975年，元白先生六十三岁，我在先生家里已经"泡"了五六年。

2018年，我六十三岁。昨天为回答一个学生的问题，查阅 *William Shakespeare : The Complete Works*（《莎士比亚全集》），翻到 *The Life and Death of King John*（《约翰王之生与死》）。这是莎翁写得比较差的一个剧，内容也是我不喜欢的类型，充满背叛、欺诈、权斗、叛乱。若不是为了解答学生的问题，可能不会主动阅读它。翻阅到第四幕第二场第一八一行，赫然是一句："My mother dead（我的母亲，死了）！"

人过中年难免迷信。我赶紧给北京打电话，九十三岁的妈妈接了，她头脑清晰、声音洪亮，我心大安。回到书本，发现相隔数页仿佛夹着什么东西，而且不薄。翻过来一看，发现了至宝！叠得整整齐齐、平平正正的，是元白先生手书的唐人诗二首。

南陵水面漫悠悠，风紧云繁欲变秋。

> 正是客心孤迥处,谁家红袖倚高楼。
>
> 昔年曾伴玉真游,每到仙宫便是秋。
> 曼倩不归花落尽,满丛烟露月当楼。
>
> 唐人诗二首一九七五年秋
> 启功书于首都

旧物打开记忆的闸门。我想起来了! 我领悟了!

1975年春天,启大妈病重。先生倾囊以最好的药物相救。无奈人力难以回天,终于在3月26日,与世长辞。我见她的最后一面,是在西什库那边北京大学医院的病房。五六年了,她对我疼爱有加,简直视同己出。最后时刻,四目交注,伤痛难言!我尚且如此,先生之痛,更非言语所能状写。先生尝作《痛心篇》二十首,其序曰:"先妻讳宝琛(初作宝璋),姓章佳氏。长功二岁,年二十三与功结缡。一九七一年重病几殆。一九七四年复病,缠绵百日,终于不起。"《痛心篇》的第一首如下,作于1971年:

> 结婚四十年,从来无吵闹。
> 白头老夫妻,相爱如年少。

1975年初,启大妈的病眼看是无望了,先生又写了这首:

老妻病榻苦呻吟，寸截回肠粉碎心。

四十二年轻易过，如今始解惜分阴。

要说老二位相敬如宾，我可是亲眼见证。其中日常恩爱的细节，像空气一样弥漫在生活之中，似乎分分秒秒皆是，但如果想捕捉一二，讲给外人听，却无从下笔。只好勉强管窥锥指，恒河拈沙，聊寄情思。

稍早是先生得了美尼尔氏综合征，也住在北大医院。启大妈要我陪她去探望。那时北屋景荣大姐的女儿小悦大概四五岁，也吵着要去看"南屋姥爷"。这让启大妈有些为难，怕她太小，路上带着有困难。那小姑娘特聪明，先生最为疼爱。我平时跟她玩得很好，她喜欢玩一种叫"狐狸蒙上眼睛，蹲在大树底下"的游戏。只要一玩起来，我肯定是"专业"狐狸。所以我当时虽然没有"蒙上眼睛"，却也像游戏中的狐狸一样蹲下，说"上来吧"，她高高兴兴地趴在我背上，我背起她就走 —— 不是玩游戏，而是陪着启大妈出小乘巷，穿大乘巷，不一会儿便是平安里公交车站。到了医院，先生高兴，那天状态很好，就出来在院子里溜达。老两口说说话，我则陪小悦玩。平时启大妈抽烟，先生不抽。那天先生见启大妈担心您的病情，就说："您这烟借我抽一口吧！"说着接过来，故作轻松地抽了两口，呛得直咳嗽。其实您的意思是：别担心，您看我还能淘气，身体肯定无大碍。启大妈果然被气笑了，瞟一眼我和小悦，没说话。

十四五岁的时候，我在先生指导下也练习写毛笔字。写完给先生看，先生说："您这不行，笔没立起来。写出字来像宋版书，也好看，可惜趴在纸上，没精神。"启大妈听了笑着说："谁说他没精神？我看着比您精神多了。"先生也笑了，说："您拿话绕我。我说的是他的字没精神。他，精神头儿忒足了，出去怕要惹事呢。"那时先父在学校"隔离审查"，母亲在湖北劳动，哥哥姐姐在山西插队。先生在小乘巷的那间南屋，就是我的家呀。这种温馨、相敬如宾的家庭气氛，使我终身受益。成年后我的性情比较温和，很少有与人争执的时候，对家人从不严厉，想来得益于那几年温情岁月的熏陶。最近我写了一本小书，解释先生的《论诗绝句二十五首》，我在扉页的题词是："谨以此书献给我敬爱的启大妈章宝琛女士。我母亲在千里之外的干校劳动之时，您给了我最温暖的母爱。"从这个角度看，也许我的迷信并没错。似乎莎士比亚阴错阳差地提醒我：不要忘了，你在另一个世界，还有一位母亲。

启大妈过世不久，就有好事者给启功先生介绍对象。先生烦他们，我虽明明知道自己没有烦他们的道理，但挡不住心里实实在在的烦恼情绪。当然了，这种烦恼是不好意思表现出来的。记得一位洪先生，很热情地叙说某位女士的长处，滔滔不绝，很晚了还没有起身的意思。我实在忍不住了，就说："洪先生，您看天晚了，胡同里头黑，不好走。要不然我送您出南草场胡同口，一直到西直门内大街的公交站，您看好不好？"

先生烦这些人，思念启大妈，就用写字来舒散情绪。上述两首唐诗，您反复书写过多次。其中第一首，乃是杜牧的《南陵道上》，《全唐诗》说一作《寄远》。其中第二句，《全唐诗》和《杜牧集系年校注》均作"风紧云轻"。明代董其昌《画禅室随笔》写作"云繁"。末句也有不同版本，《全唐诗》写的是"谁家红袖凭江楼"，同时又说一作"倚江楼"。先生的"倚高楼"，也是采用董其昌《画禅室随笔》里面的写法。董其昌在诗后面还写了几句话："陆瑾、赵千里皆图之。吾家有吴兴小册，故临于此。"由此可见此诗视觉效应极强，以至于宋代的陆瑾、赵千里，元代的赵孟頫都曾模拟诗意作画。董其昌甚至临摹吴兴赵孟頫为此诗作的画。元白先生是书画家，采用书画家们流行的版本，是顺理成章的。但是我当时想方设法转移先生的注意力，故意问他为何选用"倚高楼"而不选"凭江楼"。他说："倚字是仄声，凭字虽是平仄两读，我心里别扭，越看它越觉着像个平声。那么'谁家红袖凭江楼'七个字只有'袖'字一个仄声，太孤单；'红袖倚高楼'就不会误导了。两个仄声挨着，这才有倚靠。"我虽鲁钝，此刻也明白了先生是话中有话：现在谁家的红袖能代替四十多年的倚靠呢？世间当然没有这样的人。生活中失去的，只能在书写中补偿。介绍对象的好心人，怎能理解到这一层？好在不久先生把双人床换成了单人床，以表示单身的决心，这些好心人才渐渐销声匿迹。

一晃又是四十多年。我鬼使神差地找到这幅墨宝，自然比以前多了些领悟。第二首诗是温庭筠的《题河中紫极宫》。其中"便是秋",《全唐诗》《温庭筠全集校注》均作"即是秋"。"玉真"一般指仙女,在温庭筠诗中应该是指永济附近黄河洲上紫极宫里面的女道士们。先生书写时的意思是不难推测的。曼倩是东方朔的字,虽是男性,但古诗中香草美人的传统,性别本可以互换。以此寄托思念是可行的。这两首诗是晚唐两位名家的作品,韵脚相同,意趣却是两种不同的惆怅:"客心孤迥"对"红袖倚楼",是人间之缺失遗憾;"曼倩不归"而"满丛烟露",是仙界之虚幻迷茫。二者皆给人带来无可奈何的凄美哀思。先生反复书写此二首,深合"哀而不伤"之古训,同时也把悲哀转换成审美之心灵净化。庄子认为"知其不可奈何而安之若素"是极高的智慧,先生把安之若素的不可奈何,升华为审美的迷离凄清,似乎比古人的境界更高了一层。

我少年时代几乎天天观摩先生作画写字,其中要数这幅书法的创作过程最耐人寻味。先生起初少写了一个"悠"字。写完全篇,发现问题,然后在"悠"字的侧下方补上了两个点儿。这两首诗,先生前前后后写了好几张,完美无瑕的先后放在脸盆里焚化了。这篇稍有遗憾的,先生说:"你留着吧。"就递给了我。可恨我身在福中不知福,不知怎么,竟然让它在《莎士比亚全集》里面默默地隐居了几十年。幸好这个息隐之处,倒也不辱没中国的两位诗人和一位书法家。苍天有眼,我为学生服务时,找到了先生慈恩的物证,真可谓天道循环。有意思的是,这样一来,那后补上去的两个点儿就不再是白璧上的微瑕，而是叙说故事的关键线索，使这件原本唯美深情的艺术品，新添了一层教育功能：爱你的学生们吧，就像你的老师们曾经爱你一样。如果孩子们现在还缺那么一点儿、两点儿，以后是有机会补上去的。

　　小悦聪明而淘气，我不聪明但曾经支持小悦淘气。尽管如此，我们在启大爷、启大妈的熏陶之下，都长成了努力回报社会的有用之人。她现在是加拿大赛门菲莎大学语言学教授。我得宝后的第一时间，就把照片发给她。她说："南屋姥爷七十年代的字，就是漂亮！"我不忍心告诉她，那些最漂亮的，早已焚化。也许我的启大爷和启大妈，她的南屋姥爷和南屋姥姥，此刻正在一起笑眯眯地欣赏呢。

元白先生说"不"的艺术

先世伯元白先生天性温和而宽厚，对朋友、学生都是以鼓励、称赞为主；对于他人的一些书法索求，几乎是有求必应，甚至不但答应，还为求字者找出一个很有意思的理由。

我二十岁那年，启大妈过世了。先生家务不熟，常把炉子弄灭。一般我是从北屋五婶儿的炉子里夹出一块燃烧比较充分的蜂窝煤，放在先生的炉子里，然后上面压上一块生蜂窝煤，过上一阵子，炉火就颇为兴旺了。那天太早，不忍打扰五婶儿一家，我就用先生写后随手丢掉的练字纸引着木柴，再用木柴烧着蜂窝煤。这样的事我干过不止一次，烧掉的字纸如果放到现在，里面应该还能挑出珍贵的书法作品。我到现在写字仍不好看，肯定是书法之神的惩罚。

我正蹲在院子里忙活着，在中华书局工作的刘宗汉大哥推开大门走进来，看见我，就先不进屋，斜欠着腰来帮我用扇子扇火，另一只手捂着胯骨，看似很不舒服。我说："您蹲下来不是舒服点儿么？"他说："不行，我的胯骨出了毛病，不能蹲，也不能弯腰，只能斜欠着。"一听大哥有伤，我赶紧把他让到屋里，自己转身回来慢慢儿地对付那炉子火和满院子烟。

四十二年转瞬而逝。2017年暑假我在北京旧鼓楼大街与刘大哥重逢，他还记得我，也记得我们那次密切合作。

那次，他来是求先生给写一幅字，还特意说"麻烦您给落个什么什么款儿"。先生问这是给谁的呢？刘大哥说是个正骨科的中医。大哥不久前髋关节出了问题，相当严重，一度趴在床上动弹不得。去看西医，说是很难医治。找了那位正骨的中医，推拿复位后又康复按摩了几次，除了暂不能弯腰、下蹲之外，居然好得差不多了。大哥想感谢人家，知道他仰慕先生的书法，所以有此一求。先生说："正骨推拿的医生，常在江湖上行走，多是重义气的人，应该好好儿给人家写一幅。"说完招呼我把纸扶稳了，您一边慢慢研墨一面沉吟构思，然后挥洒而就。时至今日，我已经忘了那幅书法作品的内容和体式，却牢牢地记住了先生答应为一位陌生人写字的理由。好人，谁都能碰上几个。为您帮忙、还替您想出一番说辞，让您觉得给您帮忙是天经地义，这样儿的人，我们能有幸亲身遇到的，世上能有几位？

即便是这么难得的好人，一天也不会有二十五个小时，总有力不从心，不能面面俱到的时候。况且，学者读书多了，不可能处处与他人意见相同。实在忙不过来的时候、确实不能苟同的时候，任何人都会因不得已而说"不"。遇到这种情况，特别是因见解不同而不得不提出异议的情况，启大爷的应对办法也很有意思。坊间流传较广的一个例子,是先生在杭州讲述西泠印社的传统,身旁有一位好心人,以为先生念了白字,就小声纠正说"西泠"。据说先生的回答是"你冷我不冷"。这是先生用幽默说"不"的段子。我听了半信半疑,就向怀哥求证①。怀哥说有这么回事。我就问:"虽有此事,话可不是这么说的吧?"怀哥笑了,说:"还是你细心。当时说的是'您冷,我不冷'。"我十四岁入先生门,先生常常用"您"字来称呼我这个毛孩子。更有甚者,先生最疼爱的小悦,那时才五岁,画了一只带翅膀的兔子。先生就问:"您画的是个什么呀?"小悦说:"飞兔。"先生大笑,说:"兔子本来就跑得快,您还给它加翅膀儿?人家是画蛇添足,您是画兔添翼!"当然了,先生对我们俩如此称呼,有拿我们开心的意思。总之,先生用幽默来否定对方的意见时,总能不失温良恭俭让的风度。这个士大夫传统,不经意间影响了我,大概也影响了小悦。

  幽默固然是先生说"不"的首选方法,而一个西方传统里叫作"显眼缺失"(conspicuous by absence)的说"不"法,在先生那里也使用得炉火纯青。这个说"不"的方法,人们不容易注意到,值得仔细谈谈。先从先生评论李白的一首绝句谈起:

    千载诗人首谪仙,来从白帝彩云边。

---

① 章景怀先生是启功先生的内侄,1975年前后从湖北十堰市回到北京。此后照顾启功先生起居三十年。

> 江河水挟泥沙下，太白遗章读莫全。

由此诗可见先生对李白的诗歌才能和诗歌成就有褒有贬。前半称赞他的才能，与传统的"谪仙"说吻合。但是第三句突然一变：李白才思如滔滔之江河，但也难免粗糙——泥沙俱下，所以有了第四句的"遗章读莫全"。这是先生用短诗的形式，用个性化的语言来突出被评论作品的某些特点。"读莫全"是一个很模棱的说法，一种可能的解读是李白遗留下来的诗篇我没有读全；另一种可能是倒装"莫全读"，即不必全读，挑优秀作品来读就可以了。这是"反讽"的一种，即上面提到的"显眼缺失"。这个说法是古罗马历史学家塔西佗（Publius Cornelius Tacitus，55—120年）首先明白地解释过的。他在《罗马编年史》卷三（*Annals, Book III*）里面描写了贵妇尤妮娅（Junia）的葬礼队伍中没有其丈夫与兄长的形象出现，而这两个人都是当时的风云人物，他们的画像因缺失而更加引起人们的注意[①]。放在中国传统里解释，可以推到更早的《春秋》笔法，用"正说反义""微言大义"这类的话来对应，容量更大，虽然不如"显眼缺失"准确，或可差强人意。中国古典小说理论里面的"欲擒故纵法"，也很接近。如果能抛开其微贬之意不论，"此地无银三百两"倒是比较贴切的翻译：说没有，其实是有。说没读过其实是读过但不喜欢其

[①] 见 Robert Myanard Huchins, Editor in Chief, *Great Books of the Western World*. Chicago, London, Toronto, William Benton, Publisher, Encyclopaedia Britanica, Inc. 1952. Vol.15, *Cornelius Tacitus, The Annals*, p.63.

中的某些内容。也就是说启功先生使用这种委婉的方法来表示对李白部分诗歌的不欣赏。

先生使用"显眼缺失"法绝非仅此一例。您评论屈原楚辞的绝句也是异曲同工：

芳兰为席玉为堂，代舞传芭酹国殇。
一卷《离骚》吾未读，《九歌》微听楚人香。

这二十八个字不可能全面评论屈原的全部作品，就只好突出被评论作品的某些特点。此诗的第一、二、四句比较清楚，我不在此评论。运用"显眼缺失"法的是第三句，其字面意思是先生没有读过屈原最主要的著作《离骚》。透过字面意思仔细一想，问题就来了：一个学问淹通的大儒，写一首诗评论《楚辞》，却专门抽出四分之一的篇幅来告诉读者他没读过《离骚》，这仿佛莫名其妙，也完全没有必要。读者心里大概也明白这不太可能。所以有理由理解成启功先生其实不喜欢《离骚》，于是在这里婉转地说自己不曾读过。

为什么不喜欢呢？

《离骚》是屈原诗歌乃至整个楚辞这种文学式样之中的代表作，是被古今广大读者都广泛称赞的文学经典。自古以来，对于屈原及其作品，一直存在不同意见，但是像先生这样喜欢屈原《九歌》，而对其最具代表性的《离骚》婉转表达不喜之意的，实在少见。先说古人。性情刚烈的司马迁喜欢性情刚烈的屈原，盛赞他的《离骚》，曾引用刘安的话以表达自己对屈原的赞赏："《国风》好色而不淫，《小雅》怨诽而不乱。若《离骚》者，可谓兼之矣……虽与日月争光可也。"(《史记·屈原贾生列传》)[①]紧跟在司马迁后面的班固，从"温柔敦厚，诗之教也"的儒家传统出发，认为司马迁的话"斯论似过其真"。班固认为："今若屈原，露才扬己，竞乎危国群小之间，以离谗贼。然责数怀王，怨恶椒、兰，愁神苦思，强非其人，忿怼不容，沉江而死，亦贬絜狂狷景行之士。"(《离骚序》)而晚于班固的王逸，又反对班固的说法，支持司马迁，认为屈原是"绝世之行，俊彦之英"，其文学成就是中国史上的一面旗帜，后代文人"莫不拟则其仪表，祖式其模范，取其要妙，窃其华藻"(王逸《离骚章句序》)。刘勰综合诸家之说，一方面称赞屈原"奇文郁起""楚人多才"，另一方面也批评他"依彭咸之遗则，从子胥以自适，狷狭之志也"(《文心雕龙·辨骚篇》)。可见前人也批评过屈原，语气直接而严厉。先生的态度似乎和刘勰比较接近。至于不喜《离骚》的原因，您没对我说过。但是您平时的性情、言谈以及诗歌著作却提供了一些线索。

线索由回忆引起。我十四五岁跟从元白先生读书之前，并非一点儿基础也没有。我的胞兄、胞姊到山西插队之后，母亲也由河南干校去了湖北十堰市第二汽车制造厂工地。那时章五大爷也带着小

[①] 司马迁称赞屈原辞赋的话，其实是化用屈原《九歌·云中君》里面"与日月兮齐光"一句。

怀哥、小葵姐去了十堰市①,父亲又经常被限制在学校"交代问题"而不能回家。因为怕我没人管束而学坏,父亲进入"牛棚"之前用"急就章"式教学法,给我恶补了国际音标和查阅英文字典的方法,还指导我点了几篇《史记》。您想用大量的功课把我拴在家里不出门。后来我自己"生吞活剥","通读"了英文原版的《傲慢与偏见》——基本什么都没懂,只是查出了所有的单词;同时还懵里懵懂地点了《史记》中的"本纪""世家"和七十个"列传",《史记》之后又读了《汉书》里面的"传"。一年多的自学,我的英语似乎是原地踏步,远未入门;国文却有进步,能够连猜带蒙地阅读不太深奥的文言文了。跟从元白先生读书后,曾问起过关于屈原的事情。现在想想,您似乎从来没正面回答过我。不过我清楚地记得您让我反复阅读、思索《史记·屈原贾生列传》中有关贾谊的部分,特别是《鹏鸟赋》里面的这一段,您让我默记在心中:

> 且夫天地为炉兮,造化为工;阴阳为炭兮,万物为铜。合散消息兮,安有常则;千变万化兮,未始有极。忽然为人兮,何足控抟;化为异物兮,又何足患!小知自私兮,贱彼贵我;通人大观兮,物无不可。贪夫徇财兮,烈士徇名;夸者死权兮,品庶冯(宁按:《汉书》此处作"每")生。怵迫之徒兮,或趋西

---

① 五大爷即章楚白先生,讳宝琛,启大妈章宝琛女士之胞弟。小葵姐,章景葵,章楚白先生最幼女。

东；大人不曲兮，亿变齐同。拘士系俗兮，攌如囚拘；至人遗物兮，独与道俱。众人或或兮，好恶积意；真人淡漠兮，独与道息。（《史记》卷八十四《屈原贾生列传》）

等我完全背熟了，您才摩挲着我的板寸头说："你爸告诉我，当初你一听说老舍投湖，马上从旧辅仁大学宿舍步行了六站地，到师大在北太平庄的新校园去看你爸，生怕他学了老舍。你懂得担心长辈安危、能走那么远不怕累，说明你真情未泯。我告诉你：体之发肤，受之父母。绝不可自伤，更不可自戕——甭管日子看起来有多难。虽然说'化为异物'不足为患，真人'独与道息'，但这个'道'应该是生之道，而不是死之道。南朝宋时的裴骃《集解》里引孟康的话，把'品庶冯生'解释成贪生（按：'冯'是'凭'的借字，繁体'馮''憑'形近）。贪生是贬义词。而司马贞《索隐》里面把《史记》《汉书》综合起来考虑，把'冯生'和'每生'都解释成'念生'，念生就不含什么贬义了。两相比较，我赞成司马贞。所谓'品庶'就是平民百姓。平民'念生'，不过是想得其天年。这怎么能算得上贪心呢？念生没有任何不对的地方，与贪生有天壤之别。你现在还小，一定要念生，不能出去胡闹、惹事。得让你爸回家时看见你，还是'全须全尾儿'的。明白吗？""全须全尾儿"是北京方言，用须、尾俱全的蟋蟀比喻健全的人体。这段往事给我的启发，是先生深谙老子的肺腑之言："吾所以有大患者，为吾有身。"（《老子》十三章所以您作诗说:"老子说大患,患在吾有身。斯言哀且痛,五千奚再论。"既然我们被赋予生命这件事是人生最大悲剧,那么我们怎么办呢? 尤其是没有勇气响应叔本华的号召而自杀时,我们应该如何对待这只有一次,既是"大患"又舍不得丢掉的"身"呢? 张中行先生在《顺生论》里提出应该由"率性"而转"顺生",即顺着求生欲望本身活下去:"'天命之谓性,率性之谓道。'古人语过简……所以易'率性'为'顺生'。"我四十多岁时也经历过美国人所说的"中年危机",对生命本身的意义产生疑虑。读了《顺生论》,很是喜欢,还请张中行先生在扉页题了字。元白先生看我的高兴样子,叹了口气,说:"你这浮躁的毛病改掉多年了,怎么现在又冒出来了? 张老伯把'率性'解释成'随性',你怎么不考虑对错? '率'者,'率领'也,引导也。要把天生的'性'引导上正路,那才是'道'呢! '道'不是随着自己的性子走。我早就让你记住孔子'七十从心所欲'下面还有半句话,就是'不逾矩'。率领你的本性走正路,不要妄图超越生活本身的规律,这就是'不逾矩'。"

我今天把这些书本知识和先生的言传身教结合起来,觉得启功先生很可能认为屈原在《离骚》里面那些刚烈过激的说法和做法都"逾"了生命本身之"矩",所以您用"吾未读"来婉转地表示不赞成。我的这种解释还有一个旁证。北京师范大学中文系退休教授韩兆琦先生读了这篇文稿后对我说:"你文章中提到的若干事例,有的我也听启先生亲口说过。如有一次,在期末的教研室会上,在安排下个学期的教学任务时,启先生说:'给我安排哪个阶段的课程都行,就是希望别给我安排《楚辞》。'大家笑着问:'为什么?'启先生说:'《离骚》中的许多字我都不会念。'说得大家都笑起来。"按常理,中文系教授虽然博学,确实也会有不认识的汉字,但可以查字典呀!先生如此说,是又一次委婉地表示对《离骚》有相当的保留态度。

先生用"显眼缺失"法表示不同意,还有一例。20世纪70年代有人在香山正白旗"发现"了所谓雪芹故居,屋内墙皮脱落,露出里面盖住的旧墙皮上满满地写着的"雪芹诗词"。消息传开,连一些高级知识分子也为之动心。有些朋友拉启功先生一起去看看,但先生对此持怀疑态度,于是托病婉辞而不去。您写过一首《南乡子》叙述此事:

> 一代大文豪,晚境凄凉不自聊。闻道故居犹可觅,西郊。仿佛门前剩小桥。访古客相邀,发现诗篇壁上抄。愧我无从参议论,没瞧。"自作新词韵最娇。"

这首小词里面的春秋笔法用得更加明显:您一面说"没瞧",一面紧接着沿用宋代诗人姜夔的名句,说"自作新词韵最娇",即可能是"我没去看那些不知真假的'雪芹诗',因为更喜欢自己在家作诗"。也可以理解成"墙上写的那些所谓雪芹诗是好事之人的'自作新词'",诗或许不错,却是假古董。我敢于这样解释最后一句,因为当年启大爷自己虽然没去，我却因好奇而心痒难挠，决定独自骑车过去看看到底是个什么光景。到了那里以后，我对墙上的字迹不敢妄下判断，但对那堵旧墙却很有发言权，因为我那时已经在北京市西城区长安街房管所当了三年多瓦工，专门修缮北京的破旧房屋。上下内外仔细看了两三遍，发现那堵墙，连同整座房屋，不过百年，上面怎么可能写有二百多年以前的诗？况且我们瓦匠一般要铲掉旧墙皮，然后才重新抹灰。当然，也有从简，保留旧墙皮的。但在其上抹灰，必须先在旧墙皮上用瓦刀横七竖八砍出许多道道来，以便挂灰。否则时间不长两层墙皮之间就会发生"离骨"而脱落。"故居"墙皮的做法，不符合土木行业的传统规范。为什么那么做？无非是保持旧墙皮上的诗词墨迹。为什么要违反工艺常规保存墨迹？难道就是为了日后及时脱落从而很方便地被"发现"？我回来后把自己的想法告诉元白先生，他说："我早就跟你说不用去吧！不过去一趟也好。踏实了。"后来建筑大师傅熹年先生来串门，我向他请教。他不答话，只是一边摇头一边抿着嘴笑。一定是笑我太傻。

现在我回过头来梳理旧事，觉得元白先生不喜欢《离骚》可能还有这样一个原因。他天性驯良慈爱，既洒脱又乐生，不喜欢激烈的想法和做法，喜欢温顺机智的人和动物，比如兔子：

吾爱诸动物，尤爱大耳兔。
驯弱仁所钟，伶俐智所赋。

猫鼬突然来，性命付之去。

善美两全时，能御能无惧。

对刚烈的英雄人物，先生也有自己的见解。例如苏东坡赞赏曹操是个英雄人物："酾酒临江，横槊赋诗，固一世之雄也。"（苏轼《赤壁赋》）然而，元白先生却把曹氏人性未泯、分香卖履的温情一面看得比他的英雄气概更重："鼎分一足亦堂堂，骥老心雄未是殇。横槊任凭留壮语，善言究竟在分香。"（启功《论诗绝句二十五首·曹孟德》）

张中行先生在《顺生论》里阐发庄子的论点，认为"知其不可奈何而安之若命，德之至也"（《庄子·人间世》）。我觉得张先生的论述接近元白先生的性格和人生态度，故此《庄子·骈拇》里面的这段话应该能帮助我们理解您不喜《离骚》的内在原因："小人则以身殉利，士则以身殉名，大夫则以身殉家，圣人则以身殉天下。故此数子者，事业不同，名声异号，其于伤性以身为殉，一也。……伯夷死名于首阳之下，盗跖死利于东陵之上。二人者，所死不同，其于残生伤性均也。"其中"大夫则以身殉家"里面的"家"是指家族，至于屈原，则是王族。《离骚》开篇第一句就是"帝高阳之苗裔兮，朕皇考曰伯庸"，表明自己出身于和楚王同姓的贵族家庭。那么他以身相殉的，是他们那个高贵的家族。他又是楚国的三闾大夫，"掌王族三姓，曰昭、屈、景，……序其谱属，率其贤良，以励国士"（王逸

《离骚章句序》)。用庄子之眼看屈原那一类人,自然会对那些为家族利益而牺牲性命的生活态度和实际做法,都持批评态度。元白先生的天性和人生态度都有接近庄子的地方,所以说没读过《离骚》,婉转地表达不喜欢其中宣泄的激烈情绪。您很可能欣赏屈原的耿耿忠心,但是不赞成他自残自戕这种过于激烈的做法。这是由先生温和顺生的天性决定的。您的这种个性也决定了在不得已而说"不"的时候,总是选择委婉、间接、温和的方式。

先生对别人说"不",固然委婉温和,对我则直接批评,不留情面。我现在于事后究其原因,可能是因儿时鲁钝,加上先生骄纵,我以和先生顶嘴为乐,故此先生也以击退我的顶嘴为乐。不仅是您,先父也是如此。尤其是老二位聚在一起的时候,常常以挤对我为乐。以前我觉得二老有冤屈我的时候,现在老二位归了道山,我自己也是年过花甲,想起当年的"委屈事",反而心生悠悠的喜乐感,不禁莞尔。俗谚云:打是疼,骂是爱。我何尝不可以阿Q一下,说是老二位当初对我的种种刁难,其实是觉得我是可教之材,给我加的特殊训练呢?

浓赠迎曦满室香
——和元白先生聊美国华裔女作家水仙花

我去国多年,元白先生在世时,我每次探亲总会去看看老人家。1995年以后,发现每见一次,您都比上次显老一些,失眠的情况更加严重,彻夜不眠的次数越来越多。对付失眠,有人吃药,有人练功,有人数山羊。元白先生的办法是作旧体诗。那次您拿出一张纸,上面写着一首七律,我仔细读了,记在心里。时至今日,忘了上半,只记得后面这样四句:

病去抽丝形未减,客来谈鬼兴偏张。
水仙不负终宵冷,浓赠迎曦满室香。

您见我读罢心中默记,就说:"你不用背。我给你看不是让你做功课,而是让你这个假洋鬼子给我谈谈真鬼。"说罢得意地大笑。

您拿我开涮的说话方式,我早已习惯。当年先父在世时,也是这样。我曾经抗议过老二位这种"欺负小孩儿"的做法,但先父去世之后，元白先生再来这一套，我非但毫不介意，反而有接受宿命的感觉：涮就涮罢。那一位已经涮不成了，这一位还能涮几年呢？

想到此，我轻轻叹了一口气，说："想听鬼故事，明儿我陪您去平安里的柳泉居。今儿晚上我跟您说说'水仙花'行不行？"

《聊斋志异》是一部著名的志怪小说，里面狐仙、蛇精、山鬼、树怪应有尽有。作者蒲松龄别号"柳泉居士"，而凑巧北京市西城区平安里有个饭馆叫作"柳泉居"。我小时候，元白先生带我在那里吃过无数次饭，常常给我买一道好玩不好吃的"三不沾"。我说去那里，就是拐弯抹角地让先生到《聊斋志异》里面去找鬼故事。这是多年训练出来的和您顶嘴的办法。

"什么水仙花？"您不在意我耍贫嘴，因为起了童心。

见您认真起来，我也不好再闹，只得从头说起："水仙花1865年出生于英格兰的挈舍郡，原名叫伊蒂丝·茂德·伊顿……"

"1865？是同治……"

"就是托尔斯泰的《战争与和平》开始连载那年。"

"别捣乱！你说的是个英国人呐？哪儿来的这么个'雅号'？"

"自己取的呗。说来话长。想听？"

"我失眠。"

于是我就给您讲了下面这个故事。

水仙花的父亲是个英国艺术家，名叫爱德华·伊顿（Edward Eaton）。艺术难以糊口，只好下海从商。到上海出差，船在厦门暂泊,可能是在那里认识了一个年轻的中国女子,名叫阿春·格蕊丝·厦门(Acheun Grace Amoy 之音译)。您一听这个名字,就知道不是原名,据说她小时候被人从家里偷出来,卖到杂耍班子里走钢丝,后来被一个姓特雷弗希斯(Trefusis)的西人收养,改名荷花·特雷弗希斯(Lotus Blossom Trefusis)。二人相爱,结婚,生育了十四个子女。老大是男孩,老二是女儿,取名伊蒂丝·茂德·伊顿(Edith Maude Eaton),就是后来的水仙花。水仙花出生不久,全家就去了纽约州的哈德逊小镇。大概那里谋生也不易,1868年她们又回到英国。到了1872年,全家人再赴北美,在加拿大魁北克省的蒙特利尔市定居下来。此时她后面已经有了几个弟弟妹妹。

"十四个孩子!生既不易,养更艰难。我二十多岁的时候也曾卖画谋生,收入不稳定,根本养不了那么多孩子。"启大爷不由得惊叹,"十四个!东奔西走,搬来搬去也难养活。"

我点点头,接着说:从相貌上看,伊顿家的孩子华人特征并不明显。而水仙花本人,只要她不说,没人能看出她有白人以外的血缘。但是孩子们的母亲不可能不出门,于是引起了周围不懂事孩子们的嘲骂,说她们是"眯缝眼,中国佬""黄黄脸、猪尾辫"。水仙花身体虽单薄,但不是肯示弱的性格。她回敬那些野孩子说:"比你强!我不要世上任何东西,只想当中国人!"吵到后来,难免大打出手,踢腿、抓脸、揪头发。她后来回忆说:"我血管里的白种血,为了我的那一半中国血勇敢地战斗。"在纽约的哈德逊城和加拿大的蒙特利尔市，她带着弟弟妹妹不知打了多少场"遭遇战"。

"非得开打不可吗？不能躲开吗？一个姑娘家。"先生问。

我摇摇头说："没有那么细的材料，不知道。不过后来她早早地展露出写作才能，大概也有用笔而非拳头自卫的意思在里边。您知道，凡学什么都得有个样子，比着学……"

"知道。比如你学写字，就是拿我当样子。比着学了好多年，还那么难看。你对得起谁呀？"先生又笑了。

我只得赔着苦笑："我笨，谁都对不起。可人家水仙花不笨，想找一个身在北美的华人，用英文写自己生活的。看看人家怎么写，自己跟着学。您当着就您知道'猪跑学'？"

"猪跑学"是元白先生自诩的"独创"学科，来自《红楼梦》里王熙凤引用过的俗谚："没吃过猪肉，难道还没见过猪跑？"1986年我初到美国，所谓的奖学金其实是"助教金"（Teaching Assistantship）。在别的院系，就是帮助导师辅导作业；在我们英语系，却是独自教授一个班的新生英文作文。我一个母语为汉语的人，来到美国，一下飞机就得靠这个谋生求学，自然吓得够呛。写信向元白先生诉苦，先生回信不长，中心就是两个字"猪跑"，鼓励我照猫画虎，别人怎么教，我也怎么教。但没提别人都是美国人，我怎么办。

"找着了没有？你刚说她1865年生人，那可比林语堂早太多了。"傻连忙问。

我暗自得意。一个小小悬念,就把涮我的话题给转移了。"我说实话,您可不许说我'出言不逊'。"

他摆摆手,催我快说。

"实话就是林语堂得跟人家学。林语堂就是赶了个机会,满足了西方人窥探异国趣闻的猎奇心理。在美国华裔作家群里,他的 *My Country, My People*(《吾国吾民》)让人说成是"卖 Country,卖 People"。水仙花想写的,是华裔美国人在当地的真实生活,不是把中国的奇风异俗拿到美国哄哄洋人。她找了半天,还真找到了一个在美国用英文写作的中国人——Lee Yan-phou(李恩富)。他是第一个在美国写英文书的亚洲人,写的第一本书叫 *When I Was a Boy in China*(《我在中国的童年》)。这样的内容让水仙花大失所望。他和詹天佑同一年即1881年考入耶鲁大学……"

"等等。1881,嗯,就是光绪七年。和詹天佑一起?这么说他是官派的学童咯?"

先生说的"官派学童"又称"中国留美幼童",是晚清为了让中国走上现代化之路培养的人才。1870年,容闳提出了"泰西肄业"计划,得到曾国藩、李鸿章的支持。清政府从1872年开始,每年送三十个幼童,一连送了四年,到1875年停止,共计120名。詹天佑是第一批,李恩富和他同岁,但是第二批,1873年才到美国,八年后和詹天佑一起考入耶鲁,堪称双璧。

我起身给先生的杯子里添了点儿葡萄酒,坐下接着说:"那几批孩子都是精英。他们在旧金山下船，坐上火车，沿着华工刚刚修好的铁路，横跨美洲大陆，到文化发达的东部去学习。人家水仙花想写的，不是坐火车的精英，而是修铁路的苦力。当然，也有普通的买卖人。既然李恩富不适合做水仙花的榜样，她就找了个美国女作家做标杆，先从模仿开始，慢慢找到了适合自己嗓音的声调。"

"有意思。这就跟学书法似的，先找个真心喜欢的字帖临摹。所以你不能没完没了临摹欧阳询，得找到适合自己手腕儿的笔调。算了，她怎么个模仿法儿？"

又来了。我忍着："她学会了两种主要手法：对歧视、压迫自己的势力直接揭露和间接讽刺。那个女作家用植物做自己的笔名 Fanny Fern（Fern，蕨属植物），散文集的名称是 *Fern Leaves from the Portfolio of Fanny*（《芬妮椟中的蕨叶》）。'芬妮'听起来挺娴雅，但其英文 Fanny 是十九世纪后期才出现的俚语，在美式英文里是'屁股'的意思，在英式英文里则指女性生殖器。那书名翻成中文，就是《腚中蕨叶》，据说是十九世纪女作家们向男权文化压迫的一种挑战。水仙花学了这种挑战态度，把矛头指向歧视华人、华裔的种种偏见。她不但给自己选了'水仙花'这么个植物笔名，而且把自己的散文集命名为 *Leaves from the Mental Portfolio of an Eurasian*（《一个欧亚混血人心椟中的书叶》）。这较为优雅的说法表明她的主要对手不是性别歧视，'欧亚混血'一词的植入，说明她的敌人是种族偏见。水仙花在希腊神话里，有自爱之意，也是为了提振华人的文化自尊。所以,总体看来,她跟后来鲁迅没什么两样儿:说是没有大刀,只有一支笔,叫作'金不换',其实那笔是比大刀还锋利的武器。她这种以笔为投枪,为破除对华人的丑化、还华人以公正的名誉而战,也许并非她的本意。换句话说,她是被逼上梁山的。"

"嚯!这些'洋'门女将,三点水的'洋'啊,够狠;招儿也够多、够妙。谁逼她了?"老爷子又想发感慨,又舍不得中断故事。

我有心卖个关子,欺负您一下,可一来不敢,二来也不忍。只得假咳嗽一声,说:"她少年时的作文得过些奖励,但是成年后学了速记,为的是有个稳定收入。"

"是,是。这个稳定。你爸爸的老师罗莘田先生(讳常培,字莘田),就是为了稳定收入,在法院里做速记员。有语言天赋,听人家说话,不但记录下来,还做了分析。后来成了大语言学家。"

"这个我倒是听我爸讲过。可您确定是法院吗?狄更斯和他小说里的人物大卫·科波菲尔也做过速记员,不过是在国会。我印象里罗老也是在……"

"这不要紧。你别打岔,接着说。"

这岔是我打的吗?没办法,回到水仙花:"她成了速记员,1885年前后,在美国中西部一个大城市——芝加哥?密尔沃基?难以确定——为一家大公司工作。挣一份工资,过一份小日子。仍单身,和公司另外几个女职员租住在一个女房东经营的女子公寓里面。这种平静的日子，如果能平静地继续，那么水仙花也许就此度过平静的一生。没想到，一次普通的午餐，打破了她苦心经营的平静。都是熟人——水仙花，她的老板、房东、两三室友，边吃边谈，不经意谈到有色人种和基督教徒所相信的灵魂。老板说：'我很不喜欢黑人，看他们哪里都不顺眼，但是我扪心自问，还是能够想象他们和我一样，也是有灵魂的。唯独那些中国佬，无论我怎么努力，都想象不出他们能有灵魂。'一语未毕，众人纷纷赞同，提出各种旁证，证明中国人具有灵魂的可能性微乎其微。说着说着，房东注意到了水仙花一直没有发言，就问：'伊蒂丝，你怎么这么安静？你对这件事怎么看？'水仙花一直没说话，因为她坐在那里听着，肾上腺素超量分泌，浑身发抖，说不出话，除非是拍案而起，大吼一声。现在被人问到自己头上，再也藏不住了。只得哆里哆嗦地站起来，如她儿时在街头打架那样，大声说：'也许中国人真是丑陋无比，也许中国人真是没有灵魂，但是我想让你们都知道，我，就是个中国人！'她走出餐馆，留下一片寂静。"

我住了声。先生也愣在那里，半晌才小声地念叨："这就叫'是祸躲不过'。就跟那一年似的，你爸和我都看出不对劲儿，你爸跑到棋社去下棋，我跑到画院去筹备建院，没在学校里提任何意见，结果还是一人一顶。谁也没躲过……这就完了？她不是作家吗？写了点儿什么呢？"

"没完呐，您别急！要说这老美，还真是直肠子。第二天，几个人都来到水仙花房间,向她道歉。"

"真的假的?这么快?不是说文化偏见根深蒂固,最难改变么?"

"真假,大概只有她们自己知道。不过她们的心思大概是这么转弯儿的:如果中国人真是丑陋,那么她们怎么没觉得水仙花丑呢?如果说中国人真不可能有灵魂,那么她们和水仙花相处融洽甚至亲密,为何没觉得她是不可救药的异教徒呢?她们对中国人的反感是建筑在视觉印象上的。水仙花的现身说法,力量颇大,让那几位看到了自己视觉的不可靠和逻辑谬误,不得不认错。至于伤害了朋友感情应该道歉,在她们的文化里是人与人相处的基本行为方式。所以,这道歉是必须的,并不让我吃惊。我到美国的第一个学期,一门课程考试得了94分,全班第一。一个白人女生不信一个外国学生美国文学都能比她考得好,就说:'他能考那么高分?我才不信。以后再也不理他!'事后老师同学说事关我的信誉问题,她那么说不合适(inappropriate)。她自己想想,这不是小事。明白了,烤了一盘曲奇点心,送给我,并道了歉。别小看'不合适'三个字。这在他们那里就算重话了。"

"文化,文化,文而化之。如果他们的文化真能如此,倒也不可小觑呀。后来呢?"

"后来水仙花决定不再速记别人所言,要说自己的话,要为自己的族群说话。写了许多短篇小说、随笔、新闻报道,都是和唐人街上的华人有关的故事。成了华裔，乃至亚裔美国文学的拓荒第一人。"

"第一人大概是说她最早。写的东西有好的吗？"

"好的也有，但不多。偶尔有笔调活泼调皮的时候，很可爱。在当时，唐人街是脏乱差的代名词。她的作品里面展示了这不甚美丽的街区里，住的并非脸谱化的蛮族，而是有血有肉的常人，过着喜怒哀乐俱全的日子，并在柴米油盐的生活里演绎着美丽动人的故事。比较典型的有《春香太太》，写一个杂货店兼古董铺的老板，从家乡娶了个年轻漂亮又特别聪明的太太叫春香。没过几年，春香的英语就远超过他了。春香还喜欢背诵'美国'诗人的浪漫诗句：'爱过又不幸失落，/ 远胜从来就不曾爱过。'这其实是英国桂冠诗人丁尼生勋爵（Alfred, Lord Tennyson）的诗句，说明真正贯通另一种文化绝非易事，绝顶聪明的春香也不例外。'春香先生'听见了，记在心里，找人打听出诗意，生怕自己配不上太太，很是痛苦了一阵子。当然，最后误会消除，皆大欢喜。"

"哦，这有点儿稚嫩啊。不过管那个丈夫叫'春香先生'倒是俏皮、逗乐儿。"

"是。她就这么一点儿一点儿地积累。十九世纪末、二十世纪初主流媒体一边倒地描绘华人的负面形象，水仙花用独一无二的声音，表现华人生活中的真实悲欢喜乐，厥功至伟。她终生未嫁，靠微薄的稿酬维持简朴乃至清贫的生活，坚持为美、加的华人们发声，直到1914年去世。只得了四十九年阳寿。"

"可敬、可惜！不声不响，专心做一件事，四十几年如电光石火。"说到此先生忽然间起身给我倒了半杯葡萄酒。您看着我长大，知道我是"一杯就高"的酒量，从来不鼓励我喝酒。此刻的举动，惊得我站起来，不知说什么好。

"喝吧，就半杯。"您温和地笑笑，"这些年，你在那边，没受委屈吧？咱师大这院儿里有几位回来的，说在那边难以落脚，即便费劲巴拉落下脚，也不过是个'二等公民'。"

"说这种话的人，恐怕自身认知就有问题，他们根本没弄明白'公民'二字的意思。公民社会里，公共资源共享，也就是说社会资源（和私人资源有区别）大致均等地支持所有人为追求幸福而奋斗。至于奋斗的结果，当然各不相同。他们想象中只有上常春藤大学、到大公司工作、迅速升到公司高层、进入'精英'社交圈才是'一等公民'。现实中，根据不甚满意的奋斗结果而把自己说成二等、三等，十分短视，不足为训。相反，您看水仙花奋斗了一生依然是物质生活清贫，但是她给美国社会，特别是华人社区，留下了丰富的精神遗产。谁能说她不是响当当的、一等一的公民？我个人，在那边十几年没有受到任何因种族而引起的歧视。水仙花的经历，不但没在我身上发生过，而且我身边能接触到的人，都没听说过。这样的现状，没有水仙花的先驱努力，是难以想象的，所以我感恩水仙花。我刚才默记您的诗，不是我做您留的作业上瘾，而是觉得您说的恰当,特别适合水仙花给我的印象——'水仙不负终宵冷',恰好形容她在暗夜中奋斗,忍受冷漠和偏见,而'不负'就是说她没有白白忍受冷漠。'浓赠迎曦满室香',她以一己之力,在一定程度上改变了主流社会对华人、华裔的态度,给后代作家树立了标杆。后来的华裔,如果想以写作为终生事业,就有了现成的榜样。这就是她'德馨泽后世'的明证。再者,这位清贫的作家去世后,华人社区自发集资,在加拿大蒙特利尔市的皇家山墓地为她立了一块堪称豪华的纪念碑,上面四个雄健隽秀的汉字——义不忘华。下面英文镌刻:她的华人朋友们感恩怀念而立,伊蒂丝·茂德·伊顿……"

元白先生是极重感情的人。此时他眼睛里面已经闪着泪光。"唉,你当初入外语系,你爸和我都不太乐意。你要出国,我们也不太乐意。你爸给你定的规矩还记得吗?"

"记得:不许当着洋人讲国学,把人家当傻子哄。不许当着国人讲西学,自己冒充'学贯中西'。在哪国,就讲哪国学问,不许两头儿窜着唬人。"

"那是我们俩商量的。他归道山了,今儿我把规矩改改:像水仙花这样的人和事,可以回国讲,不算你蒙人。减了一条儿,还得加上一条儿,找补上去:虽然不一定做得到,但要朝着水仙花的方向努力。按说你的文化起点比她高,比那个李恩富也不遑多让,所以学术要求也得高。用你的学术研究做到'义不忘华'。不要求你立石碑,但是你得用扎实的学术和文字,做到'文不忘华',以传承中国文化中的精华部分。"

  我少年至青年时期，有幸得先生十年耳提面命。后来几十年，也不断得到您的鼓励和鞭策，但是先生教我，总是以幽默调侃为主，很少用如此严肃的口吻跟我说话。故此我把这些话记在心里，不敢懈怠地朝那个方向努力。没想到2010年，先生过世五年以后，我居然真的在美国立了一块碑，不是为自己，而是为了当地历史上的华人。碑文上除去镌刻了简单的英文，还有我学先生没学好的书法："前事不忘，后事之师。"

  其中的来龙去脉，留作"下回分解"。

元白先生的人格与风格

牛栏西复西,水冷鸭先知。
仰慕恩师格,细观苏子诗。

朋友约稿,要我写写元白先生的人格,引得我回想起许多往事,竟至失眠。辗转反侧,上面的四句打油,不请自来,流进了我那疲劳而亢奋的大脑。前两句截选自苏东坡的诗句。第一句来自"但寻牛矢觅归路,家在牛栏西复西"(《被酒独行,遍至子云、威、徽、先觉四黎之舍三首·其一》);第二句来自"竹外桃花三两枝,春江水暖鸭先知"(《惠崇春江晚景二首·其一》)。我把"水暖"改成"水冷"有个小小的原因,下文解释。后两句是建议那些仰慕先师高尚人格的朋友们,不妨仔细阅读苏东坡的诗,因为那些诗里有很好的线索,能帮助我们理解先生的人格与风格。

以前我每次回国探亲,总要去看看我称之为"大爷"的元白先生。1995年以后,我发现先生渐渐老了,失眠的时候增多,彻夜不眠的情况越来越频繁。对付失眠的办法,元白先生是作旧体诗。"病去抽丝形未减,客来谈鬼兴偏张。水仙不负终宵冷,浓赠迎曦满室香。"就是失眠副产品中的名句。那次(1999年冬)他非要我这"假洋鬼子"给他讲"真鬼",我哭笑不得,只好顺着他的诗意,给他讲了那个美国华裔作家水仙花女士的故事(详见《浓赠迎曦满室香》)。先生听了颇为感动。我见先生渐老,心中也难免伤感,就说:"要不然我写写感念您的文章吧?"先生马上摆手儿,说:"不行。现在有些人写,我跟他们说别写。他们觉得我是客气、谦虚。结果我越说别写,他们越写。你可不许!要写,等我没了,管不了你了,你再写不迟。听明白没有?"

当时我觉得这就是个简单条件句,怎能不明白?可是到了二十年后的今天,我在"瘖寐思服"中忽然悟出先生的话还有一层深意,就是管得了的事就管,管不了的,就随它去吧。这看似无奈之举,其实却是"知其不可奈何而安之若命",非常达观的一种人生态度,也是先生一贯的风格:他其实不愿意我把时间、精力用在此类文章上——有那时间不如做学问、写学术论文。同时,他也明白,从我的角度看,于情于理于天性,都不可能不写怀念他的感恩文章。所以他想了这么个办法,既避免了生前看到许多自己并不真心欣赏的文字,又给我留出了懂得感恩、涌泉相报的做人余地。同时从他自己的人生态度看,正好符合他一贯的洒脱:那些能够"立功、立言"的所谓高人,不过是"千千万万书中记。张三李四是何人?一堆符号 A 加 B"（元白先生《踏莎行三首·其二》）。至于先生自己，则要"故吾从此全抛下。出门撒手逐风飞，由人顶礼由人骂"（同前，其三）。枕上细思先生这几句词，我不由得想起苏东坡的名句："人生到处知何似？恰似飞鸿踏雪泥。雪上偶然留指爪，鸿飞那复计东西？"（《和子由渑池怀旧》）我觉得"符号 A 加 B"者，不过是"雪上指爪"的现代书写；"撒手逐风飞"者，亦即"那复计东西"之问的正面解答。

先生洒脱的人生态度与苏东坡相近，故此欣赏他的人格，看到他的画像，忍不住赞其真诚清逸："香山不辞世故，青莲肯溷江湖。天仙地仙太俗，真人唯我髯苏。"（《东坡像赞》）香山、青莲，分别是白居易、李白的名号。贺知章称赞李白为天宫下降的"谪仙人"，元白先生自己也承认李白"诗仙"的地位，并说他"来从白帝彩云边"（元白先生《论诗绝句二十五首·李太白》），飘落人间以展示其诗才。白居易也只好把天仙的地位让给李白，却屡次夸口自己是地仙："我住东京作地仙"（《酬别微之》），"官散无忧即地仙"（《池上即事·行寻鳌石引新泉》）。在中国文学史上，李白、白居易都是顶级人物。然而，在先生眼里，和苏东坡相比，这二位顶级人物竟然显得"太俗"！而真诚潇洒、超凡脱俗的，是长了一部大胡子的苏轼。这样说有什么根据呢？

李白的"天仙"格调宏大，蕴含在他豪放恣肆的行为方式之中，基于深厚的资源实力，表现在斗酒诗百篇的才气之上。有此三项，他的天赐豪气如黄河之水，自高而下，奔腾澎湃，给了他"天生我材必有用，千金散尽还复来"（《将进酒》）的无边自信，直至把祖传的五花马和千金裘都拿出来换取才情焕发的痛饮。白居易和李白大不相同。单从饮酒来说，他的格局要小多了，故此是地仙而非天仙："绿蚁新醅酒，红泥小火炉。晚来天欲雪，能饮一杯无？"（《问刘十九》）白居易此诗写于元和十二年，是贬为江州司马的时期。应该算是他人生的低潮，但是他毕竟还是一个实职实薪的官员，经济和地位都相对稳定，所以能够邀请高人处士朋友苦中作乐，冷中求暖，在温情的期待中消磨寒冷的夜晚。和白、李二位比，苏轼有过人生更低的低潮。他被贬谪到比夜郎、江州更有双倍之遥的儋州，虽然挂了一个"通判儋州军州事"的官衔（人们习惯上称之为"儋州别驾"，而别驾是汉代官名，宋代并无此职），却在当时的"蛮荒"之地，连薪水都不能足数，常有饮食不周的时候。然而他也没有在逆境中消沉，反是随所寓而安，在困苦中享受人生的真趣。某日，他不知缘何求得一醉，意欲回家高卧，却忘记了归路。幸亏人缘不错，在当地原住民黎姓家族中串了四家的门（不能排除正是这些人款待他，他才得以"半醒半醉"），才打听到可靠的归路指南："半醒半醉问诸黎，竹刺藤梢步步迷。但寻牛矢觅归路，家在牛栏西复西。"后二句之妙，非细品不能得其真味。牛矢者，牛粪也。苏子醉眼蒙眬，视觉大幅下降。土人睿智，告诉他凭嗅觉寻觅牛矢的气味，跟着鼻子走，一直走到气味最为浓厚的牛栏，再往西走一段就应该到家了。

可惜"西复西"三字含义颇深,意味着"往西走呀,再往西走"。恐怕还有相当远。可那段路已经过了牛栏,没有牛粪引路,"半醒半醉"的诗人靠什么辨别方向呢?真的能找到家吗?这在读者是个悬念,而在诗人则是一种逆境中的骄傲,甚至可说是狷狂,因为它令人联想到晋代的"醉侯"刘伶"醉后何妨死便埋"的豪气(辛弃疾《沁园春·将止酒,戒酒杯使勿近》)。因此,我以为苏轼的豪放,不仅在于指点古今时"大江东去,浪淘尽,千古风流人物"的宏阔,更在于憋屈困顿时自我解嘲的那种洒脱。

而这种洒脱,在先生身上则是屡见不鲜。我亲眼所见的一件小事,就颇有史料和哲思的双重价值。大约是1971年初冬,我有幸进入小乘巷的"简净居"亲承謦欬也有一两年了,一次陪先生出门,沿着南草场街往北走,打算出北口儿,到西直门内大街上无轨电车,去琉璃厂看看。那天正赶上京城西北风乍起而降温,先生气管炎发作。我听您咳嗽得难受,赶紧把装甘草片的褐色小玻璃瓶子递过去。先生倒出两片含在嘴里,压住咳嗽,竟然断断续续吟出一首自嘲绝句《北风》,里头妙用了东坡的诗:

北风六级乍寒时,气管炎人喘不支。
可爱苏诗通病理,"春江水暖鸭先知"。

后来我看到印刷出来的《启功韵语》,此诗首句作"大寒时"。那是先生加工后的成品,我记忆里的,分明是"乍寒",只能算是草稿。水暖鸭先知,天寒启老知。所以我的打油诗里把苏句改成了水"冷"鸭先知。先生久为慢性气管炎所苦,但在乍寒、大寒之际,用自己的病体开玩笑以解嘲。这与苏轼牛矢引归路、牛栏西复西的自嘲异曲同工。是人格高古、内心强大的表现。

先生对苏轼书法的美学风格也极为欣赏,曾在《论诗绝句二十五首》中大加称赞:

梦泽云边放钓舟,坡仙墨妙世无俦。
天花坠处何人会,但见春风绕树头。

此诗把东坡比作神仙(坡仙)。他既不是李白那样的天仙,也不是白居易那样的地仙。从先生的诗句"真人唯吾髯苏"和"世无俦"的"俦"字来看,似乎可以成为"人仙",即凡人中的仙人。这和先生常常暗自念叨的"神仙也是凡人作"的意思,相合若契。先生还把苏轼的墨迹列为妙品,把其美学境界比作春风绕树吹落阵阵花雨。20世纪70年代,先生曾临摹苏东坡的诗《书林逋诗后》和《前赤壁赋》,实在精妙。我看着眼馋,也想试试。先生说:"以你现在的水平,不适于直接临摹苏帖。不妨看看我临写的这本,因为在我临写的过程中,相当于为你把苏轼的书法妙趣翻译、放大了一遍。不过,让你看看是让你知道临帖的时候,什么可以模仿,什么不可以模仿,尤其不许模仿我的字。你可以直接模仿晋、唐名家的法帖,从中得到启发。"等我对照先生的临习和东坡原帖的影印件学习了一阵子,字迹不再歪歪扭扭,稍微像点样子的时候,先生才告诉我苏书也有缺点,就是"他握笔太靠手心儿,太紧。腕法有余,指法不足"。我漂泊海外三十多年,却没断临摹这两本帖。虽然为天资所限,不知道自己究竟从中学到了什么书法,但是那首"吴侬生长湖山曲,呼吸湖光饮山渌"的诗和"纵一苇之所如,凌万顷之茫然"的赋,由于临写了多遍,已经无意中背熟了。奇妙的是,无论临写、默写多少遍,那一诗一赋的妙趣与魅力,却与日俱增,总是给我极大乐趣。一半是因为诗、赋、书俱妙,一半是因为它能勾起我对先生和少年时代的回忆——外部世界混乱,小乘巷的那间简朴而干净的小南屋(先生自称"简净居")内却总是温雅的春天。

先生也很喜欢苏轼的诗歌,在《论诗绝句二十五首》中这样称赞他的诗歌成就:

笔随意到平生乐,语自天成任所遭。
欲赞公诗何处觅,眉山云气海南潮。

这是说苏轼的艺术造诣很高,达到了笔随意到,妙语天成的极高境界。先生欲赞美他的诗艺却难以找到合适的语言,最后在苏轼故乡四川眉山的烟云舒卷和流放地海南岛上的潮汐澎湃中,找到了类似苏诗美学境界的自然比喻。

先生的这首绝句貌似语言简明，细思之下方觉大有深意。比如头两句的"笔随意到"和"语自天成"，如果读者不够细心，很有可能会忽略"自"字的内涵与外延。"自天成"者，无论你把它读作"来自天成"抑或"自然天成"，其意义都是天之所赐，自然流出，非人力也！它和前面的"笔随意"是相矛盾的。"笔随意"者，首先是作者心中有主意，其次是笔下有功力。而主意从苦思冥想而来，功力由日积月累而得，这其实是天才说与苦吟说之间的对立。我到美国第一个学期就教大学生英文作文，也面对学生们无数次"怎样把文章写好"的提问。我知道这都是些普通的学生，天才难得或者根本没有，于是就用莫扎特和贝多芬的不同创作过程启发他们。我留作业让他们观看这两位作曲家的传记性故事片，去体会莫扎特是天才型音乐家，一个复杂的交响乐或者歌剧，每个音符都完美地在他大脑中形成，然后他才落笔，熬上一天两夜，一部大作就诞生了，几乎没有涂抹修改。而贝多芬的创作则是人才型的，他坐在钢琴前苦思冥想，弹几个音，写几行谱，扯掉几根头发，然后把谱纸撕碎，重新再写。这样反复 N 次，一篇作品慢慢成形，然后还要反复修改才能定稿。然而定稿之后的作品，比莫扎特的神来之笔一点不差！我给学生的建议是莫扎特虽好但人力难学，所以鼓励他们学习贝多芬，让自己的好作品从反复改写中渐渐地露面：The secret to good writing is re-writing（好作品来自反复修改）。从这个观点来重读先生这两句诗，我们就发现，先生对苏轼诗歌艺术的评价，已经高得不能再高：他是莫扎特与贝多芬的合二而一，既是天才有又多年苦吟的积累，只有这样才能使"笔随意到""语自天成"达到和谐的对立统一。

苏东坡本人对艺术创作经验的总结，也显示出这种难得的对立统一之可能性。比如他称赞画家吴道子的话，对我们理解他的诗歌艺术也很有启发："出新意于法度之中，寄妙理于豪放之外。"所谓"新意"常常是天外飞来的奇想，所谓"法度"则是人力从以往的创作经验所获得的规律性东西。这前半句话，主张由自由畅想而不违规矩。这是孔子七十岁以后才达到的高级修养境界："从心所欲，不逾矩。"已经把天才与苦吟有机地结合为一体。而所谓"妙理"则是苦思而得的智慧闪光，所谓"豪放"则是挣脱了以往规则束缚后的自由境界。这后半句话，又把苦思所得从规矩中解放出来，为创造新的形式来适应新的内容扫清了心理上的障碍。正如亚里士多德所说，自由是通过纪律而获得的。英国诗人柯勒律治认为，"莎士比亚的判断和他的天才相等"。如果我们把柯勒律治的"判断"看成苏东坡"法度"的同义词，"天才"和"新意"（即创造出前人未有的意境）为同义词，我们也可以说莎士比亚和苏东坡是同样难得的文学全才，既有天才，也尊法度，既能创新，也能继承。所以柯勒律治还说："请不要以为我是在把天才与法度对立起来……诗歌的精神，恰如一切生命力，如果想把力量与美相结合，必须用法度约束自己。这种生命力如果想表现自己，就必须为自己找到躯体；而一个鲜活的躯体必须是一个组织得很好的躯体——所谓组织不就是把部分和全体联系起来，使每一个部分同时既是目的又是手段吗？"[1]

苏东坡能取得如此高的成就，固然和他的天才与努力分不开，但先生认为更重要的是他那非常放松的人生态度以及创作态度，即顺其自然，不强求亦不懈怠的态度，也是苏轼人格与风格的关键所在，更是第二句"任所遭"三字的妙义。一次元白先生和张中行先生闲聊成语"随遇而安"和《朱子语类》里面的"随所寓而安"。张先生认为"寓"者天地也、环境也，所以"寓"字更深妙。元白先生认为人生在世很大程度上是被动的，走到哪里算哪里，所以遭遇的"遇"更贴切。先生在《论诗绝句二十五首》里用了"遭"字，显然是坚持自己的人生哲学。这个哲学也许是先生从苏轼那里学来的，反映在艺术创作上，就是根据当时的本地风光抒发当时的真实感情。苏轼自己就说："作文如行云流水，初无定质，但常行于所当行，止于所不可不止。"（《文说》）而在同代其他诗人眼里看来，苏轼"其嬉笑怒骂之辞，皆可书而诵之。其体浑涵光芒，雄视百代，文章以来，盖亦鲜矣"（《宋史·苏轼传》）。这种放松、自然、因材赋形的艺术态度，可以从苏轼歌咏西湖的诗歌实践中看到。一日他在湖亭上和朋友饮酒，初晴而后雨，湖上风光变幻，然而随天气怎么变，他都

---

[1] 见 David H.Richter, *The Critical Tradition*, Third Edition. Boston and New York, Bedford/St. Martin's, 2007. Samuel Taylor Coleridge, "Shakespeare's Judgement is Equal to His Genius", pp.323,325.

很是欢喜:"水光潋滟晴放好,山色空濛雨亦奇。欲把西湖比西子,浓妆淡抹总相宜。"(《饮湖上初晴后雨》)有时候雨下大了,昏天黑地的,他非但不沮丧,反而依然能从中发现美:"黑云翻墨未遮山,白雨跳珠乱入船。卷地风来忽吹散,望湖楼下水如天。"(《六月二十七日望湖楼醉书》)这种任其自然、因景生情、以诗导情的生活态度和艺术创作态度,使我很自然地想起了英国浪漫主义诗人华兹华斯。他在1802年写的《抒情歌谣集序言》里面说"诗是强烈感情的自发奔涌"。他说他写诗的"根源"来自"心灵平静时对(以前)感情的重新收集:努力观照那段感情直至其平静的表象逐渐消失,而一种和关照前的感情血肉相关的新感情渐渐生成,真正在脑海中出现。"[1]也就是说,他认为诗歌的创作过程是一个从感情到理智,从心灵到大脑的过程。心中的灵感,要经过理智的"观照",从而生成一种新的,升华了的,大脑可以理解并表达的相关感情。这其实也就是先生描写的"语自天成""笔随意到"过程。只不过先生为了照顾汉语诗歌的音韵,把二者的顺序颠倒了一下。来自灵感的感性材料,经过法度严谨的"观照",转化成可以充分表达的相关情绪。这也就是苏东坡说的"行于所当行,止于所不可不止"。文思泉涌是行所当行,笔随意到是止所当止。这样说太干瘪,所以先生就用了两个比喻"眉山云气海南潮"。这是形象的说法,而且巧妙地概括了苏

---

[1] 见 David H.Richter, *The Critical Tradition*, Third Edition.Boston and New York, Bedford/St.Martin's, 2007.William Wordsworth, "Preface to Lyrical Ballads", p.316.

轼的一生：他从眉山走出来，经过了丰富多彩的文学生涯，在海南儋州接近尾声。后来从儋州调到稍近一些的廉州、舒州、永州；后来终于获大赦回京，北归途中卒于常州。陶渊明说"云无心以出岫"，眉山云气就是苏轼自然涌动的才情。而海南的潮起潮落，虽然也是自然的韵律，但它是有规矩可循的。先生的"论诗绝句"，有人读了觉得浅显。不知为什么，我这个曾经跟随您多年的人，越读越觉得深不可测。因此，窃以为若想理解先生的人格与风格，我们应该仔细阅读先生的《论诗绝句二十五首》，也应该仔细阅读东坡居士的诗文。

元白先生背后的章佳氏家族

元白先生有才华、有学问，快活而幽默，对人又很和气，所以他生前身后，都有很多人写文章称赞、感激、怀念他。这些文章多数诚挚而感人。比如北师大毕业的散文家徐可先生，写到启先生时，饱含感情："我崇拜启功先生，并不仅仅在于先生在学术研究、教书育人、文物鉴定和诗书画创作上的巨大成就，我崇拜的是他高尚的品格。"启功先生曾描写自己与老校长陈援庵先生的关系是情同父子，徐可先生借用这个比喻，说自己和启先生的关系是"情逾祖孙"。徐先生这样说，因为他"在启功先生人生的最后十几年，有幸追随先生左右，随时出入先生门庭，成为先生的一位'忘年之交'，或谓不在籍的学生，亲炙先生多年"。徐可先生的《三读启功》和《仁者启功》从自己与先生切实的交往中挑选材料，是写得较好的例子。

但是，喜欢元白先生的读者，也常常会读到一些写得不那么好的文章。究其原因，往往是那些作者没有徐先生那么好的机遇，和元白先生并无深交，或根本不曾交往，又不认真研究有关先生的文献,单靠道听途说、捕风捉影,就难免产生一些无中生有、有悖常理的东西,让人读了有哭笑不得的感觉。例如,曾有人描写元白先生的夫人,为了保存先生的一批珍贵画作,把它们藏在一个大缸里,埋在院子里。其实"文革"时期,启夫人章宝琛女士已经六十岁,加之体弱多病,怎么可能搬得动大缸?更别提挖坑、埋缸等更耗体力的劳动了!如果真要干此类力气活儿,按道理是怀哥或者我的责任,而我们俩都没干过,可见"埋缸"的故事只可能是凭空编造的了。事实是先生屋檐下本来放着一口旧缸,启夫人把那些画儿包起来,放在缸底,上面压上了杂物,如此而已。我最近看到了一篇更为"奇特"的文章,从标题就开始无中生有:"启功:这个女人不漂亮,终生未育,我却为她独守空房三十年。"这标题为了吸引眼球,用第一人称口吻和冒号显示这个句子是元白先生的语言。而事实是老先生从来没说过这样的话,尽管您确实不曾续弦。关于先生为了谢绝好心人给您介绍对象而拆掉双人床、换上单人床的详细情况,先生在《启功韵语》里有记载。这样的作者,如果没有切身经验,不妨做一些文献工作,或许就能避免一些比较明显的错误。不过那篇"奇文"还有一些内容,不是简单的错误,而反映了作者在较深层次上对于元白先生的误解。比如文章开篇不久的一连串排比句,列举启夫人配不上启先生的理由,就显出和元白先生格格不入的价值观:

  论年龄,她长启功两岁;论相貌,她不算美人,个子不高;

论爱情，启功是听命寡母，非自由恋爱；论家世，她生母早卒，继母刻薄，不算大富大贵之家；论嫁妆，她是带着自己的弟弟嫁过来；论学问，基础已是不一，后来差距只能更大；论格调，一俗一雅，一劳动妇女，一知识精英……

首先，出于公平、公正之心，我要为该作者解释一下。他/她这是在做铺垫，为后面高调夸赞元白先生如何"坚贞"，如何"高风亮节"，预先埋下作为参照的伏笔。单从修辞手段来说，这并不过分。但过分的是，作者为了拔高一个人物，毫无必要也毫无根据地贬低另一个人物。这段话首先暴露出作者对老北京文化习俗的认知不足——他/她似乎不了解，在20世纪30年代的北京（那时叫"北平"，老二位于1932年结婚），很多北京市民并不认为婚姻中的男子必须年长于女子。恰恰相反，他们觉得女子年长一些，比较成熟，通达事理，更善于经营一个和谐而踏实的家庭。这有老北京广为流传的谚语为证："女大一，不成妻；女大两，黄金涨（zhǎng）；女大三，抱金砖。"另外，作者把自己的价值观投射到文中人物的身上：个子高矮，与环肥燕瘦一样，美与不美，因各人的主观倾向而异。那位作者认为个子不高就是不美，这好比用21世纪的芭比娃娃的标准来衡量民国妇女，那么即便有"第一美女"之称的林徽因也嫌太矮，不够苗条。从更深一层考察，这种观点缺乏历史感，没能用发展的眼光来看待元白先生和您在学术、艺术、文物鉴定、教书育人诸方面的多种成就。误以为元白先生天生就是名人、大师，因此二十岁结婚时就有愿望、有能力挑选所谓特别美、特别富贵、特别多才多艺的对象。常言道："每个成功的男人背后都站着一个伟大的女性。"此话得到时间和实践的检验，含有颇高的真理性。细思其意，是说那个伟大的女性做出相当的牺牲，承担了日常生活中必不可少的琐碎与痛苦，使那个男人可以专心事业，通过长期奋斗然后达到成功。这才是那个女性的伟大之处。按照这个标准看，元白先生的夫人，确实称得上伟大。但是，这个格言本身还不够深刻，因为它只看到了成功男人身后的女人，却忽略了那个"伟大女性"的背后还站着些什么人。

大约是从20世纪60年代末到70年代中期，先父叔迟公人虽在北师大，却难得和我见上一面，母亲随建工部的其他下放干部从河南干校去了湖北十堰市的第二汽车制造厂工地，哥哥姐姐到山西插队去了，我孤身一人漂在北京。幸而元白先生慈悲为怀，允许我长期泡在您的家里，还给了我一个非常难得的"私塾"教育；而启夫人章宝琛女士则给予了我那时急需的母爱。我从十几岁开始，称老二位大爷、大妈，在北京方言里就是伯父、伯母的意思。这是我半个世纪以来一直在使用的称呼。无论是二老生前还是身后，无论我是在中国还是在美国，都不曾变更过这个称呼。所以本文也沿用启大爷、启大妈的称呼，以免使读者因不熟悉先生字元白讳启功其中的差别。

前面提到的"奇文",是我前不久在网上看到的。作者贬低了启大妈。他/她也许是出于无心或无知,但还是使我心中十分受伤。我曾在微信群里批评了该文,因为修养不到家,难免言辞有些尖锐。幸好群友大多是了解我的高级知识分子,能够理解我的过激反应、原谅我当时的激烈言辞。复旦大学的徐志啸兄、中山大学的吴承学兄劝我说:"既然俞兄知道内情,何不写文章来澄清一下?"二位仁兄说得在理:命运让我有幸长期、近距离地接触乃至参与了老两口儿的生活,现在我就有责任把启大爷这位成功男人身后的那个伟大女性,以及她周围环绕着的章佳氏家族,尤其是那个所谓"带来的弟弟"一家,介绍给广大读者,让他们认识这些为了帮助启大爷追求学术、艺术上的成就而默默奉献的朴厚之人,并对他们有一个初步的、符合实际的了解。读者以后再遇到坊间那些背离常识的种种不恰当的拔高或贬低,就能有一个评判的基本参照系。

如果说站在启大爷背后的是启大妈,那么环绕在启大妈背后的,则是一个热心、朴厚、相亲相爱的家族,包括启大妈的五弟——我称为"五大爷"的章楚白(讳宝珩)先生及其家人——我称为"五婶儿"的章夫人,大姐章景荣和大姐夫王仪生,我称为"恩哥"的章景恩,我称为"怀哥"的章景怀,和我称为"小葵姐"的章景葵。我从十几岁到二十几岁跟随启大爷,这十来年里亲眼目睹了章佳氏一家人对启功先生的照顾。例如景荣大姐是北大医院放射科的医生,凡是启大爷、启大妈生病,都是她和大姐夫(也是北大医院的医生)一起张罗到北大医院就医、住院。按说启大爷在北师大工作,而北师大的合同医院是远在北郊的北京医学院第三附属医院。老两口能够就近到北大医院就医,没有景荣大姐他们夫妇二人的张罗,是不可能的。启大妈生病住在北大医院时,启大爷自己也为美尼尔氏综合征所困扰,悠去医院探视,一般是由我跟着,以防途中犯病跌倒,发生意外。我们出门时,启大爷总是朝着北屋喊一声:"五妹,我们出门儿啦。"同时也告知大约何时回来。等到回来时一进门儿,悠又喊一声:"五妹,我们回来啦。"这听起来像是礼貌性地打个招呼,而对五婶儿而言,却意味着做多少饭、留什么菜、菜凉了热了之类的生活细节。当然,启大爷绝不会总是麻烦五婶儿。悠另外一种"经常性的行为方式"就是把身边几个饭量大的男孩子带出去吃饭,给五婶儿做饭减轻一些负担。通常悠会召唤一声:"小恩、小怀、俞宁,今儿个咱们北口儿了。"那时恩哥已经在中学教书,比较忙,跟着我们走的次数儿比较少。所谓北口儿,是指南草场街北口过马路,西直门内大街的北侧,高台阶上的一个小饭铺儿,原来叫"义和饭馆",后来不知道为什么我们把它叫作"大碗儿居",再后来又简化成"北口儿"。那个饭馆儿档次不高,北京人归类为"二荤铺儿",即只会做鱼、肉这两种荤菜,再高级一点儿的海参鱼翅、山珍野味等一律没有。然而我们偏爱那个铺子,因为它是当时极少的几个保留了真正老北京温情的饭馆之一。那里地方熟悉,人不但熟悉而且亲热,再加上货真价实,所以启大爷喜欢。接待客人点菜的是一个年龄比我大不了几岁的瘦高个儿女孩子，叫小刘儿，戴着厚厚的眼镜，对人真诚、热情，服务周到、细心。收钱记账的是个年龄较大的妇女，和小刘儿一样瘦，但眼镜片儿似乎比小刘儿的还要厚。我跟她说话比对别人似乎更恭敬一点儿，甚至觉得拘谨，因为她是末代皇帝溥仪的妹妹。启大爷、恩哥、怀哥跟她说话，则是恭敬之中流露出更多的亲热。那里的菜不贵，可吃着特别放心，保证真材实料而且足量，因为掌勺的小师傅叫二头子，是我在新街口中学读初中时的同班同学。对我们来说，那个小饭馆儿很有家外之家的感觉。

启大妈1975年3月26日去世。我记得大概是1975年的初夏，也许更早，五大爷、怀哥和小葵姐随第三建筑公司，从湖北十堰市的第二汽车制造厂工地上回到北京。从那以后，跟随、照料启大爷起居的事儿，就由怀哥接了过去，一直坚持到2005年启大爷仙逝。怀哥忠实而周道地履行了亲生儿子才应该履行的义务。这其中的甘苦，一般人应该想象得出来，有人却忽略了这一点，是很不应该的。正是由于章佳氏全家人的亲情维护，启大爷才能在动荡的年月把那些分心、烦心的杂务降到最低，从而能够集中精力研究学术、鉴定文物、挥毫写字、研墨作画。没有这一家人的呵护，启大爷能有后来那么高的成就吗？我觉得很难。

启大妈原名宝璋，后改名为宝琛，是镶黄旗章佳氏人。她祖父的名讳为联寿，曾任清朝的凉州、兰州知府。官至知府，不能说这家世不贵。父亲的名讳为崇少甫，由于清帝逊位，不再做官，改为经营实业，在北京城开了许多油盐粮店。老北京有句俗谚说："没有不开张的油盐店。"意思是油盐关乎民生之必需，经营油盐店是永远不会萧条的生意。旧北京的油盐店，我小时候有幸见过，印象还很清楚，一般不大，只有一间或两间门面，一进门儿正面（两间的是正面和两侧）是柜台，柜台后面是摆放货物的柜子、架子，柜顶上常常放着一溜儿装酱菜的瓷盆。这种小店主要经营居家过日子开门的几件大事：油、盐、酱、醋，但一般不卖茶。其范围又不限于油盐，还有其他生活日用品，如香烛、洋火、纸烟、牙粉、牙膏、肥皂、香皂、毛巾、手绢儿、碱块儿、起子（发面蒸馒头时使用的白色粉状物）、水果儿糖、奶油糖、红糖、白糖、白干儿酒、鸡蛋、粉丝儿、粉条儿、卤虾酱、臭豆腐、天津冬菜、四川榨菜、朝鲜辣咸菜丝儿，等等，不一而足。然而章佳·崇少甫老先生经营的不是这类小铺儿，而是上述商品之外还兼卖粮食并且自带磨坊、油坊和堆房（仓库）的大字号，自己磨面、榨油。单拿朝阳门外大街的"元顺永"油盐粮店举例，这个铺面在大街上占了两个门牌号码——39、40号，就连41号，也有一半儿属于"元顺永"。它不但零售，而且向附近的小油盐店批发，并给饭铺、饽饽铺（北京方言称糕点为"饽饽"）提供精面、食用油，足见其规模之大。而这只是崇少甫先生产业链的一个分号，总号在西直门大街，叫"元顺成"，此外还有"元顺公""元顺长""元顺兴"等分号。您明白了吧？这是个颇具规模的连锁店，而所有分店都在北京城内人气最旺的主要大街上。这样的规模，说不富，也不客观。

相比之下，那时启大爷工作尚未稳定（到了1933年先生才得到陈援庵老先生推荐到辅仁附中教国文），故此经济非但不宽裕，而且说得上窘迫。启大妈在家中排行第三，上面两个姐姐都早已有了婆家，她下面紧接着的弟弟，是同母所生，大排行（爷爷家的所有孙子，即亲兄弟和堂兄弟们，一起排行）行五，启大妈和"五弟"最亲是情理之中的。按常理推断，这个五弟其实是元顺号的少东家之一，不是那篇"奇文"里描写的随着姐姐出嫁的赤贫孤儿。综合起来回顾，老二位的婚姻虽属父母之命的旧路子，但其考量标准是二人的性格是否合得来，是否都向往过上踏实、平安的生活。用老北京之眼衡量，他/她可以贵，也可以不贵；他/她可以富，也可以不富；最重要的，就是两口子都得是"过日子"的人。这些考量所表现的价值观，与上述奇文作者所遵奉的价值观完全不同，既不像该作者那样以富贵、美丑为标准，也比不上奇文中推崇的、戴望舒笔下"丁香般"的浪漫。然而在朴厚的老北京人眼中，却是十分踏实、十分般配的结合，最可能保障二人的终身幸福。北京师范大学侯刚先生和章景怀合著的《启功年谱》里记载了这个婚姻，是可靠的历史材料：

> 他本来并不想过早结婚，因为自己尚无正当职业，而且对女方的情况一无所知。但是，母亲拿来姑娘的照片对他说："你父亲死得早，我守着你很苦很累了，很想有个帮手。你身边有

个人，我也就放心了。"听了母亲的话，一向孝顺的他理解了母亲的心思，也很同情母亲的辛苦，不愿违抗母命，便应允了这门亲事。他们的媒人是毓逖，结婚后居羊房胡同。章宝琛也是满族人，比他年长两岁。

他们婚后夫妻情深，是典型的婚后恋爱。他们的爱情是真挚、纯洁、深沉、持久的。他们心心相印，相濡以沫，相互之间视对方为自己的一半。在婚后的四十多年共同生活中，他发现妻子"天生勤劳、贤惠、善良，是具有中国传统美德的贤妻良母式的女性"。在日常生活中她总是尽心尽力使丈夫欢乐，让丈夫集中精力做学问干事业。

这段老式的，却又很般配、很美满的姻缘，来自老一辈的沟通与斟酌。启大妈的父亲崇少甫老先生有一位连襟，是老北京有名的厚道人——爱新觉罗·毓逖。说起这位老先生，颇有一些传奇色彩，要占一点点并非闲笔的篇幅。老先生和启大爷同是和硕亲王（讳弘昼，乾隆皇帝之弟）的后代。按照爱新觉罗家族的排字，从乾隆的弘字辈儿开始，依次是弘、永、绵、奕、载、溥、毓、恒、启。由此可见老先生比启大爷高两辈儿。但旗人的家族大了，成员之间的关系并非由宗谱所排的辈分决定，而是由实际生活中的互动情况而决定的。比如毓逖老先生年轻时候进入陆军学堂学习，虽然读书不是太灵，但弓马娴熟，毕业后担任了禁卫军统领。溥仪在《我的前半生》里叙述冯玉祥派鹿钟麟带兵逼迫溥仪出宫，溥仪只得派一个禁卫军统领和他联系。那个统领，就是毓逖。可见溥仪对毓逖十分信任。按辈分，溥仪比毓逖大一辈儿；论年龄，毓逖比溥仪长二十来岁，从小像大哥哥一样呵护着幼帝。所以二人之间的关系，除了君臣之外，还有着类似手足之情的味道。同理，毓逖老先生的孙子启骧，按辈分是启大爷的堂弟，然而他年少了二十三岁，并在书法方面向兄长学习，二人之间的关系更像师生。末代皇帝离开故宫，毓逖老先生断了俸禄，也只好经营实业，在地安门西侧路南开了一家叫作"信诚"的杠房。旧京的杠房兼营棺材铺，主要业务是承办丧葬礼仪、出租丧葬用品。这是个积阴德的行业，而且相当稳定，加上毓逖老先生为人忠厚，故此生意一直不错，经济状况在旗人中也算稳稳的中等偏上。亲戚朋友、街坊邻里有什么事儿，都愿意找他帮忙。就连当时处于地下的中共，都曾于1933年4月找他帮忙，把李大钊烈士的灵柩从宣武门外浙寺（又称长春寺、长椿寺）移出，安葬在香山万安公墓。

再说章佳·崇少甫老先生，第三个女儿也到了找婆家的年龄，跟谁商量呢？自然想到自己的连襟，为人忠厚的毓逖老先生。毓逖老先生具体怎么答复的，家族叙事里虽然有口头儿传说，但年代久远，难以确定。大概的意思不外乎这样的家常话："您家的三姑娘，贤淑，这我起小儿就看出来了。我有个族孙，家境现在虽说是紧了一点儿，可人家孩子有志气，才华横溢，刻苦用功。年龄正合适，脾气秉性都般配。要不然我给您说说去？"有了这番商量，启大爷才能看到母亲手里那张章佳氏姑娘的相片。又因为体谅母亲的辛苦，所以成就了自己的一段美好姻缘。后来启大爷对朋友说："她的善良已经到了超越自我的程度"，"她对旗人家庭中媳妇地位的低下习以为常，对家庭中的种种委屈心平气和、逆来顺受，然而有一点她十分清楚，就是坚信自己的丈夫是一个正直、善良的好人"。启大爷这番话，是启大妈去世后对自己婚姻爱情的总结，绝没有戴望舒笔下的"丁香"气，也说不上有多么的浪漫，但确确实实是肺腑之言，是老北京人认可的、能"过日子"的爱情。这种爱情温暖、深沉、愈久弥坚。也许正是因为娶了这个会过日子的好媳妇，启大爷才时来运转，第二年经过陈援庵老先生介绍，入辅仁大学附中教国文，有了相对稳定的工作和展示自己才华的平台，也遇到了台伯简（讳静农）、牟润孙等一生交好的朋友和陈援庵、余季豫（讳嘉锡）等传薪育人的名师，生活、学术、艺术、社会地位也开始逐步上升。这是他日后成为大师的人生转折点。启大妈虽不是那篇"奇文"所说的"劳动妇女"，没有劳动妇女那般强壮的身体，但她为了应付当时的生活，为了让丈夫专心事业，吃了和一般劳动妇女一样多的苦，受了和一般劳动妇女一样多的累，做了和一般劳动妇女一样多的牺牲。《启功年谱》里记录了她的艰辛："母亲在时，先生因工作不稳定，特别在辅仁大学几进几出时期，几乎处在半失业状态，生活一直不好。但夫人章宝琛十分孝顺，对母亲精心照料，长年累月一人承担家中的脏活累活，母亲重病后，端屎端尿十分辛苦。"就其本质来看，说启大妈是"劳动妇女"，离真实情况所差不远，没有太大的不妥之处。只是那篇"奇文"把"劳动妇女"四个字当作贬义词用在启大妈的身上，是不合适的，也反映了该作者自己的价值观似有不妥之处。

　　自从启大爷、启大妈结婚之后，生活渐渐呈上升之势。那当然不是一条平滑的上升曲线，其中总要经过一些大大小小的曲折。1956年秋，启大爷的慈母病故，您用注释《红楼梦》的稿费，"为母亲买了黄柏独板棺木在嘉兴寺发丧后与父亲合葬"。而丧事的前前后后，启大妈承担了高强度的劳作，受了不少辛苦。《年谱》说："先生非常感谢。在母亲发丧后，没有别的感谢夫人，只好请她坐在椅子上，恭恭敬敬地叫了一声姐姐，给她磕了一个头。"由此可见，启大爷十分尊重、感激启大妈这个"非劳动妇女"所做出的辛勤劳动。次年，先生被错划"右派"，遭到降级、降薪的处分。而"正在接受批判时，姑姑恒季华病重，住进北京市第六医院。他不能亲自守护，只是夫人章宝琛一人日夜在医院照顾侍奉。姑姑逝世后，他用《红楼梦》第二次印刷的稿费，在嘉兴寺为姑姑办了丧事"。不难看出，启大爷生活的低潮和坎坷时期，都是启大妈用吃苦耐劳的精神帮助您挺过来的。

　　两年两件大事，加上"右派"问题带来的压力，把启大妈压坏了。她体质本来就不甚强壮，劳累加精神紧张，使得她不敢再在旧宅居住，总怕恍恍惚惚地听见、看到冥界的某些影子。为缓解夫人的紧张情绪，启大爷决计放弃黑芝麻胡同比较宽敞的居室，但那时北京人口增长较快，想在城里另找一个既安静又方便的住处也不是那么容易的事情。在鼓楼大街暂住一段之后，启大妈的五弟章楚白先生请姐姐、姐夫到自己在西直门内小乘巷86号小院里来落户。这个地方不如以前的住处宽敞，但只有两家住户，又是亲戚，院门一关，自成一个小小的天地，把外界的风暴降到最低了。这个小院不但为启大爷提供了一个避风港，就连我都在"文革"风暴最厉害的时候，在那里找到了暂时的温暖与安宁。启大爷、启大妈虽然没有生育自己的孩子，但他们并非没有家庭。小乘巷86号就是您的家，住在北屋里的章佳氏一家，就是您的至亲。那些人的亲情与温暖悠悠然溢出，为启大爷日后的辉煌充注、积攒了必需的能量。就连我这个外人，没有因暂时的逆境对生活丧失信心，也是托了章佳氏一族的正面、温和的影响。故此，我深感其恩。语云："受人点水之恩，当以涌泉相报。"可惜我没有"涌泉"，只有一部手提电脑和一些埋在心中多年的家常话。我把自己知道的点点滴滴写出来，和大家分享，让大家知道，近到章佳氏一族，远到老北京那些善良的市民们，都是"人性本善"的精彩诠释。有了他们，中国传统文化提倡的温、良、恭、俭、让等优秀品质才得以传承至今。

柴青峰先生出北平记

我小时候住在旧辅仁大学的教师宿舍里面。我们院子的南门对着恭王府那高不可攀的北墙，我们的北面没有墙，却有一道绿色的竹篱笆，影影绰绰地，在都市的中心，点染出一抹乡村园圃的温情色调。那道绿色的竹篱，不但给儿时的我提供了都市乡村的遐想，而且给我和我的玩伴们提供了几乎取之不尽的道具。从篱上抽出一根长竿——那种长、直、匀称的——就是大空场露天剧院里的"丈八蛇矛"，可以战吕布、挑滑车或者颇为洋气地刺向想象中巨人般的风车。1966年初夏，某个日长如岁的下午，柴念东（1954年生）、我（1955年生）、柴立（1956年生）三人在空场上战作一团，踏起了半个院子的尘土。他们兄弟二人，一个自称"常山赵子龙"，一个自称"西凉马超"，冲着我大吼："来将通名！""吾枪尖不挑无名之鬼！"我哪里肯示弱？尽量把提高音量和压粗嗓门这两个高难动作合二为一，喝道："吾乃天下第七条好汉罗成是也！"我正准备拍马迎敌，没想到两个对手纷纷缴械，把令我颇为忌惮的两柄"长矛"丢在地上，身体站得笔直，向着我的脑后行"注目礼"。我还没来得及转身看个究竟,就听得一个熟悉的沙哑嗓音训斥道:"什么乱七八糟的?你们比关公战秦琼还荒唐!"原来是他们的祖父柴青峰(讳德赓)先生。听到这个声音,我也只好放下竹竿,懦懦地叫一声:"柴伯伯。"

这称呼,令我十分尴尬。所谓柴伯伯,就是辅仁大学老校长陈援庵先生的大弟子,历史学家柴青峰。按说他和先父叔迟公的交情时间也不短了。七七事变以后,父亲从北大转学到辅仁读书,成为该校的高年级学生,而柴先生已经是青年教师。那时年轻教师和高年级学生之间,关系因随意而亲近。1948年,父亲在燕京大学任教。柴先生出城,到燕京大学访友,时间长了点儿,进城回家吃饭略嫌晚了,就到我家歇脚吃饭,说明二人是很熟的朋友。1951年北京高校教师们到各地参加"土改",柴青峰先生和先父去了湖南,被分在一个组,同吃同住月余,自然又加深了友情,说是同辈的朋友,不为过分。换一个角度看,元白先生是柴先生的师弟,同出于老校长陈援庵先生门下,而我称元白先生为"大爷",所以,从表面上看,我称他为"柴伯伯"顺理成章。但是,我和柴先生的两个孙子念东、柴立非常对脾气,假以时日,说不定三人会放下"长矛",撮土插香,桃园结义。从这个角度讲,我宁愿把柴先生高尊一辈,称他为柴爷爷,以取得和玩伴们平等的身份。况且柴先生在重庆的国立女子师范学院教书的时候,我母亲是他好友魏国光先生的学生,因此我和柴氏兄弟平辈,也并非没有根据。可惜我一直没能践行这个想法,而是采取了折中，称先生为柴老。模糊处理，能使自己玩得更加顺遂、开心。

我们淘气归淘气，在长辈面前还是懂得如何装出好孩子模样的。三人默默地把竹竿插回篱笆里面（这比抽出来难十倍），走回各自的家里。一点儿也没想到，从此一别，再见面时我们都是六十多岁的人了。

那时电话是一种稀缺资源，我们那个院子里住了几十个教授，但只有一部电话，放在南大门的传达室。"罗成战赵云"半途而废之后不久，我在传达室附近等人，听到柴老打电话，说到他的书多，到了苏州之后，希望能有车到火车站来接他。"嗯嗯啊啊"了几声后，我听见他说："好啊，卡车也好啊。"我明白他这是要到苏州出差，却根本没有想到，弄不好我那两个玩伴也会跟他一起去苏州。反倒是暗自高兴，一旦柴老去了苏州，我们就能伺机重新开战，也许不是明后天，却也绝不会拖过下个礼拜。

柴氏兄弟没有去苏州，而是很快被接到姑姑家，离开了我们的那个院子。从此我们再也没有错时空论剑的机会。

苏州那头也没有派车到火车站去接柴老，柴老携夫人陈璧子从火车站坐人力车前往他的新工作单位江苏师范学院。据《苏州大学校史》的官方记载："（1966年）6月初，历史系主任柴德赓教授从北京回学院时，被诬为'反动学术权威'，拦阻在凤凰街到学校大门的路上，戴高帽子。"（第86页）按照那时司空见惯的不成文程序，戴上高帽子以后，自然是游街批斗。回到苏州三年半，柴老去世了。《苏州大学校史》的官方叙述如下："1970年1月23日 历史系主任、教授、民革（宁按：应为民进）中央委员柴德赓因遭摧残，在尹山湖农场含冤病逝。享年63岁。"（第64页）（宁按：实为62岁）

如果故事终结于此，我对柴老的印象是什么呢？尊敬是肯定的，因为他是我父亲的朋友、我启大爷的师兄。至于我对他本人的印象，就只剩下了"关公战秦琼"和"好啊，卡车也好啊"这两句话。太单薄了，我尚如此，那些不曾与他比邻而居的普通人，大概就根本不知道世上还有这样一个人，如流星划过夜空，倏尔而逝。不谙内情的人甚至会以为还不如流星，因为流星毕竟划出过一道光芒。柴老勤苦治学的一生，有过什么闪光的瞬间吗？

当然有！他不但是一位功力深厚的史学家，而且是一位天才的诗人，更是一位知行合一的磊落儒者、爱国者。且听我讲一讲从史料里钩沉出来的柴青峰先生"出北平记"。

1937年7月7日，卢沟桥事变，日军在华北动武，不久就占领了北平。城里的知识分子和青年学生不甘心做亡国奴，纷纷离开北平，把学校迁到后方，于是有了西南联大等著名的战时名校。暂时无力迁离的各校学生，纷纷转入留在北平的教会学校，如燕大、辅仁等。因为天主教、基督教新教的关系，日本占领军一时没有难为这些学校。柴老留在辅仁任教，有老校长陈援庵的庇护，生活暂且安稳。忍辱的生活维持了六七年，柴老内心的痛苦愈来愈难堪，因为他明白侵略者不会总是放任不管这些教会学校。1941年12月7日偷袭珍珠港之后,日军马上就逮捕了燕京大学校长陆志韦先生和其他教职员、学生共25人。辅仁大学也渐渐感到压力,到了1943年各种大小事件刺激着柴老,使他坐立不安。先是侵略者为了粉饰太平,鼓励当时北平一些骨气不足的"知名人士"附庸风雅,农历三月三日,在北海公园安排了一场祓除不祥、上巳节流杯诵诗的文化活动。中国文化中的修禊传统因王羲之《兰亭集序》而愈发雅俗共赏,但是拿它来为侵略者帮闲则是柴青峰先生所不能接受的。他写了一首七言律诗和一篇较长的序言,记录了这个闹剧,且对奴性极重的所谓诗伯们给予不留情面的批判:

上巳,闻画舫斋有修禊之集,钱牧斋为祭酒,元白被邀,座中诗伯数日前均向房使重光献诗颂圣,情实可怜。昔日吴中高会,澹归赋诗以讽,余今所云,亦犹此耳。元白声明不做修禊诗,自处固当如此也。

禹穴兰亭古迹荒,忍闻修禊值蜩螗。
啼残蜀鸟家何在,老去诗人梦正长。
细草漫矜新雨露,青山无改旧风光。
相逢凝碧池头客,可有攒心泪一眶?

诗序里的钱牧斋,表面上似乎是指明清之际的钱谦益,但他怎么可能在1943年上巳节跑到北海公园的画舫斋来参与"修禊之集"呢？定是另有所指。细思之下，应该是影射当时身为伪"北京大学"校长兼文学院院长的钱稻孙。七七事变后清华南迁，钱稻孙受委托留京保管清华校产。没想到几年以后，他忘记了自己的本职，参与了日伪政权对国人的奴化教育。而钱牧斋在明朝做过礼部侍郎，南明弘光朝又做过礼部尚书，再后来降清，又任清廷的礼部侍郎。柴老用钱牧斋的投清来讽刺钱稻孙的投日，不亦宜乎？ 重光是指日本驻中国大使重光葵。此人在日本侵华的历史中扮演了不光彩的角色：1929年出任日本驻上海总领事，1932年在上海虹口公园被朝鲜抗日志士投掷的炸弹炸断腿。1942年1月，出任驻汪伪政权"大使"。柴老反感此人，称其为"虏使"。这个"虏"字，就是岳飞"壮志饥餐胡虏肉"的那个虏。"元白"是启大爷的表字，元白先生拒绝与钱稻孙等人同流合污，拒不参与修禊题诗的所谓"雅事"。柴老在序中称赞自己师弟的气节："自处固当如此也。"这首诗开端用王羲之"禹穴兰亭"的修禊事，颈联"细草"指钱稻孙者流，"青山"可以理解成柴老自比（柴老表字青峰）。"青山不改旧风光"，盖指柴老自己保持了原有的气节，不肯与"细草们"同流合污。结尾用王维《凝碧诗》来表达自己对"国破山河在"的现状充满感伤。天宝十五载（756），安禄山攻占长安，唐玄宗仓皇出逃，王维动作稍慢，被叛军扣在长安。安禄山为庆祝"胜利"，在凝碧宫的水池旁边大宴其徒，乐声喧天。王维托病没有参加这次宴会，远远地听到乐声，曾任"太乐丞"的王维不禁悲恨交集，写下了著名的《凝碧诗》：

万户伤心生野烟，百官何日再朝天？
秋槐叶落深宫里，凝碧池头奏管弦。

柴老藉凝碧池暗喻北海、藉投靠安禄山的人暗喻配合日本侵略者的软骨文人，批判那些写应酬诗以标榜"盛世"的所谓诗伯们，他们还不如千年前的王维。他们不因"国破山河在"而流泪，反倒沾沾自喜地做什么修禊诗。这使柴老的屈辱感加深，在北平苟且偷安的日子，越来越难以忍受，他不由得心生去意。

日月如梭，到了年底，更多坏消息传来：日本人不再容忍辅仁的相对独立，想借着校董会换届把曹汝霖插为校董。曹汝霖因五四运动被学生们说成汉奸，抗战时期，他被动地挂上了伪华北临时政府最高顾问、华北政务委员会咨询委员等虚职。虽然他没给日本人出力，勉强保住了晚节，陈援庵校长还是很不愿意让他来做辅仁校董。日本人的做法，使得陈校长公私不能兼顾，困境中他找自己的大弟子柴青峰商量，谋划在1944年年初逃离北平，日期定在农历正月初五。然而，临行时却出现了事先没有预想到的事情。校务长雷冕神父流泪恳求老校长想一想辅仁大学的两千多名师生，校长走后，老师同学们该怎么办呢？所以陈校长犹豫再三，在最后的时刻，决心忍辱负重，以千百名同学的切身利益为重。这样柴青峰先生在等待中度过了一个不眠之夜，一边思念老校长，一边倚装待发。他写了诗及序记录了这个时刻：

  余立志南行，期在明日。援庵夫子早有同行之约，部署已定，而校务长雷冕等涕泣相留，遂不果行。今夕余往辞别，师勉励之余，继以感喟，余泪不能禁，归寓倚装赋此，不知东方既白。甲申正月初五夜。

  永夜星暗云漠漠，九城歌舞勤劝酌。
  一夫怀抱未忍开，掩面深巷风萧索。
  八载胡尘污乾坤，忍饥读书乐晨昏。
  迟迟未肯言去国，总缘河朔重师尊。
  四面厄束今更甚，六马朽索秋霜凛。
  吾生胡为在泥涂，念此彷徨夜不寝。
  黄昏斗室话时艰，相约联吟到巴山。
  一旦人间传胜事，欲以清风警懦顽。
  谁知十事九拂意，得自由身良非易。
  吾道忠恕不相违，去留终须合大义。
  征车欲发惊客心，白发停看恩谊深。
  年年无限家国恨，并向寒灯泪满襟。
  冷落关河朔风烈，此行岂同寻常别。
  明朝挥手从兹去，回首师门肠内热。

序言中的"援庵夫子"是指老校长。他觉得很对不起自己的学生柴青峰，因为他不得不放弃师生二人筹划已久的出逃计划，只得一方面鼓励柴青峰勇敢地实行计划，一方面感叹自己只能留守在令人窒息的敌占区。读者通过此诗不难想象师生二人相看泪眼、难舍难分的情景。人们常说，黎明前的黑暗是最浓重的，他们二人虽是学富五车的历史学家，但身在1944年初万马齐喑的北平，他们当然想象不到次年的夏末，那些给他们带来痛苦与屈辱的侵略者竟然无条件投降！此诗极富老杜之"诗史"风格，开头四句，生动地勾画出当时压抑的气氛：漫漫长夜之中，太多人纸醉金迷，只有少数清醒的人，在痛苦中忍受暗夜的寒风。接着记叙了逃离的前因后果：诗人早就想离开，但眷恋着老师，一直未忍成行。他们曾在密室谋划，一起逃到四川去，用自己的反抗行为，给那些在铁蹄下醉生梦死的人立起一面镜子。多情自古伤离别，而此刻的分别，更有多层难言之痛：老师已是白发满头，战乱衰年，挥手作别，此生还有相聚之日吗？

1944年3月12日柴老逃到了洛阳，在"教育部战区学生指导处洛阳培训班"任国文教员。4月1日，柴老夜有所梦，记录在日记中："晚梦到北平，陈（援庵）、余（季豫）二老均见之，余须发更苍白矣。此虽心理作用，然余老此时亦当有此心境也。保身（辅仁同事王保身）来，不值。"这不仅是对于老师们的思念，也是为他们的安全和健康担忧。他在4月3日的日记里写道："至招训分会，访何葵一，座上晤梁君，言平津大捕中央工作人员，辅仁被逮者凡三十人，为之惊讶。"看来柴老逃得及时，否则就不只是惊讶，而是惊恐甚至被抓。4月9日，柴老接到"王保身兄函，言辅仁文教学院长、秘书长均被捕……惟觉学校能维持至今日，由于超然于政治之外。一入政涡，不特今日难以维持，将来亦多是非。时至今日，益觉援庵师有先见之明。"可见柴老人虽逃出北平，但心还在牵挂辅仁的同事们，还在惦念、感恩自己的老师。况且，洛阳也不是久留之地，他还要接着逃亡四川。长夜漫漫，前路茫茫。战乱中的学者，宁不如鸡犬乎？

幸而，长夜终有曙光破晓的时刻。超大号炸弹以不可承受之重从天而降，侵略者投降了。青峰先生开心地回到了魂牵梦绕的北京，和老师团聚，并在老师的呵护下努力工作，刻苦钻研学问。20世纪50年代初期，是他最为欢乐的日子。虽然这师生欢聚的日子不是很长——后来他被委以重任，调到江苏师范学院，为该院创立了以前不曾有过的历史系——但重逢后再分离，师生之间的情谊更加深厚。借用元白先生的话来说，就是"信有师徒如父子"。他熟知陈校长的生活习惯和身体情况，了解他常常因半夜失眠而提灯入书库翻书以消磨长夜，写信提醒老师注意安全。1956年3月，老校长来函表示要重视弟子的温馨提醒，又淘气地为不遵守提醒而辩解：

半夜提灯入书库是不得已的事情,又是快乐的事情,诚如来示所云,又是危险的事情。但是两相比较,遵守来示则会睡不着,不遵守来示又危险,与其睡不着,宁无危险。睡不着是很难受的,危险是不一定的,谨慎些当心些就不至出危险。因此每次提灯到院子里,就想来示所诫,格外小心。如此,虽不遵守来示,实未尝不遵守来示。请放心,请见谅为幸。谨此覆谢青峰仁弟。

陈垣

每读此信,我都为其真挚深厚的师生情谊所感动。

柴老去苏州不久就被北大的翦伯赞先生借调回北京,直到1966年的夏天。柴老生前没有教过我什么,我没有资格称他为老师。然而柴老逝世近五十年以后,我有幸拜读他的日记和诗集,从中了解到一种磊落而高尚的人格。所以,我常常后悔,当年他打完电话,我为什么没有写几行字,记录那次别离,就如同他离开陈援庵校长时所做的那样。我那时还不满十一岁,满脑子装了些罗成战赵云,没有水平体会"明朝挥手从兹去,回首师门肠内热"这种更高的情怀。人间没有后悔药,我只好在暮年写出这篇小文,用以怀念柴伯伯或柴爷爷。所幸的是,我和柴念东依然是好朋友,我们在一起,还能做一些有趣又有意义的事情。可惜,虽然我们还想腿做马、竹为枪大战一场,但是又怕玩惯了"任天堂"的孩子们笑话,实在是不好意思再做这种"老夫聊发少年狂"的事了。只好拖着微微发福的身躯,到魏公村的小饭馆儿涮羊肉、饮冰啤酒,对坐回忆童年旧事,谈长辈的道德文章,交换我们在各自研究领域里的心得,暂时忘却了"不如意事十常八九"的古训,居然产生了我们人生颇为圆满的幻觉。

柴青峰先生逃婚记

1930年7月某日，北平师范大学历史系高才生柴青峰回到了阔别一年多的故乡浙江省诸暨县里亭镇柴家村。他心中惴惴不安，有两桩心事要向父母解释，希望得到他们的原谅和首肯。第一件是去年他不顾父母让他在杭州找工作以协助养家的要求，私自筹措路费，千里北上，考上北平师范大学以深造。一年下来，他的学习成绩颇佳，得到著名史学家陈援庵先生的好评："（民国）十九年六月廿五日试卷，师大史系一年级生柴德赓、王兰荫、雷震、李焕绂四卷极佳。"名列第一的柴德赓，心情当然是兴奋而愉快。只要父母能为他优秀的成绩破颜一笑，就可以极大地抵消他离家出走的愧疚。第二件事是他回到杭州后，和杭州惠兴女中的陈璧子同学明确了恋爱关系，希望父母能够接受自由恋爱这种新风尚给他们带来的准儿媳。父母都是旧派人物，所以第二条也许困难一些，但确乎关系着他的人生幸福。

心怀忐忑回到老宅的第二天，柴先生还在盘算着如何鼓起勇气对父母诉说衷肠，院子外面突然热闹起来：乡亲们吹吹打打，抬着花轿,给他送来了一个新娘!

在柴氏家族聚居的诸暨里亭的丘陵当中,有一条浦阳江向南流去,流经诸暨县城到城关这一小段,叫作浣江,又叫浣纱溪,传说这就是西施浣纱的地方,旁边的苎萝小村,是西施故里。除了姓施的,这里还有一个浣江郦氏家族,也世代居住于此,在当地颇为显赫。这个家族里有一位郦仁亲老先生,他的第三个女儿名叫郦小娟,1910年出生,被柴家于1930年礼聘为柴德赓的媳妇。受到新文化运动影响的年轻知识分子,绝难接受这种从天而降的亲事;已经有了意中人的柴青峰,更不能吞下如此苦果。然而,身为孝子、一个刚刚违背过父母之命、让他们大失所望的孝子,他又怎能忍心当面对父母说"不",结果是愣愣地如木偶一样任人摆布,拜堂成亲。当夜并未与新娘子同房,熬到次日天蒙蒙亮,他狠狠地逃出了柴家村,一溜烟跑回杭州去了。路过地标性景点保俶塔,难以压制心中的烦恼,就干脆一口气爬上了高层,并吟成一首五律《返家三日,清晨登保俶塔》:

> 行色百仓皇,清晨览大荒。
> 天风逐晓雾,初日上前冈。
> 离别添新恨,殷勤理旧狂。
> 下山在顷刻,归路指钱塘。

仓皇出逃，清晨登高。"新恨"是再次违背父母意志，且无端辜负甚至伤害了一个素不相识的女孩子。"旧狂"当然是自己和陈璧子女士的深情，也许还有继续燕赵求学、结交豪士的愿望。王荆公说："不畏浮云遮望眼，只缘身在最高层。"登高四眺，青峰先生弄明白了自己想要的到底是什么。于是果断下山，继续东行，直奔钱塘门方向，进城到公益巷4号，找心上人诉一诉苦衷，然后手挽手走上人生之大路。

青峰先生年轻时期，中国的文化习俗有了些新的萌芽，也保留了不少旧的惯性。以男婚女嫁这件人生大事来说，男女社交公开、自由恋爱成了新风尚；同时父母之命、媒妁之言也保留着顽强的生命力。这两条通向婚姻的道路并存，从整体社会文化来看，有多元的丰富性，但轮到了具体的个人，像柴先生这样，可就成了非常棘手的二难局面，往往给男女主角带来人生的悲剧。以名人为例，鲁迅先生在不知情的条件下，被迫娶了"柔顺"的朱安为妻。婚礼三四天后，先生远走日本，再也不回头，只留下了一句："因为是母亲给娶的，所以又还给了母亲。"对于男性读者，这句话不失周氏幽默，或许看罢莞尔一笑。对于女性读者，恐怕就不那么容易接受。对于朱安本人，这句话的效果如何，就难以想象、也不忍想象了。和鲁迅、朱安的有名无实相对应的，是胡适、江冬秀的一生厮守。他们订婚时，胡适十四岁，江冬秀十五岁，典型的父母包办。订婚后胡适虽然比鲁迅走得更远——到了美国——但最后还是回来和江女士完婚了，胡博士风度翩翩，人又聪明、和气，婚前婚后不乏其他机遇，但他还是恪守长辈的承诺，以新文化领袖的身份，完全接受了旧婚姻模式的规范。他的婚姻赢得了同仁们的尊敬，却也惹得一些人为他惋惜。特别是江女士与温顺的朱安相反，在感到哪怕一点点对自己婚姻的潜在威胁时，就十分泼辣地反击。她吃准了胡先生的道德自律和维护自己贤哲身份的种种顾忌，以主动的出击成功地捍卫了自己的婚姻架构。但是她抓住胡先生爱惜羽毛的"弱点"，不惜大吵大闹的做法，也让一些人怀疑这是否涉嫌道德绑架、是否与以爱为基础的婚姻渐行渐远。忍受了这种"御夫术"的男人，虽然不愿突破婚姻的围城，但还能真心爱这个女人吗？

从我亲近的人们身上看，婚恋"双轨制"的民国时期，也有在不同的"单行线"上行走得颇为顺遂的例子。我称之为"大爷"的元白先生，由旗人老亲、有名的厚道人毓逖先生介绍给章佳氏的一位老先生（讳崇少甫），然后由章老和启大爷的母亲、姑姑做主，启大爷娶了章宝琛女士为妻。启大妈兢兢业业地完成了旧式婚姻中女子侍奉姑婆的任务，老二位恩恩爱爱地过了一辈子。启大爷十分尊重比他年长几岁的启大妈，称其为姐姐。其实，按老亲戚们排论，启大妈比启大爷还长一辈儿呢。然而他们在一起生活，十分美满。启大爷自己形容是"结婚四十年，从来无吵闹"。他们婚姻的最后五六年，我曾亲眼见证，可以负责任地说：达成这段婚姻的方式虽然是旧的，但这个由旧式婚姻组成的家庭，在里面生活是十分幸福的。无疑，父母之命、媒妁之言，也可以通向幸福婚姻。与他们相对应的，是先父叔迟公和家慈杨藻清女士通过自由恋爱而达成的婚姻。抗战胜利后，台湾同胞中教育程度高的说日语，普通人说客家话和闽南话，几乎没有什么会说国语的。先父应您的老师魏国光先生之聘，到台湾国语推行委员会工作，在台北认识了魏老先生从重庆带来的一个新学生，也就是我的母亲。先父比家慈大九岁，肩负着上养老母、下育幼妹的家庭重担，您用突然袭击的办法向家慈表白，问她愿意不愿意分担自己的家庭重担。我母亲惊愕之余还是点了头，于是人世间有了我的姐姐、哥哥和我。先父去世之后，家慈还撰文感慨："俞敏，我的心里仍然充满了你。"这充分证明，自由恋爱是通往幸福婚姻的正道。

然而，像柴青峰先生这样，当父母之命和自由恋爱，分别而同时，落到一个人的头上，让当事者分身乏术，而他既有"恭敬不如从命"的孝子情结，又有新道德，反感旧文化中三妻四妾的成例，这可就成了最令人头疼的事情。就连我现在叙述他的故事时，都躲不开难以名状的矛盾心情，时而为他的幸福微笑，时而为郦小娟女士的难堪黯然垂泪。

柴先生本名辛，字德庚（后改为赓）。光绪三十四年九月初六（1908年9日30日）出生于浙江诸暨里亭柴家村。五岁时入私塾，先学"人、口、刀、尺"，接着是《论语》《孟子》《大学》《中庸》。他对旧式的背书教育颇为反感，十一岁时看到了哥哥从杭州买回来的《少年中国》，开始主动吸收新知识，向往外面的广阔世界。十二岁入读萧山苎萝乡国民高等小学。十五岁入读临浦初中，一年后转至杭州私立安定初级中学（今杭州第七中学）。1926年，他十八岁，进入浙江省立第一中学读高中。1927年至1928年之间，经教员戴祥骥、同学郑国士介绍，柴先生加入了国民党。1928年，二十岁时，他又被选为杭州学生联合会代表。那年秋天，他认识了同是学生联合会代表的杭州惠兴女中的陈璧子。1929年，他只身北上，考取北平师范大学历史系。离开杭州时，联合会代表们合影留念，陈璧子站在后排左侧，隔着一个人，站着英姿勃发的柴青峰。柴到北平后，仍以柴德赓为名，新取表字青峰，进入著名史家陈援庵先生门下，后来历任辅仁大学历史系教授、系主任，北京师范大学历史系教授兼系主任，江苏师范大学（苏州大学前身之一）历史系主任，苏州市民进省委第一届副主任委员，民进第四届中央委员。我们的故事集中在1928至1931这几年之中。这时，柴青峰先生尚未开始他后来坚持颇为严谨的日记，所以这一阶段的经历和情绪变化，只能从他留下的旧体诗里面发幽探微。

1928年秋天，他与陈璧子同学，是否一见钟情，不得而知，但是从他的诗里我们可以看出，这一年的秋天，对他来说有着特殊的意义：

烟波深处泛轻舟，漂泊随风亦自由。

一样西湖一样月，输他明日是中秋。

离开家乡，在素有人间天堂之称的杭州求学，功课好，人缘好，被同学们选作学生联合会代表，初步体验了人生的价值和人身的自由，仿佛一叶轻舟随风飘荡在烟波深处。荷塘里的清风，西湖上的明月，本是浪漫青春的象征，而相比美好的明天却略输一筹：明天是中秋，是花好月圆的美满象征。象征什么呢？是刚刚认识的，惠兴中学那个桃形脸庞的女孩子吗？她说话间，露出丝丝的湘潭口音。人说"湘女多情"，须知西湖水、凤山云涵育出来的浙江少年也绝非木石啊！

况且，陈同学引人注意的地方，并非仅是她那桃子形的脸庞，应该还有她坚定的意志，激昂的情绪和前卫的思想。当时没有人（或许除了柴同学）知道一年前即1927年陈璧子的名字还是陈绍和，是湘潭中学的学生，曾在长沙参加了共产党。更有甚者，她和姐姐陈绍清、小舅舅杨昭植都是"榜上有名"的人物：1927年，国民革命军第三十七军副军长许克祥在长沙发动"马日事变"，捉拿、杀戮共产党人。榜上的第一名是中共湘潭县委书记杨昭植，悬赏2000元大洋。他的两个外甥女陈绍清、陈绍和也都被标了高价。当年6月3日杨昭植被捕，6月6日被枪决。陈氏两姐妹却由中共组织安排，趁夜坐了湘江上的渔船，逃出生天，辗转来到杭州，住在杭州公益里4号，更名而未改姓。小妹绍和变成璧子，很快被选为学生联合会的代表，足见她的能力和气度非同一般，也足见当时的独裁统治，百密尚有一疏的地方。而更令人惊讶的是，柴同学积极参与了抵制日货的活动，很快被国民党看重，发展成区党部委员，因为他也是个思想颇为激进的有志青年。有同年（1928）所作《登凤凰山有感》一诗为证：

> 偶来高山上，纵横见峦冈。
> 举头望天末，历历道路长。
> 风云起江北，戎马正仓皇。
> 大举歼劲敌，旌旗日月光。
> 书生亦有志，苦乏救时方。
> 慷慨怀壮思，蹉跎虑坐忘。
> 俯仰不称意，谁识阮生狂？
> 白日忽西徂，悠悠我神伤。
> 何当挥手去，顷刻离钱塘。

由诗中的"慷慨壮思"可见，柴先生绝非一介腐儒，而有着中国传统士人治国平天下的大抱负、大襟怀。我们从柴、陈二人身上可以看出，那时国共两党之中，都有大量以天下为己任的热血青年。尽管他们的政治理念有很大差距，但积极入世报国的精神是一致的。这两个人感情上能够互相吸引，除了郎才女貌的一般因素之外，二人都是"家事国事天下事，事事关心"的有志、有识的青年精英。在此基础上惺惺相惜，感情发展就会格外地快。一年之后，柴先生违背家庭意愿，只身北上求学之前，陈璧子拿来一个扇子让他题词留念。"团扇，团扇，美人病来遮面。"这是唐代才子王建《调笑令》里的名句。可是这次拿扇子的绝不是深闺的病美人，而是堪称巾帼英雄的陈璧子；题扇的，更是志在四海的民国才子柴青峰。他十分珍视陈小姐给他的这个机会，尽骋其诗才，吟成七言诗达八首之多，可惜只保存下来四首。请看《离杭前数日，为璧书箑，成杂诗八首》：

几年书剑滞湖滨，意气消磨万火轮。
歌哭风尘谁作主，天涯多是飘零人。（其一）

豪士风怀何处寻，欲从空谷觅知音。
西湖春色半庸俗，惟有梅花识我心。（其二）

学书无就剑无成，回首家园百感并。
慈母泪和窗外雨，想来都是断肠声。（其三）

久闻燕赵多豪士，便欲辞家更远征。
尚有高堂老亲在，秋风岂独念莼羹。（其四）

诗题中称陈璧子同学为"璧"，已露出超过普通友谊的亲昵语气。"箑"（shà）字，通"篓"，即扇子。柴先生临池勤习二王法帖，早得书名，一生为人写扇面颇多，这也是后来在北平他和元白先生交谊颇厚的原因之一。这四首绝句中两次提到"书剑无成"，又两次提到"豪士"，这都说明他报国心切，不是"一心只读圣贤书"的普通学生；同时，两次提到慈母、高堂，又可见他还是重视传统道德的孝子。诗人对陈璧子的感情，在第二首里最有踪迹可寻：他向往豪士风怀而不得，仿佛在空荡荡的山谷寻找知音而不得——杭州的西湖虽有人间天堂之称，无奈尽是俗脂艳粉。前三句一抑再抑，到末句忽然一扬，把前面沮丧的情绪一把挽住，仰头看见凝聚了希望与理想的现实——一个有血有肉的伴侣、知音："惟有梅花识我心。"梅花象征着不屈不挠、敢斗霜雪。这样的品格，在柴先生的世界里，除了陈璧子，还有谁能当得起呢？这二位，一个共产党员，一个国民党员；换一个地方，换一个场景，换一对人物，都可能是你死我活的角色。然而他们才能的般配和性格的吸引，仿佛战胜了在别人、别处可能是水火不容的政治理念。Love conquers all（爱情征服一切），是我少年自学英语时记住的第一个英文谚语。在后世的语境里，有人批评他们政治立场不坚定也好，说他们小资情绪泛滥也罢，却没有一个人能摸着良心说他们之间的感情不真挚，也没有一个人能够不在心中承认那句英文谚语确实有一些道理。

柴先生北上求学十分成功。6月底结束课程，7月就回到杭州，住在灯芯巷24号金姓亲戚家，然后和陈璧子见面，同游西湖，并写了《返杭第三日偕璧游三潭印月》二首：

叶底芙蓉好,潭中夕照明。
风怀静里得,不共沙鸥盟。(其一)

湖风动荷叶,晚雨洒衣裳。
相看浑无语,四野起苍茫。(其二)

第一首色调明亮而欢快,首句就含有情意绵绵的暗喻:"叶底芙蓉好",好在哪里呢?一定是好在这芙蓉是并蒂莲——"偕璧"游湖。偕,偕行之偕、白头偕老之偕,喻义明显,二人已私订了终身。这首的句式与"书蓳"第二首正好相反。那四句的形态是抑、抑、抑、扬;这四句是扬、扬、扬、弃:"芙蓉好""夕照明""风怀静""弃鸥盟"。与沙鸥盟,是古代诗歌传统的隐居意象,即离开尘世,回归自然。柴先生放弃了出世的选择,"不共沙鸥盟"。那么与谁结盟呢?当然是并蒂莲之盟,与眼前这位桃形脸的女孩子"偕"盟。这绝不是柴先生的一厢情愿。第二首里起了微风,下了小雨,打湿了衣裳,然而那又如何?二人不为所动,反而"相看浑无语"——风雨同舟,不在话下!这是"相看"之后的共同决定。然而第二首这四句又回到扬、扬、扬、抑的形态。末句"四野起苍茫",渐黑渐暗的意象下行,暗示着柴先生心中不安的直觉:家长反对自己北上求学,能不能顺利接受自己对人生伴侣的选择呢?孝子柴青峰,回到家中怎么向双亲开口呢？这微风、小雨、苍茫暮色的后面掩藏着什么样的风暴？热恋中的两位青年人猜想不到。

英国小说家托马斯·哈代也写诗，而且写得很好。泰坦尼克号的沉没引发了他的诗思与沉思，于是写出了《二合一》（*The Convergence of the Twain*）这首诗，大意是人类忙着建造了一艘永不可能沉没的钢铁巨轮，而遥远的北冰洋，上帝之手制造了一个更为庞大的冰山。二者在夜雾中遭遇，合二而一，于是"永不可能沉没"的钢铁大厦就沉入了海底。这反映了哈代特殊韵味的悲观主义：建造大船的人类，伟大；建造冰山的上帝，也伟大。两个伟大力量造出的两个伟大事物，因为极其偶然的因素，碰撞了，产生悲剧。悲剧源于一些说不清道不明的偶然因素，最让哈代难堪。如果是有一个或一伙恶意之神故意对付他，他可以坦然接受自己的厄运。但这小小的偶然竟然造成如此巨大的伤痛，才是让他难以理解、必须借诗歌来派遣的悲观情绪。同理，柴、陈二位在藕花深处深情对视的时候，柴先生的父母早已像上帝一样安排了他们杰出儿子的婚姻大事。毫不知情的婚事骤然临头，柴先生选择了逃避。换作他人，能找到什么两全其美的办法吗？

1931年，陈璧子来到北平，转学至北平安徽中学继续读书，柴、陈二人结婚。为了维持生活，柴青峰按陈援庵校长要求为吴士鉴的《晋书斠注》（"斠"通"校"）核查引文，起初他以为是出版社付给他不错的酬劳，后来发现是老师自掏腰包资助他的生活。秋季开学以后，援庵先生更介绍他到辅仁附中教授国文。这两笔相对稳定的收入，使这对新婚夫妇得以在北平这个陌生的古城开始自己简朴而幸福的生活。千里之外的诸暨柴家村，郦小娟没有丈夫，却有一对年渐老、体渐衰的公婆。没有人听到她是否叹息，没有人见过她是否落泪，没有人知道她夜来辗转反侧到几更才勉强入睡。亲戚邻居，只记得这位娇小的名门闺秀认认真真地做起了柴家儿媳，洗涮炊爨，昏定晨省，侍奉公婆。刚刚听说自己将要嫁给十里八乡有名的读书种子的时候，这位少女心里兴奋过吗？新婚之夜丈夫出逃，这位新娘委屈过吗？婚后生活，竟是在无尽的家务琐事中守活寡，这位少妇怨恨过吗？将心比心，各种情绪都应该有吧？只是我们无从得知。我们只知道，她那个读书种子"丈夫"并非没有良心之人。1931年暑假，他领着他自由恋爱结婚的太太，从北平赶回诸暨老家，探望父母，当然也不可能对这个父母之命的妻子视而不见。他在族谱中写下："柴某第某子某人，配郦小娟，继陈璧子。"在家孝敬公婆的是原配，有了"正室"的名分。而和丈夫一起生活的是继室，逊她一头。这个写法，没有陈璧子的同意，是不可能落墨的。陈璧子是新的知识女性，开明，有同情心，识大体。柴、陈二人，做了他们能做的。有了名分的郦小娟只须继续在老家做她所能做的。她满意了吗？因为没有记载，我们还是无从得知。

也许有人说："不一定。没养育过孩子的女人，不是完整的女人。"新知识分子夫妇有良心，想得周到。1932年10月，柴、陈二人的长子出生，取名耀平。次年青峰先生从北平师范大学毕业，到安庆市安徽省立第一中学教书。1934年6月，长女爱平出生于安庆。孩子满月后不久，柴先生转至杭州市立初级中学教授国文，大约在此时，柴、陈夫妇把女儿交给郦小娟抚养。到底是有文化、通情达理的现代人。此后柴、陈又生育一女二子。除了长女由郦氏抚养，其他四个孩子都是陈璧子自己带大。可见把长女交给郦氏，不是因为自己无力抚养，而是诚心诚意要给郦氏一个施展母爱的对象，尽可能地让她的人生圆满。1935年，柴先生的父亲病逝，柴先生回家奔丧，并把分给自己的家产——六亩水田——写到郦小娟名下，作为她的谋生之资。有了田，有了孩子，郦氏的生活应该可以算是大致安定了吧！可惜，农村的卫生条件不好，1942年孩子八岁的时候患阿米巴痢疾夭折。同一年，柴先生的三儿子正平也患了阿米巴痢疾，在北平协和医院治愈。陈璧子后来一直感叹"要是在北平，大女儿死不了"。可见她把亲骨肉托给他人抚养，绝非易事。忍受骨肉分离，实为成全夫君的善意。柴青峰先生自己，对此也十分悲伤，以至到了1961年，他仍然不能忘怀，于10月24日写下日记："船经安庆，登此岸觅旧，颇念亡女，昔景难觅。"父母之命无意中制造的婚姻悲剧，是一柄四刃剑，伤及三个大人一个孩子。

"颇念亡女"，是否也顺带怀念抚养亡女的人呢？不得而知、不得而知、不得而知。这位我们知之甚少的女子，在乡间过着孤寂但平静的生活。1957年，柴青峰先生有惊无险地过关；郦氏毫无知觉地在乡间务农糊口，编织一些小手工制品换取油盐酱醋。1960年前后，柴青峰先生作为江苏师范学院历史系主任和民进的中央委员、江苏省副主任委员、苏州市主任委员，事业和社会地位都达到高峰，不但可以接济亲戚，而且可以帮助少年时代的朋友们，每月给这个寄15元，那个寄20元；郦氏依然故我，在柴家村务农，编织工艺品，会不会也接到过柴老寄来的钱呢？"文革"时期，70年代初，62岁的柴青峰先生正在学术巅峰，却因体力劳动过重而猝死；郦氏古井无波，依然在柴家村独自生活，并开始接受乡亲们给她的"五保户"待遇。后来陈璧子熬过了艰苦的岁月，得以在改革开放的好日子里寿终正寝，享年76岁；而郦氏还在享受着"五保户"待遇，依然编织工艺品，又平静地独自生活了四年，于1990年去世，享年80岁。事后诸葛亮们也许会说：总体看来，命运大致公平。郦氏没有享受过真正的家庭生活，却得到了村里乡亲们的照顾，而且得到了超过柴、陈二人的长寿。但是人生的美满，能够靠简单地计算年龄吗？按照那个时代的标准，这三个人都尽可能地把自己的角色扮演到最好。然而后来者反观，思之依然痛心。他们大多会伤痛郦小娟修女般的婚姻生活，而我最难忍受的则是永远也无法了解郦女士的人生感受。她出身当地名门，父亲也是知书达理之士，如果教过她读书识字，那么她就能像丈夫那样写下日记，倾诉自己的感悟。而我们后人，就不会为那无穷尽的"无从得知""不得而知"感到无地自容。

　　君怜天下父母心，我悲天下女儿苦！

迟来的谢意
—— 怀念李长之先生

自从1978年考入英文系，1986年赴美留学，1993年取得英美文学专业的博士学位，后来在美国一所州立大学里专讲美国文学和西方文论。由于专业所限，从1986年到2016年这三十年，我非但没用汉字写过什么文章，甚至日常不敢用汉语思维，直到夜有所梦时都以英语作为媒介。2016年暑假开始，在感恩之心的推动下，我连着写了十来篇回忆前辈学人的文章。我当初是笔随意到，对于文章篇数和内容并无预先的计划。没想到引起先父两位学生的质疑：何以写启先生多于俞先生？为什么不多写一些（我们）老师的文章？言外之意是"（我们）老师可是你父亲呐！"这个问题，我自己当然想过。原因有二：首先，"文革"十年，种种原因使我见到父亲的机会比较少。加之那时我母亲调到湖北十堰市，哥哥姐姐到山西插队，我从十四五岁起就单身漂在北京。幸亏元白先生在小乘巷的那间南屋，给我提供了一个堪称"家"的温暖港湾。我一个月也许能见到父亲一两次，但是天天泡在元白先生家。因此我脑中存储的日常生活中值得一写的材料，竟然是元白先生的为多。其次是先父的学问太深、太专门化。我的专业是英美文学，故此先父的汉藏比较语言学、音韵学、训诂学我一点儿不懂，想写也无从入手。然而元白先生教过我一点儿中国古典文学，使我能够在较深层次上理解先生的学术，写起先生来，能够少犯错误。虽然父亲教过我英文、督着我读过《论语》和《孟子》，点过《史记》《汉书》，但如果我自不量力，贸然描写、评论父亲的学术生涯，难免要贻笑大方，让先父的门生齿冷。况且这老二位，我写其一不可能不带出其二。其实，只要我是在回忆先父的同事们，先父的影子总是不离左右。

粗略回想一下，在我十一岁到二十岁出头这十年中，除了父亲偶尔回家的不多的日子里，我见父亲，多数是靠溜进校园，到父亲劳动改造的现场偷偷给他送些纸烟、糖果、围棋谱之类"违反劳动纪律"的杂物，频率超不过一月两次。这些探访，似乎是不符合学校规定的，所以当时我总有一种冒险、尝禁果的刺激感。不过政策是靠人来掌握的，当时中文系有一位姓王的管事人，有时看见我来探视，明知是违反规定，却也并未禁止过我。所以至今我对王同志还怀有感激之情。

北师大中文系最晚摘帽子的"右派"有二，一是父亲，二是年轻时戴过"清华四剑客"桂冠的才子李长之先生。旧清华有三剑客、四剑客之说。三剑客班级较高，是钱锺书、许振德、常风，四剑客是季羡林、李长之、吴祖缃、林庚。"文革"开始后，李长之先生是先父长期的劳动伙伴，同是"改造对象"，我几乎每次探访父亲，都能见到李长之先生。

李先生个子不高，面貌清癯，四肢不太灵活，甚至看似羸弱。他扫地时姿势独特——把扫帚抱在怀里，靠腰部的扭动带动扫帚，划出不大的一个弧，扫清不大的一片水泥地。从劳动的角度讲，效率不高。听父亲说李先生做事效率最高的是写作，有一夜写出万字文学评论的神记录。李先生不但才思敏捷，而且文章的内容也颇有过人之处。历史学家柴青峰先生之长孙柴念东兄，是我儿时的玩伴。他给我看过一则柴老的日记，反映了李先生著作的水平不俗，抄录如下：

1956年2月6日

《历史研究》56年1期有刘某（刘际铨）"太史公生于建元六年辩"，乃李长之文。李已写信郭院长，指出抄袭；李言所著太史公人格与风格一书，久为人批判，今若此，真啼笑皆非矣。

文中的郭院长是科学院院长郭沫若。李先生的《司马迁之人格与风格》写成于1946年，1948年由开明书店出版。进入50年代，该书遭到批判。到了1956年，居然有人把这部被批判的"毒草"切下来一块，作为自己的"研究成果"加以发表！有一出京剧叫《盗仙草》，这位刘某演出了一场"盗毒草"，真可以收进《今古奇观》了。

以我初中生的文化水平,想不明白为什么非要让一个人做他做不好的事,而不让他做自己擅长的事。削其长、迫其短的结果,是李先生全身显得疲惫,不得不间歇性地中断劳动,喘口气。他喘气时,如果凑巧父亲离他不远,父亲就越界,把本该李先生打扫的区域火速"侵吞"一块,以使他的劳动,总体上不落后于父亲太多。此时李先生会点点头,表示谢意。然而,即便疲劳中,李先生的两眼却总是炯炯有神,流露出与众不同的神气。

除了上述间歇性"喘气",他们的劳动也有长达十分钟以上的休息时间。这时李先生总掏出一个烟斗,用扭曲了的手指把烟丝压进去,艰难地点火,很有风度地吧嗒着。前前后后好几年,我看见他抽的总是"丰收"这一种牌子的烟丝。那烟丝的味道,我闻不出有什么特殊的香气,但李先生仿佛对它情有独钟。我年少鲁钝,曾经直接问李先生:"您的手受了什么伤?怎么跟麻花儿似的?"父亲听了使劲儿拉拉我的肩膀,李先生则笑了笑说:"这是类风湿,老毛病啦。"说罢轻轻喷出一口烟,仿佛谈的是一位老友,而非一种疾病。父亲有时把我送来的大前门香烟递给他一支,他往往是笑着摇摇头。一次父亲多劝了一句:"抽吧,这是三儿送来的,不是'周粟'。"李先生就说:"不抽那个,太阔气,不利于改造资产阶级思想。"

说者未必有心,父亲听了却不高兴。而我听着,心里挺自豪的。那时我每月从中文系领取十五元五角的生活费,按说没有经济力量给父亲买烟、买糖。幸亏1970年的北京,每天有许许多多马车进城送菜，而我天性粗豪，多能鄙事，和一个城市贫民出身的同学相约，起大早上街跟着进城的马车走，只要马尾巴一翘起来，我们马上冲过去，因为那是马粪将要新鲜出炉的信号。我们把马粪平分，铲进各自的荆条筐，运到德胜门外马甸，卖给那里的人民公社作肥料。一个早上能挣两三毛钱，累计每月每人能卖出八九块人民币呢！我就一五一十地把自己的"成就"讲给李先生听，并说：这是我不怕脏不怕臭，和无产阶级相结合的劳动所得，绝对沾不上资产阶级思想的边儿。没想到父亲听了脸上青一块儿白一块儿的，好像更不高兴了。

李长之先生则恰恰相反，十分高兴，对父亲说："你家的三儿有天分，会说故事，抓得住关键细节 —— 马尾巴一翘就出粪！要知道，选择最恰当的细节下笔，就是最好的文采。"

父亲听了，脸色有所缓和，对我说："这可是著名文学评论家在夸你，还不快感谢。"

我遵命道谢，其实很不情愿，心想：天分也许有点儿，但和文采毫不沾边儿。街上捡粪的孩子多了，为什么只有我们一清早两三个钟头就弄满一筐？还不是马翘尾巴这个诀窍？看似不起眼儿，所以别人不注意。等"宝货"落了地，我和同伴早已一前一后护住了，小铁锹当中一划，一人一半，其他孩子们赶过来时就晚了一步，我们的货已进筐。我无心打听"文采"是何物、从哪里来，只想挣几个小钱给我爸买烟 —— 好点儿的 —— 恒大、前门、牡丹，随卖粪钱数的多少而选择相应的价位。我那次的收入想必是不错,在学校的小卖部里买了三盒大前门——那个时候物资不足,一次最多买三盒。幸好父亲烟瘾不大,且自制力极强,每天上午两支,下午两支,晚上一支,三盒烟够您抽上十天半个月了。

那天我离开时,父亲破天荒送我走下楼梯。您说:"校医院的大夫告诉我抽烟有害健康,我抽完你今天送来的这几盒前门就戒烟,以后不许再送烟了,糖也不要了。省得得糖尿病,所以,你也用不着想办法挣钱了。"事后细想,父亲的这个决定确实使我丧失了捡粪的动力。凑巧不久元白先生又接纳我走进小乘巷86号的小南屋,受他影响,我对读书、写字重新发生了兴趣,就彻底放弃了颇有成就的捡粪生涯。

1971年,我"初中毕业"了。因为哥哥姐姐已经去山西插队,所以我按政策留在城里。又因为"出身不好",也没有分配工作,只好在家闲待着。为了让我不出去惹事,父亲叫我读一些我的同龄人当时不感兴趣的书,包括文言文和英文写成的书,您偶尔回家时,给我一些指点。您不回家,我就不定期地到学校看他,顺便问一些疑难问题。每去,依旧能看到李长之先生。听他说,他的儿子李礼去插队了,落户北京郊区,虽然不远,但总是难以见到了。他特别说:"销了户口,副食关系也移走了。家里的副食本上,每月又少了二两芝麻酱。"说到此他长叹了一声,说:"唉,我还就是爱吃芝麻酱。"语调里充满失落与伤感。

辞别父亲时我悄声地抱怨:"什么人呢！儿子下乡受苦,他不想儿子,想芝麻酱！"

父亲听了忽然变了脸,说:"你站好了！小小年纪,凭什么轻易对别人下道德判断？你懂什么？他要是说想儿子,别人能说他'攻击上山下乡政策'。那可麻烦大了。他要是说想吃芝麻酱,人家顶多说他嘴馋。哪朝哪代,嘴馋都不是什么大事儿,懂得什么叫'隐喻'吗？说是芝麻酱,其实是儿子的隐喻。我教你读的《论语》,都读到我的棉袄兜儿（北京方言,即棉外衣上的口袋）里去了吗？'一以贯之'的是什么？"当时我脑子里嗡的一声,猛地明白了,忙说:"夫子之道,忠恕而已矣。"此刻父亲和我的声音都有点儿高。我愧疚地往李先生那边看,他也正在伸头看我们,脸上有点儿吃惊的表情。他不会误以为我和我爸顶嘴吧？

回到我那孤零零的家,父亲的训斥让我坐立不安。本来打算晚上到元白先生家蹭饭吃的,现在也没脸去了。我找出自家的副食本来回翻看,看来看去忽然有了主意。我母亲虽然人去了河南干校,户口却尚未迁走,因此我们的副食本上还有她的定量。父亲在学校吃食堂,也用不着副食本上的芝麻酱,如果我自罚一个月的份额,我就可以用捡粪挣下的那点儿余额买六两芝麻酱,那能装满一个不小的玻璃瓶呢。我一个月不吃芝麻酱,根本不算事儿。说干就干。我当晚就去西口小铺买了多半瓶芝麻酱,第二天一早就送到学校去了。

看到我的赠品，父亲颇感意外，先点点头，又摇摇头，说："你就这么给人家啊？"我说："那还怎么给？"父亲说："你直巴愣瞪地（北京方言，直愣愣地）送给人家，跟'嗟来之食'差不多。李先生傲气，肯定不会要。你没见他从来不抽我的烟吗？你先拿着你的罐子下楼去转转，仔细想想应该怎么说，人家才肯接受。就当我给你出了一道考题，等到十点钟别人下楼做广播体操的时候再悄悄上来交卷。"父亲见我磨磨叽叽地不想下楼，就说："你有什么疑问？直接问吧，不必犹豫。"我就说："您平常说为人耿直诚恳是最好的礼貌，不用弯弯绕绕地浪费时间，还说有拐弯儿的功夫不如去仔细读几行书。为什么对李先生我就非得拐弯儿不可呢？"父亲说："这你得自己想，即便我有现成答案也不会告诉你。"

我不情愿地在校园里瞎逛，脑子里设计了一个又一个方案，都不满意。忽然想起了我家对门，北屋老大爷的一句口头禅："十巧不如一笨。"我家本在学校的教授楼里住，"文革"时扫地出门，搬到了德胜门内的贫民区。那是淹没在各色大杂院儿里的一个很小的四合院，内住四家人，北屋老大爷姓马，回民，一生靠卖茶汤（面茶）养活一大家子人，六十多岁了，一肚子的民间格言、市井机智。后来我读书多了一点儿，知道他的"马氏格言"大致相当于"大智若愚，大巧若拙""博大以至约"这类的古语，和西方的 Occam's razor（奥卡姆的剃刀，简约法则）、cut the Gordian knot（快刀斩乱麻）也差不多。但是在当时，马老伯的格言是唯一能帮助我确定考试答案的智慧来源。

广播体操（又称工间操）的大喇叭终于响了，人群如流水泻地，从各个楼层走下来，在楼外的空地上列队练操。我借助自己身材矮小之便和柏树矮墙的掩映，悄悄溜进大楼，爬上空荡荡的六层，双手背在身后，拿着那玻璃瓶，直接走到一手捧着烟斗、一手摸索烟丝的李先生面前，鞠一大躬，说："对不起，李老伯！昨天我没听懂您的暗喻，误以为您光想芝麻酱不想儿子。我父亲训斥了我，现在我给您道歉。请您接受这瓶芝麻酱，它是我歉意的暗喻。"

我原先设计过几种结果：(1) 李先生不接受我的歉意，也不接受我的礼物；(2) 李先生接受我的歉意，但不接受我的礼物；(3) 李先生被我的诚恳打动，接受我的歉意和礼物。这当然是最佳选项。没想到结果是——(4) 以上诸项皆非正确答案。打动李先生的不是什么诚恳，而是我的笨拙。他听了我那番道歉话，仰天大笑，把手里的空烟斗都震落了，说："叔迟，你家的三儿真有意思！芝麻酱是'暗喻'？哈哈哈，错！芝麻酱是非常好吃的营养品。我想芝麻酱不代表我不想儿子，我最想的是鱼和熊掌兼而得之。不过现在不能两全的时候，我只好笑纳你的芝麻酱。笑纳！哈哈哈，真是笑纳！这小孩真逗。"他笑了一阵，敛住神态，说，"收了你这么重的礼物，我总得表示一下。"说着他把瓶子放进存工具的狭小储物间，从自己的书包里掏出一本旧书，硬纸板封皮，看来以前是精装书，但纸已发黄，封面硬纸版的边缘已经磨秃，露出粗糙的内层。这说明此书有些年头了。我接过来一看,是刘宝楠的《论语正义》,封面上龙飞凤舞地写着些行草,最大、最显眼的是"宝书"二字,看得我心惊肉跳:他不知道这和当时绝对权威的"红宝书"冲突吗?他不知道这有多危险吗?我急忙翻开封页,把"宝书"二字压在下面,看到书内部字里行间密密麻麻写满了批注,连翻了十几页,都是如此,可见书的主人在这上面下过多少功夫。

我看罢把书还给先生,说:"李老伯,这是您下过心血的东西,太珍贵,我不能要。"又指着封面"宝书"二字说:"这个,我也不敢要。"此刻父亲凑过来一看,也说:"长直(不知为什么,父亲称呼李先生用二声不用一声),三儿说的有点儿道理,你赶紧把书收好吧,轻易别再拿出来了。"我见李先生脸色陡然一变,大概意识到了自己的疏忽,颤颤巍巍地把书塞进书包,把书包放在储物间最靠里的角落。弯腰去捡地上的烟斗,却总也拿不起来。我赶忙蹲下,捡起来放在他手中。

一晃,我满十八岁了,国家终于给我分配了一个工作 —— 西城区房管局长安街房管所瓦工学徒。大概干了一两年以后,某年的五四青年节,徒工们到"局里"开会庆祝。开会之前,各房管所来的年轻人在礼堂里散乱地坐着,还有人走来走去地互相打招呼、问候。我听到西四房管所的徒工们喊:"李礼,快来,到这边来,给你留着座位呐!"马上就有一个短小精悍,额头宽阔放光的小青年跑了过来。大家围着他又说又笑,显然他人缘很好,是众人注意力的中心。

我一看他那炯炯有神的眼睛，就知道是长之先生的儿子。我先是一疑：难道李礼从插队的农村被招工回城了吗？明摆着，答案是肯定的。紧接着又是一喜：这下长之先生可以鱼和熊掌兼而得之了。更巧的是，父亲和李先生一同劳动，而我又将和李礼一同劳动。不管这个巧合是天意还是人力的强行规定，我还是为长之先生晚年生活的由阴转晴而由衷地高兴。有心想上前跟李礼认识一下并问候一下他的父亲，但看到他在众工友的围绕下喜气盈盈的样子，又不忍打断。于是退而求其次，我坐在离他们不远的地方静静地看着，也觉得很开心。忽听的那些人大声欢呼——"来一段，李礼来一段！"只见李礼嗽了嗽嗓子，惟妙惟肖地模仿起了朝鲜电影《卖花姑娘》里的片段："快来瞧，快来看呐！金粒儿一样的小米流进了某某老汉的口袋里啦！"他的嗓音圆润洪亮，和当时电影译制厂的配音演员相比，也是不遑多让。观其神、听其音，不难想象李长之先生年轻时神采飞扬、才气纵横的样子。

会后人流散去。我四处张望，想找到李礼，跟他聊两句，却再也看不到他的身影。我暗自想："幸福的门槛不是很高。这下长之先生可算轻松地迈过去了。"

然而我错了。"四人帮"倒台后，1978年很快就到来，我通过了高考，接到了某重点院校的入学通知。等待上学的日子是轻松愉快的。天气渐热的六月份，老舍先生的骨灰安放仪式在北京隆重举行。父亲因心脏患病，不能参与任何引起情绪剧烈起伏的事，而我却设法来到会场,看到元白先生已经在那里,就跟在您身后行礼如仪。仪式进行了有一会儿了,忽然大门口又有人进来。我定睛一看,原来是李礼,仿佛身上背着个大孩子。等他走近了,我才看出,那不是孩子,而是长之先生。严重的类风湿,使他身体缩小了很多,且抽搐成一堆,让我不敢相信自己的眼睛。他先是握着胡絜青先生的手哭出了声,后来趴在骨灰盒上又号啕大哭。他的悲伤令我震撼。彼时我不知道抗战时期他在重庆与老舍先生一家过从甚密,就小声问元白先生:"李老伯和老舍很熟吗?恐怕是在哭自己吧?"先生一皱眉头,说:"别说话,跟着哭。"

这是我见到长之先生的最后一面。听说他参加骨灰安放仪式的前夜,写了一篇悼念老舍的文章。几个月以后,这位哲人、才子就与世长辞了。在拨乱反正,春风回暖,正可以重新施展才能的时候,长之先生倒下了。天妒其才乎?人妒其才乎?

月光皎洁只读书
—— 怀念既专且通的包天池老伯

包老伯上街理发。理发师傅有一搭无一搭地和您说些闲话。

"您是做什么工作的?"

"读书的。"

"您不能总读书吧? 读完了总得做点儿什么?"

"我是读书人,只是读书。"

包、俞两家是几十年的紧邻,自打我有记忆,其中就有包老伯不怒而威、严肃方正的面容与神态。不过我对包老伯的初始印象,受到家兄的"污染",而家兄对包老伯的印象,充满了从幼稚园带来的偏见。1952年院系调整后,原来的辅仁大学只剩下了化学系和生物系还在定阜大街的原址。教员子弟的幼稚园,在原辅仁大学的后花园。孩子们上下幼稚园要穿过一条长长的走廊,走廊内侧摆了一溜儿玻璃陈列柜,多为泡在福尔马林里的生物标本,不仅有人体器官,容器外面甚至还陈列着人体骨骼、骷髅的标本。家兄从那里过,觉得阴森恐怖,回家后添油加醋地对我描述,使我们兄弟二人对生物系，早早就产生了神秘而恐惧的印象。只要一提起生物系、生物学者，我们首先想到的就是那条吓人的长廊。后来我们竟然发现，楼上那位威严的包老伯就是生物系的。我们到楼上包家玩耍，偶尔从包老伯身边走过，闻到一种药水味儿。家兄附着我耳朵说："那就是福尔马林的味道。"我们顿时觉得毛骨悚然。后来我们更听说包老伯是解剖学专家，而解剖就是切开……就这样，我们把对长廊的神秘恐惧和对生物系的敬畏，转移到了包老伯身上。

　　包老伯一家，和我家的邻居关系，十分有趣。起初包家住在我家楼上。对面楼里，正对着我家门的是包老伯的恩师郭毓彬老先生。包老伯的第三子同曾大哥和我的长姊同年，每天负责接送我哥哥上下幼稚园。他见到包老伯，马上站得笔直，双手下垂。我们想当然地认为他和我们一样，也对包老伯怀有因长廊引起的敬畏，但是从来没有向他确认过。我们惧怕包老伯，但是和同曾大哥，情同手足。他常常领着我和我哥从前门跑进我家，从后门跑出来，再从院子里绕到前门，循环往复，其乐无穷。"文革"时大家都被扫地出门，有几年各不相见的日子。后来搬回学校，我们两家同在二楼，正对门，两家的阳台并排朝南。再后来又搬家，我家住二楼，他家在我家楼下，和多年以前的位置正好上下颠倒。现在两家的老父亲都仙逝了，但邻居的位置依然如故。我对解剖专家包老伯的敬畏感，一直延续到我二十岁左右，也就是我家和包家住对门，阳台并列朝南的时候。

　　1973年11月到1978年8月，我在北京市西城区长安街房管所作泥瓦匠。1976年地震以后,我家从德胜门内贫民区搬回北师大校园,居住条件虽大为改善,但我依然因繁重的体力劳动而感到头脑迟钝,晚饭后常站在阳台上发呆。那时的北京,夜晚抬头还能看见天上的星星。某晚不知我的哪根神经乱动,被星空引发了"此日六军同驻马,当时七夕笑牵牛"的回忆。失学加劳累,想不起来是谁写的了,就大声问屋里的父亲,这首诗的作者是谁。那天恰好先父在屋里打围棋谱,落子啪嗒、啪嗒地响,没听见我的问话。而隔壁包老伯也在阳台上乘凉,顺口低声地告诉我:"李商隐。"我一看来得方便,就加了一句,"哪一首诗呢?"包老伯仍是低缓地答道:"《马嵬》。"没想到问答之间,我自童年开始对福尔马林、生物标本长廊、解剖专家的盲目畏惧,一下子就随晚风飘散,一去不复返了:原来包老伯根本不可怕,您是熟读唐诗的斯文人。

包老伯讳桂潘,字天池。生于1909年,卒于1982年。北京师范大学生物系已故教授,解剖学专家,在中国古典文学和英国文学两方面都曾给我详细、深入的指导,是我青年失学时期的重要导师之一。

包老伯旧学底子好,因为从小读了四五年家塾。背诵三(《三字经》)、百(《百家姓》)、千(《千家诗》《千字文》)之外,还背诵"四书""五经"。十四岁入北京的新式学堂四存中学。该学校由曾任民国大总统的徐世昌兴建,第一任校长齐树楷是清末举人,后毕业于日本政法大学。所以那里的课程中西兼备,既有数、理、化、史、地、生、体育、美术、国文、英文,又列"四书""五经"为必修课。1936年全市国文会考,前六名都是四存中学的学生。包老伯晚年与病痛做斗争,最有效的办法之一就是一句句、一章章地背诵《论语》。您对同曾大哥说:"赵普半部《论语》治天下,我就不能以整部《论语》治好这些病?"同曾大哥后来告诉我:"老祖宗传承下来的这些千古经典,不仅被父亲背下来了,而且是渗透到血液中去了。"

借了那个万变不离其宗的紧邻之便,我在动荡岁月的失学日子里,从包老伯那里学到了不少很实用、很独特的东西。一次我读《红楼梦》,忘了是哪一个版本,只留下一个注解不得要领的负面印象。看到尤三姐站在炕上,呵斥贾珍、贾琏兄弟"咱们清水下杂面,你吃我看"这一句,依稀记得注解说是:"北京俚谚:'清水下杂面,你吃我也看。'"我心里纳闷,什么叫"我也看"呢?难道还有什么别的人也在看吗?这解释,还原到那一章的上下文中,根本对不上号。我出门要去启大爷家里请教,没想到迎面碰上包老伯回家,我暗忖何必舍近求远呢?连忙问您"清水下杂面"到底是怎么回事。包老伯笑了,反问我说:"你吃过涮羊肉吧?涮到最后那汤肥不肥?"

我只得如实回答:"肥。"

您说:确实肥。喝吧,太油腻;不喝吧,又觉得可惜了美味。怎么办呢?下杂面。所谓杂面,其实是指绿豆粉擀成的面条,十分枯涩,却能够吸收羊肉汤里的油腻。用肥羊汤煮出来的杂面条很好吃,同时也避免了浪费。所以,喜欢涮羊肉的老北京人也偏爱羊肉汤下杂面。但是，如果是用清水煮的杂面，只要不是饿得要命的人，都会觉得枯涩而难以下咽。所以尤三姐将了贾氏兄弟一军：你们吃给我看看！言外之意是你们有那么大本事么？没有的话，就别吃着碗里的，想着锅里的了。

我回想原文，觉得包老伯的解释特别贴切。后来到底还是问了启大爷，恁也说包先生的解释比某些红学家的解释要合理多了。如果说包老伯对《红楼梦》的解释是熟悉北京民俗的实用常识，恁对莎士比亚戏剧的解读则是我闻所未闻的——不仅是当时，就是在今天，依然觉得包老伯的解读新奇别致，道理深刻。

我在十三四岁开始自学英文，断断续续地熬到二十岁前后，终于能够借助字典，如蜗牛一般缓慢地硬读英国文学原著了。有一段时间里，我注意到包老伯总是捧着一本原文的《麦克白》，不由得"心向往之"。那时"文革"已经接近尾声，北师大图书馆也对教员有限度地开放，我求父亲借来一本原版《麦克白》，硬着头皮读了几天。从童年到青年这十来年最重要的时光，我目睹了太多莫名其妙的内斗，因而对《麦克白》里面的阴谋与暗杀极为反感，不忍卒读。父亲听见我念念叨叨地抱怨，就说："你何不从《罗密欧与朱丽叶》这种恋爱故事入手呢？"这一招果然有效，我在沉重的体力劳动之余，磕磕绊绊地居然把它读下来了，可是并不喜欢：两位主角太年轻，朱丽叶不过是个十四五岁小孩子，就这么误打误撞地自杀了！忍不住对父母抱怨：这莎翁也太差了吧！我初读他的作品，连读了两篇都不喜欢。

我对莎剧"不感冒",很快传到对门包老伯耳朵里面。他缓声对我说:"你别急。从你抱怨莎翁看,应该是有些文学潜质的。我读《麦克白》,另有原因,暂时不好对你说。但你不喜欢《罗密欧与朱丽叶》却是和一般年轻人大不相同。文学作品到了极致,总含蕴着一种大慈悲。你能惋惜他们死时年轻,说明你心里是有慈悲的。但是你得想想,前些年那些抄家、打人的'小将'们,不也就是十四五岁吗?人的生理,从十一二岁到十六七岁是'发身期',荷尔蒙激增而不平衡,在体内到处乱窜,使人的情绪不稳定,容易走极端、做出激烈而不顾后果的事情。你觉得莎翁'差',我觉得这正是他'强'的地方。你看啊,两个家族明争暗斗,发身期的孩子们成为牺牲品。这多么地不公、多么地悲惨!"

这是生物系解剖学教授对于文学作品的生理解读,让我这个毛头小伙子在头脑中打开了一扇窗子。多年以后,我在美国康涅狄格大学读博,必修莎剧。那时西方马克思主义流行,有同学批判以前流传的"莎剧属于所有的时代"这种公论,认为莎剧是在特定时代、特定文化中为某种特定意识形态服务的。我表示不能苟同,理由就是我初读莎剧的感受和包老伯的剖析。不论是哪个时代,不论是哪个阶层,人人都有荷尔蒙。发身期的孩子们,荷尔蒙分泌正在紊乱之中,再受到外来因素的刺激,无论出自哪个文化、哪个阶层,都有可能做出伤人害己的事情来。

包老伯看到我对莎剧有偏见,就从架上抽出一本书,说:"英国文学史上还有一位奇才,你不妨看看他的传记。"我接过来一看,原来是博斯韦尔(Jame Boswell, 1740—1795)写的《萨缪尔·约翰逊传》(*The Life of Samuel Johnson, LL.D.*)。也许因为这本书是叙述性散文,年代也比莎翁离我较近,所以我看得比较入味儿。约翰逊(1709—1784)是个怪人,说话也别具一格,有时粗鲁而尖锐,和我当时幻想的英国文学家应有的"绅士风度"大不相同。例如他给燕麦下的定义就令人很不舒服:燕麦,在英格兰喂马,在苏格兰喂人。

这本记录了这位奇人一生的书,我用了半年多的时间,居然囫囵吞枣地读完了。印象较深的是主角做的一件"蠢"事。据博斯韦尔的记叙,一次听完伯克莱主教的讲演,他边走边对约翰逊谈起自己的感想:"这位主教真是辩才无碍。我明明觉得他说得不对,但就是无法反驳他那严密的论证。"

伯克莱的主观唯心主义,为英国哲学的重要流派即经验主义哲学铺平了道路。他认为人是通过感官来认识世界的,但人的感官又十分不可靠,所以人类通过感官体验对世界的认识也是不可靠的。你明明看见眼前有一块石头,但因为不能确定你的视觉感官是否可靠,从而不能确定那块石头是否真的存在。

当博斯韦尔说到这里,凑巧他和约翰逊走过一块大石头。约翰逊用力踢了那石头一脚,说:"那里是一块石头,我这样狠踢它一脚,如此证明了石头存在。"由于他用力很猛，他的脚、腿乃至全身都受到很强的反弹。

这样的故事，我通过自己的半瓶醋英文居然看明白了，自然高兴，就跑去对包老伯讲，同时也表达自己的疑惑：既然伯克莱认为人类的感官带来的认识不可靠，那么触觉应该和视觉一样不可靠。约翰逊的所为，虽然痛快，但只不过是用脚的触觉来证明眼的视觉，这仍然不足以反驳伯克莱的论点呀！

包老伯温和地笑了笑，慢条斯理地说：这个问题问得好，说明你能够自己思考，这也是西方古典哲学家思想方式的一个盲点。他们过于注重哲学思辨，忽略了人的本能和由本能带来的生活认知。例如笛卡尔说的"我思故我在"，就是违反本能的，因为他提出的"我"像是一个无身的大脑，在空中飘来飘去。作为生物学者，我可以用通俗的语言说，首先应该是"我呼吸故我在"。因为呼吸是人体循环的一部分，所以严格一点儿说，应该是"我循环故我在"，如果人体的循环没有了，作为生物个体的生命也就没了。心脏跳动停了，大脑得不到供血，还怎么"思"？正确的说法应该是"我在故我思"而非"我思故我在"。我这么说，你能听明白吗？

包老伯的用意可能很深，但是语言浅显明确，我当然能听懂。

包老伯深呼吸了一下，耐心地说：本能是哪里来的？是所有生物几十万、几百万年甚至亿万年的生存、进化中得来的。本能正确，小到生物个体，大到整个物种，就能生存。本能不正确，就不能生存,就在物竞天择的过程中被淘汰。所以,约翰逊的做法虽然不聪明,但并非不正确。你注意到了博斯韦尔写他踢石头的时候,身体受到反弹,这就是石头反作用于人体,约翰逊的大脚指头会觉得很疼。这是生物的本能发送的危险信号,告诉人体此路不通,硬碰硬,吃亏的是人的肉体。此种情况加剧,也许会威胁到那个个体的生存。生存与否,是生物对外界认识正确与否的硬性指标。

这时我突然抖了一个机灵儿,就说:如果我是约翰逊,才不会傻到踢石头弄疼自己的脚趾。我会捡起一块拳头大小的石头,用力投向伯克莱的头部,看他躲不躲。如果他躲,就是嘴不对心;如果不躲……他肯定会躲。那就是他自己的行动驳斥了他的思辨。

这时包老伯从厚厚的眼镜片上边盯着我看了一会儿,叹了一口气,摇摇头,说出了大意如下的一番话:你这猴三儿,脾气是急躁了一些,脑子却不笨。不过,你能想出这种主意,却未必真能做出这种事。至少,你父亲,你启大爷,还有我,我们从小的教育以温、良、恭、俭、让为行为准则,绝做不出这种事。你虚拟的试验,是建立在生物自我保护的本能之上,可能确实有效果:伯克莱的思辨也许告诉他触觉不可靠,但他的本能驱使他躲避飞石带来的不愉快触觉。他的思辨中,完全排除了生存本能。你的那块飞石,是以伯克莱头破血流为代价,把生存本能重新带入关于人类认识的思辨。人对外部世界的认识并非完全靠大脑,人的身体和其他动物的身体一样,在认识中起着很关键的作用。你的试验或许是有效的,但是你真的愿意为了证明这么一个本来就很明白的道理，把他砸得头破血流吗？

说完此话，包老伯还是从眼镜的上缘凝视着我，很久不再出声。

20世纪90年代，美国的人文社会科学界出现了一种新的理论——"具身的认知"（embodied cognition），其代表人物里面有一位凑巧也姓约翰逊——马克·约翰逊，不知道和十八世纪的萨缪尔·约翰逊有什么关系。他和美国语言哲学家乔治·雷考夫合著了一本在该领域里具有里程碑意义的《血肉里的哲学：具身的头脑及其对西方思想的挑战》（Philosophy in the Flesh : The Embodied Mind and Its Challenge to Western Thought），他们首先强调的就是哲学要对实际经验负责。根据这条基本原则，他们认为人的思维绝大部分是无意识的（即与本能有关的，与笛卡尔所说的有意识的"思"不同）；头脑（人的认知功能）是"遗传性具身"，即人的认识是世世代代身体经验积累、遗传下来的（也就是包老伯所说的生存本能是人类集体潜意识的积累）；理性思维（笛卡尔之"思"）由身体而生，身体为理性提供结构；理性乃进化而来，抽象思维利用我们的动物本性，而非超越它；理性之通用性来自人类身体之生物共性，即人类的神经系统、认知系统的结构是相同的。

此书出版于1999年，我初读是在2003年前后，看了三五页，就有一种似曾相识的感觉。读完其"引论"部分，不由得站起来在书斋里团团乱转：这都是包老伯二三十年以前的想法呀！如果文化氛围鼓励人们天马行空地思考、如实地书写、发表自己的独立思考结果，包老伯才是这门学科的鼻祖！您天才的思想火花，没有能使鲁钝的我及时顿悟，却被二十世纪末期的美国认知语言学家和哲学家们重新"发现"并形成了一派极有说服力的边缘学科，与哲学、语言学、认知科学交织互补。我曾身入宝山，有先知先觉的长者亲手递给我一枚连城之璧，而由于我的鲁钝，竟然没有开窍而深入思考，把那思想之瑰宝系统化，几十年空手而回，怎一个"愚"字了得！

然而，包老伯被耽误的，还不仅仅是业余思考的敏锐灼见。您的专业研究也有一次类似的、令人扼腕叹息的遗憾。

1963年，您参加中国科学院中国经济动物志（鸟类）的编写工作，编撰了鸟类的三个属。也许是编撰鸟类志的过程中，您对鹌鹑产生了特殊的兴趣，1964年集中、深入地进行了鹌鹑后肢肌肉的比较解剖研究。从3月到11月，您对这项工作倾注了全部的热情与心血，课余时间，泡在实验室里不停地解剖、解剖。我和家兄闻到您身上的那股药水味儿，大概就是这样来的。解剖分析的结果是，您认为旧的鸟类分类系统以外部形态为依据，颇多缺陷。旧系统把鹌鹑归于鸡形目鹑亚科，通过对鹌鹑后肢肌肉构造的比较解剖，包老伯发现鹌鹑的后肢肌肉独具特征，不同于鹑亚科的其他鸟类，因此应该为它另找同类。这个研究的意义，不限于对鹌鹑一鸟的认知，而关系到改写、完善现存的动物学分类系统乃至分类的方法，其意义具有关系到整个学科的全局性。12月，您终于完成了《鹌鹑后肢肌肉比较解剖研究报告》，明确提出：通过鹬鹬后肢肌肉构造的解剖，发现它有若干特异的特征，不同于鹬亚科的鸟类，有必要将其分类位置予以更正。

论文提交后，一层层、一遍遍地接受审查，却最后没能发表。拖到"文革"开始，红卫兵小将们又审查了一遍，提出的意见是：选题荒唐，毫无价值。

但是包老伯却认定自己的研究是有价值的，不断地修改，不断地细化、深化。直到1973年，您从科学院动物所借来外国学术刊物，查出美国生物学家G.E.Hudson以数学方法分析雉形目鸟类肌肉构造的差异后写出的论文，得到了和包老伯完全相同的结论。不过，Hudson的论文发表于1966年。按发现问题、写出论文计算，包老伯比他早两年；按论文发表的日期计算，即便是1973年包老伯的文章立刻得以发表，也为时太晚了。

1973年，极"左"思潮仍在横行，包老伯何以能够从科学院动物研究所借阅外文期刊呢？因为这既是您发现自己研究成果被耽误的一年，却也是您名声远播的一年。

1972年7月新华社播发了《长沙市郊出土一座两千一百多年的古墓》消息，这个消息引起了全国人民的关注，因为这是自"文革"以来第一个经国务院批准进行的考古发掘项目。那里出土的文物有著名的千年女尸、素纱蝉衣、金缕玉衣、帛书、帛画和千年后依然锋利的宝剑。这些宝贝引人注目，也是考古学者热心、擅长解读的珍贵文物。但是人们很少提起，古墓里面还有一堆不起眼的鸟骨头，让学富五车的考古专家们头痛不已。他们找到中国科学院古脊椎动物研究所，请求专业人士的帮助，所得到的回答，却令考古队大失所望：两千年在人类社会史上时间算得上久远，但在生物进化史上，不过是转瞬之间。这些鸟类太"年轻"，根本算不上古脊椎动物。

古生物专家帮不上忙，这使考古专家很为难。

1972年我十七岁。父亲在以前的学生宿舍"西北楼"（西斋北楼）里得到了一间休息室，以便您就近看管存放在楼厅里的劳动工具，我到校园里看望您的次数愈加频繁。到了11月下旬，我在校园里听到人们议论纷纷：

听说了吗？国务院"图博口"（图书馆、博物馆系统）急调生物系包先生去长沙马王堆汉墓啦！

是吗？他"解放啦"？

调他干吗呀？他也不是历史系的。

你真是的！调解剖专家能干什么？解剖古尸呗！

啊？那可够玄的。听说发掘时，墓门一撬开，两千多年的女尸呼啦一下自己就坐起来啦！

以上的对话，是我从记忆里筛选出的极端例子。当时我还想：这最高学府里的街谈巷议，比外面的市井传说并没有高明多少呀。外边的人传说墓门打开，马上冒出一派红光，校内的人说古尸坐起来，真是半斤八两啊。

真相是多年以后我从同曾大哥那里听到的。原来古脊椎动物研究所的人向考古队推荐了包老伯，说他精研鸟类骨骼，你让他看看骨头，他就能告诉你那是些什么鸟！于是考古专家来到北师大，却怎么也找不到包老伯的身影，因为彼时您正在北京市昌平县小寨村"下放劳动"。在那里，生物系的九位教师从1972年7月份开始，夏天为果树除草、喷药；秋天收割、打场。11月17日，正在聆听"忆苦思甜"报告的包老伯忽然接到通知：回校接受重要任务。您先是赶回学校，然后日夜兼程，奔赴长沙。1973年，您的主要精力放在了长沙马王堆一、二、三号汉墓之中，从一堆堆残破的骨骸之中鉴定、分类了二十几种不同的鸟类。

这件事，确实让鸟类学内外的人们了解了包老伯的精深学术。但让您老人家在北师大校园出了大名、几乎家喻户晓的，却是一年多以前发生的那件不算大的抢劫案。

1971年冬天，正是包、俞两家各自被扫地出门，互不相见的年头。但这个故事在校园里广为流传，加之同曾大哥的复述乃至包老伯的宝贵日记，我还算能摸清其来龙去脉。老伯刚刚从"牛棚"放还，住在以前是学生宿舍的一个筒子楼里面。那里人多，厕坑少，解手成了不大不小的一件麻烦事。包老伯乃谦谦君子，如厕不避路远，常到生物系因"文革"停工的荒芜工地南端，一个公共厕所里面去方便。1971年12月2日傍晚，寒风凛冽，包老伯从校外办事回来，顺路使用工地厕所，在那里遇到了劫案。您在日记中写道：

> 约七时，入校门，经生物系建楼工地。到汽车房对面的厕所内大便，将提包放置于南墙下。才蹲在坑上，突有一粗壮而不甚高大的人入内，口戴大口罩，立于小便池边上，并未发现其小解。即又走出，曾向我说："今天真冷。"我便后，将起身时，该人又重来，飞速将我所携提包劫走，并沿学校南墙飞奔东去。潜（包老伯讳桂潜，此乃自称）急返十二楼（包老伯当时所居筒子楼），将情况告知某某同志，又到治保会报案，返家已近九时。晚饭后，看《参考消息》，约近十一时就寝。今晨室内气温17.1度。今晚月光皎洁，万里无云。

包老伯作为"只是读书"的文弱书生，突然遭到抢劫，却没有露出丝毫惊慌，甚至没有任何诧异，仿佛叙述了别人打酱油时遇到的一件平常事。按部就班，先告诉邻居某同志，然后从容到治安保卫部门报案。校园传说，传到后来，还附带了"点评"，说这位和缓、严肃的学究泰山崩于前而色不变，抢劫加于身而神不乱。

几个月后，"劫匪"被抓获，是个由农村返城的知青。要说此君也真有些"本事"，居然能在师大的主楼里面觅得一块藏身的角落，靠偷窃抢劫度日，藏匿了相当长的一段时间才被人发现。被捕时，包老伯的手提包还在他的藏身处，而里面的二十多元钱，却早被他用掉了。1971年的二十元钱，比现在的两千元还经用。而包老伯当时刚刚结束了每月仅能领取18元生活费的生活不久。煨在日记里对钱数只字不提，使我想起了孔子家里"厩焚"，孔子问"伤人乎？不问马"的态度。

那一年我十六岁。听见过风传此事，但没有往心里去，只是觉得包老伯胆量不小，也为煨没受伤而感到欣慰。后来懂些事了，又读了同曾大哥转录的日记，不由得佩服包老伯的"养气"功夫。一个人身处逆境，在相当长的时间里月收入仅为18元人民币，这次一下子损失了超出一个月收入的数目，他却能做到不慌无怨，心如止水一般，映照出天空"月色皎洁，万里无云"。什么样的人才能如此安详镇定呢？大概唯有"只是读书"的古风君子吧？

包老伯仙逝，至今已有三十多年。每逢我课程中讲到涉及莎剧的内容，总不由得想起包老伯，想起约翰逊的大脚趾，想起马王堆古墓泥泞中的鸟骨。不过我回想最多的还是那场劫案和案发当晚那"月光皎洁，万里无云"的夜空。

我祈祷中国学人的命运，从今往后，一路都是"月光皎洁好读书"。

吾师"周公"

题目中的"师"字可以是名词。如此,题意为我的老师"周公"。

题目中的"师"也可以是动词。如此,题意为我以"周公"为师。

此二义略有异同。本文兼而用之:一是描述我对老师的印象、感佩;二是汇报我在治学、做人两方面,学习甚至模仿老师的点滴体会。吾师"周公",建德(今安徽东至县)宿儒周先生讳珏良者也,与"天下归心"的叔旦无关。先生生于1916年,卒于1992年,曾任教于清华大学外文系和北京外国语学院(后改名北京外国语大学)英文系。大藏书家周叔弢先生之次子,历史学家周一良先生之二弟。

我与先师结缘,有一串小小的曲折。

我于1982年大学毕业后留校任教,按照学校当时的规定,须工作满两年方可考研。1983年暑期,我开始筹划考研的事,以图次年秋季入学。既然是考研深造,就有个攻读方向问题,我心里曾有一段较长的盘算、犹豫时期。原因是我受先父叔迟公和先世伯元白先生亲炙,有一点国学基础,然而两位长辈在中文系的存在过于高大,我怕他们挡住我自由生长的阳光,故剑走偏锋,选择英文系为自己本科的学习领域。到了考研的时候，二老有话，不得不说，但他们的叙说方法，总是拿我开心的老路子。那天元白先生在先父处用便饭，边吃边聊，海阔天空，正是我最佳的"偷学"机会。谁知二老从清代学者戴震大器晚成，七八岁才开口说话的逸闻，忽然把话锋转到我的头上。先父晃动着杯中紫酒，说："你现在浪子回头，为时稍晚，但也不是完全没有机会。"元白先生轻轻笑了两声说："不晚、不晚，至少他还会说中国话。不过，他要是肯回头，还算是您的儿子？"先父想都没想，脱口就回敬了先生一句："他要是不想辙调和调和，还算您的学生？"说完二位哈哈大笑，还碰杯，眼睛盯着我，饮尽杯中残酒。此刻我心情陡然变坏，有一个决定不请自来：英文系和中文系的距离不够远，读两年研究生就得想法子出国。

两三天后我有事出门，走过周骖良先生窗前。多年来他一直在北师大图书馆工作。那天天热，窗开着，就听周先生用温和圆润的男中音招呼我："三儿，进来一下。"

待我进门请安毕，垂手站好，周先生轻轻地问："你要考研？拿不准念英文还是念中文？"

我只得点头承认。

"你们这一辈儿人，教育不完整。像你这样儿中、英文都有一点儿基础的，就算不容易了。要不然我给珏良写封信，推荐你跟他学学？"

"给谁写信？"

"周珏良，我的叔伯哥哥，北外英文系的教授。我这就写，你这个周日别去，下个周日去他家跟他谈谈，看看有没有眼耳之缘。"

我明白了。先让将来可能是导师的人看看，如果顺眼，可以报考；如果不顺眼，我就别浪费人家的时间，另投他处去吧。我还明白了，周先生暑天召我入室，一定是我那两位长辈做了手脚。我一则喜，有人给介绍导师；一则悲，又让二老算计了一回。不过他们托人打听报考英美文学研究生，没有继续施压迫使我去读中文系，还是令我感动的。

记不清是不是骆良先生指定的那个周末了，某晨十点许我来到了周珏良先生在北外西院北楼一层某单元的门前。正值一个和我年岁相仿，但比我健硕的青年拎着一部自行车走出门来。我问他周先生是否住在这里，他"嗯"了一声，放下车，回身推开一道门，说："爸，有人找。像是学生。"然后冲着我指指门，意思是"请进吧"。

我进得门来，迎面却是位女士，很面熟，仔细一看，是北师大教育系的方缃先生。于是恍然大悟：原来她和周先生是一家人。方先生看我大概也觉得眼熟，就问："你找我？"

我连忙说："我有心考周先生的研究生，想咨询一下，作为外校生，明年报考有些什么程序。"

她好像也是忽然间明白过来，说："哦，你就是俞家那个'猴三儿'吧？"

我一听自己的外号都传过来了，淘气的劣迹也一定曝了光。低头讷讷地说不出话来，暗中祈祷这个倒霉的外号千万别妨碍了我的考研大事。

窘困中听到一个男子的声音说："我听东北朋友说'逢三必嘎，嘎还必尖（精明）'，不知道你尖不尖。"说毕他们二人笑了，我更加无地自容。幸亏周先生解围，说："骎良的信我看了，有点儿意思。你还会下围棋？"

用"堕入五里雾中"来形容我当时的困惑不为过分：考英文系研究生的程序，不可能包括围棋吧！没办法，只好硬着头皮，把自己如何学棋，在房管所做瓦工时如何辛苦，如何借着围棋比赛得以一个多月脱离重体力劳动，如何因为这点甜头努力学棋，后来获得了北京市西城区围棋比赛第二名的成绩，这一连串的事讲给周先生听。

周先生听了笑眯眯地说："嚯，你够厉害的嘛！我50年代初期在棋社里跟过惕生先生学过围棋，过先生让我九子。"

过旭初、过惕生兄弟二人在什刹海南岸的"北京棋艺研究社"教棋多年，人称大过先生、二过先生。二过先生水平高于他的堂兄旭初先生，还下过让我两个子的指导棋。忽然间，我低到谷底的心情有了回升的机会——自己的棋艺可是比未来的导师高不少。仗着这个短暂的自我膨胀，我开口询问英文系考研的事情。得到的回答却是先生的反问：

"你读《史记》用的是哪个本子？"

好不容易有点儿盼头的我，又回到五里雾中，糊里糊涂地说：

"用的是日本泷川龟太郎（生于松江，原名泷川资言，通常人称龟太郎）的《史记会注考证》。"

"嗯，这个本子不错。《汉书》呢？"

"这个……我没注意过。只记得是家父向师大历史系高羽先生借的线装书。"

"高先生朱笔点过了？"

"没有。我用最软的铅笔点句读，父亲检查后，用软橡皮轻轻擦掉。事先问过高先生。"

此后东拉西扯地聊了一会儿，先生说："好了，你回去吧！你二外是德文？回去好好补习德文。"

一句英语没问，就被打发了。失落。不服。非考不可。补习德文有什么了不起？补就是了。胡思乱想中我站起来要往外走，又被叫住："回来回来，坐下坐下，我还有件事忘了问。"待我重新坐好，先生微笑着问："你练毛笔字用什么帖？"

我就是再笨，此刻也明白了：大概是我那个外号使先生不悦，或者我给先生留下的第一印象相当差，先生觉得我不适合给他做学生，所以不跟我谈英美文学专业的话题。为了安慰我，就跟我聊一些文雅、愉快的闲话，从而使我的心情不至于太低落。理解到这一层，我心里的不服、不平倏然消失。我感到周先生是细心而宽厚的长者，故此一种由感佩而生的尊敬之心油然而起，放下了来时那种患得患失，语言也变得自信、流畅多了："我一直是在学欧字，开始用《九成宫醴泉铭》，后来《化度寺塔铭》《虞恭公碑》《皇甫诞碑》都临过几遍。近来元白先生见间架、结体有了些根基，让我参考《多宝塔碑》和《唐人写经》墨迹本，从中领悟笔法。现在主要是偷偷临写元白先生为我写的《前赤壁赋》。"

"对呀，笔法是最重要的。不过，'偷偷'是什么意思？"

"元白先生教我写字，但是反对我学他的字体。要求我从晋、唐入手，自己从古人那里悟出规律、法度来。可是我见先生写的《赤壁赋》实在漂亮，墨迹笔锋的出入、顿挫、转折都清晰可辨，所以忍不住违背先生的嘱咐，瞒着您练一练。"

周先生笑了，说："看来你和启功先生还真是有些缘分。他跟你说的这些都是肺腑之言。你听说过李邕'似我者俗，学我者死'这句话吗？"先生见我点了头，便接着说："你坐着，我拿张我写的字你看看、谈谈。"说罢他转身从另一间屋子里拿出一张似乎墨迹未干的小行楷，隽秀挺拔，很见功夫，绝不是率尔操觚之作。我看了又看，还把它拿到窗前对着亮光透视，见笔迹的转折顿挫连贯自然，没有丝毫勉强，不由得赞叹："您是高手啊。也是蹑晋踪唐的功夫，看上去很有翁覃溪小楷格致，但是比他从容舒展。客观地说，境界比他高，因为没有去刻意追求什么。"这时候先生笑着问："你知道翁方纲有刻意地追求？他追求什么？"我说："他一生最推崇《化度寺僧邕禅师塔铭》，一心一意地想要达到他心目中《化度寺》的美学高度，追求到了亦步亦趋的程度。所以他写的小字清丽可爱，但是似乎过于规整。有时他放手写写带行书味道的随笔字，简直不成体段。所以我觉得他刻意追求《化度寺》，到了离开它不能写字的程度。您的字有他的清丽，没他的拘谨。所以我觉得比他略胜一筹。"先生听罢笑着摇摇头，说："你们年轻人可真敢说话！有清一朝，成、铁、翁、刘四大家，你轻易地批评其中之一。你回去仔细看看翁方纲的隶、篆，看你还说嘴不说。"先生此刻站了起来道："不过莫要刻意追求什么这个话，说给你自己听听或许有些好处。"见先生离座，我也连忙起身告辞，心里竟然有一丝丝轻松的感觉。走出先生的房门，来时的紧张忐忑，已是消散于无形。不禁自言自语地念叨："此处不留……不可放肆！呃……上帝在此处关了一扇窗子，自然会在别处打开一扇门。"

谁知后来大门真的打开了。不是另一扇，就是北京外国语大学英文系硕士研究生的大门。

那天我回到家中，越回想越觉得周先生对我的路子。我想走出父辈的荫庇，却又不想和中国古典文学断了血脉联系。周先生是英美文学大家，名声在外；没想到旧学底子如此之厚，趣味如此儒雅多样。这不正是我向往的学术人格吗？想明白了这番道理，就按先生所云补习德文，英美文学的准备只是按部就班地重温一下大路之文。后来又按部就班地报名、考试。成绩出来，政治理论课超低空过关，德文倒是考了84分之高，我自己也颇觉意外。接到口试通知后，我连忙跑到楼下去求陈友松先生。

陈友松先生早年留学美国，获得哥伦比亚大学教育学博士学位。回国后曾任西南联大教育系主任、北师大教育系副主任。抗战胜利后先生北上，到北师大任教。不知是什么原因，陈先生在20世纪70年代中期双目失明，每日在书斋里枯坐，颇有寂寞之感。"四人帮"倒台后，落实政策，我家搬到一座新楼的二层，正好在他所居单元的上面。我母亲见他单身孤寂，就常炒一些家乡菜叫我送到楼下。陈先生是湖北人，家母是湖南人，两地接壤，菜肴也有相近的地方，陈先生在北京吃到，总是赞不绝口。正好我学英文，就常常借送菜的机会和他用英语聊天。我发现陈先生失明后，听觉极其灵敏，而且早年的记忆格外生动。每次我和他交谈后将要离开的时候，他都要教我一个"文绉绉的字"，例如 zephyr（微风）、azure（蔚蓝色），等等。他还纠正我的发音，指导我根据文体选择适当的词汇，偶尔还会让我读萧伯纳的剧本给他听，他帮助我理解剧情、文采。当初我考本科的时候，他为我准备了大约二十句话，等到我真的去口试时，主考老师问了我大约十五句话，全在那二十句里面，结果高分录取。现在考研究生了，难免故技重施。陈先生确实是高手，他说："考研和考本科不一样。你先给我讲讲你们专业课的笔试都有些什么问题。"然后他根据我回忆的内容提出问题，并帮我解答。这样忙了几天，我自己觉得准备得还算充分。

到了考场，见到两位主考。一位正是周先生。另一位是个面目极其慈祥的中年女士，戴眼镜，笑眯眯的，让人看了便觉心中温暖。

后来我才知道，她就是吴冰先生，作家冰心先生之长女。我入学后和吴冰老师相处得特别融洽，离校时有离开母亲的那种依恋不舍的感觉。此是后话。

考试的第一个问题由吴冰老师先问，内容果然是我笔试答卷的一些相关细节，后面的问题也大致如此。周先生在一边静静地坐着，嘴角挂着一丝若有若无的微笑。那个微笑多少给了我一些信心，所以回答问题比较流畅。入学后我曾跟王佐良先生提起，在周先生微笑的鼓励下，我口试考得比较放松。没想到王公（北外的教师、同学约定俗成，称他为王公，称周先生为周公，称许国璋先生为许老）说："你自我感觉不错！周公哪里是用微笑鼓励你？那是他标志性的风采，无意中的高尚人格流露——浊世之翩翩佳公子也！'文革'时我们俩一起'挨斗'，我那时心里痛苦，偶一侧头，看到珏良的嘴角竟有一丝笑意，心里的愤懑压抑一下子消散了百分之八十以上。你们学习周老师的学问不容易，学他的风度，难上加难！"

入学不久，赶上中秋节。系里组织新老研究生和教授、外国专家在第二大教室屋顶上的露台联欢、赏月，桌上放了许多水果、月饼、冷盘、花生、瓜子、啤酒、葡萄酒。那时的研究生尚属稀缺资源，两三届加起来才有二十多个，而知名教授加上外国专家也有十几个人。这本来是学习的好机会，可惜我心理素质不佳，遇到人多、不太熟悉的场合，发怵，说不出话来。为了不露怯，我想了个自我掩饰的办法：左右手各拿一瓶冰镇啤酒，见谁的杯中不满，马上走过去给人家添上，这样不用和陌生人说话，又不显得呆板、怯懦。记得那天周公到得比较早，坐在露台的西南角上，嘴角挂着那著名的周氏微笑。许国璋先生到得稍晚一点，好像有什么事要和周公说，到场后直接走到周公身旁坐下，小声讨论起来。我给周公倒酒，满满的时候，他才轻轻点头。许老只让我倒了一点点，放在面前，却不去碰它。

那晚老师同学们玩得都很开心，啤酒的供应也特别充分。我一圈一圈地转着倒酒，心里慢慢地品味古人说"酒过三巡"是什么滋味。我发现每次走到周公身边，他的酒杯总是空的。我看到周公脸色不变，神态自然淡雅，那丝微笑永远不动声色地挂在嘴角，使我不由得惊诧他的酒量。大概是转了四五圈之后，许老"唉"了一声，说："你不要转来转去了吧？弄得我头晕。去拉张椅子过来，坐在这里就给周公一个人倒，不要总让他等着，我也有话问你。"我连忙搬了一把椅子过来侧坐在二老中间靠后的位置，发现搬椅子的一会儿工夫，周公的酒杯又快告罄了！等我把周公的酒蓄满，许老用英语问道："你父亲留过英吗？他的剑桥口音相当纯正啊！"我听罢一愣，过了一会儿才明白过来，结结巴巴地说起父亲早年就读于英国人在天津办的"新学书院"（Anglo-Chinese College）。没等我说完，周公接过来说："哦，新学书院在天津大名鼎鼎。那里的教师，多数是剑桥大学的毕业生，其中有个著名的人物 Eric Liddell，是

1924年奥林匹克四百米赛跑冠军。"不过他是爱丁堡大学毕业生。这时两位教授自己聊了起来，语速大大加快，我勉强跟着听，根本插不上嘴。从他们的谈话里我知道周先生学英文始于南开中学，而南开的人都知道新学书院的学生英文厉害。周公又说："他们第一年预科，只学英文。然后六年，除了国文课之外，其他如历史、地理、数学、化学一律是英国人用英语授课。七年下来，英语水平自然很高。"许老接过话茬说："哦，我知道 Eric Liddell。他有个中文名字叫李爱锐。奥斯卡获奖影片《烈火战车》(*Chariots of Fire*) 就是根据他的生平编排的。"说罢向我示意，说："咱们的电化教室里有这部片子，你有空去看看。"然后又对周公说："前几天开《中国大百科全书·语言学卷》的审稿会，他父亲用英语和我讨论 Jesperson、Bloomfield、Chomsky 等词条的得失，使我颇为吃惊。"这样我才算弄明白许老何以知道我父亲。不过许老紧接着说了几句让我哭笑不得的话："你能像你父亲那么出色吗？不一定吧？你父亲头多大呀！"

我的头长得不够大，愧对前辈师长。无奈地摸摸它，接着倒酒。

周公见状，忙岔开话题问道："我课上的作业，你是怎么做的？只有一句'迅疾忽如雷电落'还算差强人意。"

那个学期，周公为我们开设了"比较诗学"这门课，除了讲授中、西诗论之外，还让我们把英文诗翻成中文、把中文诗翻成英文，以期切身理解诗歌本身的美学实质。他说起的那个作业，是把英国

吾爱吾师

诗人丁尼生勋爵（Alfred, Lord Tennyson, 1809—1892, 1850年获桂冠诗人称号）的短诗《鹰》(The Eagle) 译成中文。我当时是尝试用旧体诗的形式翻译，而那诗的最后一句是"And like a thunderbolt he falls"，我译成了"迅疾忽如雷电落"。我的整篇作业，周公的批语是"虽合辙，却不押韵。《佩文韵府》要勤翻看"。我在家淘气捣蛋，到了学校却算得上"听话"的学生。先生那晚的批评貌似严厉，其实已经给我那份作业一个 A-，应该算是不错的分数。尽管如此，我明白了先生要求以押韵的中文对应押韵的英文这个原则，于是利用周末跑到元白先生家里，翻出那堆线装的《佩文韵府》，重新翻译了丁尼生的那首六行诗：

       The Eagle   孤鹰赞

He clasps the crag with crooked hands;   如钩利爪握巉岩，
Close to the sun in lonely lands,   孤寂荒原近日边。
Ring'd with the azure world, he stands.   碧宇周环鹰独立，
The winkled sea beneath him crawls;   纹波蠕动海漪涟。
He watches from his mountain walls,   山如壁垒伊如戍，
And like a thunderbolt he falls.   迅疾如雷落九天。

先生看罢笑着点点头，说："把三连韵换一次韵，改成对句不换韵，而且不露什么痕迹，算得上胆大心细。难道你想发明一种七言六句

的新律诗吗？'纹波蠕动'句稍嫌重复，且漏译了'在下方'之意，倒也难为你了。不过'涟漪'常见，颠倒一下说'漪涟'韵倒是对了，可以成立吗？ 如果没有先例，就失之勉强。"我回答说："我先头写的是'海生涟'，后来想起暑假无事乱翻书的时候凑巧看到过孟郊《寒溪》诗，里面有一句'漪涟竞将新'，我当时还诧异孟郊用词新鲜。现在移花接木，放在这里试试效果。不知成也不成？"周公说："要真是这样，那倒是不错。《寒溪》？ 我回去查查看。"说罢把我那份"作业补遗"折叠起来，放在灰色中山服口袋里。我初学乍练，不知天高地厚。周公居然肯和我讨论唐诗的炼字，这比什么分数都使我开心，于是这首诗便如碑文般刻在我的心里。

更使我意外的是，过了大约一周，周公下课时叫我停留一下，很严肃地对我说："我查了《全唐诗》，孟郊确有《寒溪》一诗八章，其末章有联曰'凝精互相洗，漪涟竞将新'。你说你是随手翻书时'凑巧'看到的，很好，以后还要勤翻书，只有勤翻才能越来越'凑巧'。另外，我也有个'凑巧'的故事。上次我开玩笑说你无意中写出一种七言六句的新律体，事后我也好奇，觉得古诗中如果真有七言六句的体式，也应该在唐代以前的古体诗、特别是乐府诗里面。于是翻检郭茂倩的《乐府诗集》，居然让我找到了一首。"说着从书包里拿出一本线装书，翻到夹着纸条的那一页，递给我。我看到纸条所在处有诗题曰《蜀道难二首》。扫了一眼，见是一个长长的序言下面有两首短短的五言诗。先生又说，往下翻，往下翻。我翻过一页，看到的标题是《同前二首》，其第二首赫然是："嶓山金碧有光辉，迁停车马正轻肥。弥思王褒拥节去，复忆相如乘传归。君平子云寂不嗣，江汉英灵已信稀。"我不禁小声朗读起来，然后不禁自言自语地说：原来"五陵衣马自轻肥"是从这里来的呀。先生笑眯眯地听着，拍拍我肩膀，说："好玩吧！"

三十多年以后，我写这篇文章时，虽然忘记了全诗的内容，却莫名其妙地记得先生"好玩吧"这三个字，记得书页中传来的淡淡墨香，记得手指翻书传来的那种柔软绵涩的质感。幸亏还没有忘记《蜀道难》的标题和那半句"车马自（正）轻肥"，我费了些力气，好歹算是把它找出来了，抄在上面。我和恩师这个小小的交集，使我坚定了当时正在逐步养成的、排除功利之心的读书情趣。人生之幸福有多种多样。在一个博学儒雅、和蔼可亲的名师指导下读书，应该是幸福榜上排名很高的一种。

1985年我参加了北京市高校学生围棋比赛，得了第二名。某周末回家的时候，又被骐良先生叫进屋中，他满面笑容地告诉我："你围棋成绩好、水平高，你的导师特别高兴！"这话使我稍觉困惑：一两个礼拜之前，我在课间休息的时候对珏良师说起过此事，但是他的反应十分平淡，甚至可以说是冷淡，一点儿也没露出高兴的样子。骐良先生听了我的疑惑，说："看来你还是不了解你的导师。他公私分得极清，课堂上从来不谈学术以外的事情，可私下里和亲友闲聊时，你获得围棋亚军的消息，他可是当作一件大事来说。还说如果你早已毕业，现在在外单位工作，他会让方绱给你烧泥鳅吃呢。你师母烧的泥鳅，比鳝鱼都好吃！"我听了忙说："干吗非等毕业？我现在就想尝尝呢。"骏良先生笑了："这个猴三儿，真是猴儿急！你现在是他的学生，只能是公事公办的关系。他若请你吃烧泥鳅，其他同学做何感想？"我一想，也对。总不能二十几个同学都到先生家去吃泥鳅吧。通过这件小事，我了解到了老师的另一个侧面，觉得可以写进《世说新语》里面的"方正"一门，或者新添一门"自律"，成为《世说新语》的第三十七门。

数月后我考托福，得了663分。那时同学们的口头传说是托福满分为660，成绩超出满分三分，是不可能的。所以我觉得可能是分数通知打印错误，就写信到"托福中心"去询问。人家回信说没错，却没有告诉我满分到底是多少。同学们拿我开心，说老俞真傻，想自减三分。我辩解说："傻什么傻？如果真是打印错误，我申请的学校万一把它作废不承认怎么办？"我出国后听说师妹唐志红考了667分，破掉了我在托福考试中创下的纪录，但同学们还是没有弄明白满分究竟是多少。周公听说我考试成绩不错，又要我课后稍留下一会儿，告诉我他本来有心鼓励我考他的博士生，现在既然成绩考得好，那么出国留学是更为难得的机会，应该抓住。最后他颜色一肃，说："你有点儿中国传统文化底子，难得。无论走到哪里，都不能丢了。"我很高兴地答应下来，又借此机会请先生为我写封推荐信，先生也欣然允诺。现在我"三省吾身"的时候，总是暗自庆幸自己没有违反先生的这一嘱咐。

1992年10月，先生因心脏病突发而仙逝。我身在海外，良久消息才从骎良先生那里转到我耳中。我那时正在努力撰写博士论文并申请美国大学英文系的教职，生活紧张而疲惫，但还是询问了是否能让我写一篇回忆先生的文章。20世纪末隔洋通信还很不方便，又过了一段才得知纪念文早已过了截稿日期。后来互联网愈来愈发达，我只要稍空闲，就上网搜索关于先生的点滴信息，慢慢养成了习惯，坚持了很多年。不记得是何时，总是在周公作古多年之后，我找到了王立礼先生写的一篇回忆文。该文亲切、详细，只有特别熟悉先生的人才能写得出。其中的一段内容使我不禁莞尔。她说周公招英文系博士研究生颇为讲究，要求也独具特色：英语口头、笔头功夫俱佳自不必说，还提出理想的学生应该会下围棋、通书法、能阅读没有标点过的文言文、熟悉中国古典文学传统里一些主要体式，还要有一门比较扎实的第二外语。我读后心里感到惭愧与荣幸交织。就我所知，我们北外英文系的研究生中，完全符合这些条件的似乎只有我一个，所以我觉得既荣幸又骄傲。同时也因为自己的学术成就的不足而感到对不起先师的期望，十分惭愧。幸好我从2010年开始用生态文学批评理论来细读唐诗，出版了《绿窗唐韵》《数猿肠断和云叫》等译著，而《启功〈论诗绝句〉忆注》一书，虽因出版社内部调整蹉跎了多时，也快要与读者见面了。在那里面我把从英美文学、西方文论中吸收到的养分回馈到中国文学的研究之中,这也算我没有放弃当初对先生的承诺。将来,等我有幸在另外一个时空为先生倒酒的时候,不至于愧对他嘴角那一缕若有若无的微笑,那是我极想模仿却永远也学不来的微笑。

只缘身在此山中
—— 怀念傅璇琮先生

我认识傅璇琮"叔叔"已经四十年了。我认识傅璇琮"先生"才四年。

20世纪五六十年代,我岳父家住北京西郊翠微路二号中华书局宿舍的西北楼,和傅璇琮先生住对门。70年代大家同去湖北咸宁的五七干校,同吃同住同劳动,按男女有别之古训,各住在一个大屋子里,直到自己盖起房屋,条件才有所改善。那时我妻子的妹妹不但和徐阿姨住同一宿舍,而且是上下铺的紧邻。后来中华书局搬到丰台区的太平桥,这时两家人不住对门了,改住隔壁。两家都姓傅,都是浙江人。我岳父年长,所以他的三个女儿都把傅璇琮先生称作叔叔。傅叔叔和徐阿姨自己有两个女儿,却长期寄养在上海外婆家。大概是想念自己的孩子心切,他们夫妇从早年起就视我岳父的三个女儿如己出,把相当大一部分长辈对下一代之爱,移情到这三姊妹身上。1976年地震以后,我和现在的老伴确定了恋爱关系,自然常到她家走动,自然认识了近邻的叔叔阿姨。听我妻子讲,她们姐妹三人小时候去叔叔家,常常是推门而入,连敲门的礼节都省略了。回家因失礼遭父母训斥,但在对门却受亲热的招待。傅璇琮先生忙,只是年节时偶尔到我岳父家里来坐坐。听他和我岳父在一起说浙江老家话,又听到妻子姐妹三人直呼叔叔,我没想过他不是那姐妹三人的亲叔叔。不知什么原因,徐阿姨似乎没有使用过我的学名,却一直呼为"宝宝"。听她的口气,好像不是半开玩笑,仿佛真的以为我永远长不大。我1986年出国,每次探亲回家,总要到岳父岳母家住一段,以尽半子之责。于是常常见到傅叔叔和徐阿姨。徐阿姨总是很亲切地说:"哦,宝宝回来啦?住多久呀?过来坐坐吧。"这个称呼沿用到我耳顺之年。

我受家中长辈影响,一直对中国古典文学感兴趣。但"文革"结束、恢复高考的时候,不愿意受父辈的学术荫庇而失去自我,就选择了英美文学专业。直到过了知命之年,可能是人生进入老年的信号,我渐渐地被一种负罪感压得难受,觉得父辈从小给我灌输了一些中国古典文学知识,我一生不为中国古典文学做点什么,实在没法和良心交代。于是我发狠,把《全唐诗》通读了两遍,从中选出四百多首和自然环境关系密切而微妙的唐诗,把它们翻译成英文。翻译诗歌是自讨苦吃的事情,一遍又一遍地琢磨涂改,折腾了好几年。终于算是勉强看得过去了,就动手给各位诗人写小传,向美国读者解释诗歌的创作背景。查阅资料时找到了傅璇琮先生的《唐代诗人丛考》和《唐才子传校笺》,刚读了两三个诗人,就已经为作者的缜密认真的治学态度和广博深入的知识所倾倒。由衷地对妻子感叹，说："有位叫傅璇琮的学者，真是让人佩服。他的材料，翔实可靠，使用起来让人特别放心！以后有机会的话，回国时去拜见人家一次，好好地感谢人家。"妻听了这番话，神情怪怪地盯着我看了半天，说："这个学者呀，你叫叔叔都叫了三十多年了！你这个呆子！"说完还狠狠地踩了我脚背一下。我张口结舌站在那里，嘟嘟囔囔地说不出囫囵话来。难道我真是如此之不可救药？怎么能闹出这么大的笑话？仔细想想，根本不可笑，反而十分可气、可悲！妻批评我"生在福中不知福"，我完全接受。

妻要在中国出版我的书稿。我觉得不可思议——哪个中国人不直接读唐诗，反而要看我的英文翻译？这比买椟还珠还荒唐。可是她的决定，我是无力逆转的。只好按照她的要求，把英文的引论翻成了中文，然后又编了一个中文目录，一共二十几页稿纸。中国的春节，美国的学校里是不放假的，老伴儿已经退休，所以就自己回家过年。她陪我岳父参加中华书局的春节招待宴会，紧挨着徐阿姨坐，借机把我的引论和目录交给了徐阿姨，马上又转到了傅璇琮先生的手里。不久老伴探亲归来，带来了我最爱吃的果丹皮，还有一封傅叔叔的亲笔信，用的是清华大学中国古典文献研究中心的稿纸。节录如下：

> 现在中国大陆有关唐诗选注，出版已有不少，因此出版社肯定要求有一定特色，才能考虑出版。现在编著唐诗选注中文、

英文，当有特色，我可以向有关出版社介绍。目前选目已有，也有特色，可以确定。现在希望提供一二篇样稿，即选译一二首诗，先录中文，后录英文；英译之要求，一要准确，二要有一定艺术性，有美感。

诗原文后，不必详作注释，可用500字左右，介绍每首诗的内容及艺术特点。同时介绍著者情况，字数也不必多，100字左右即可。这也都有中英文。请提供一二首样稿，我可以向出版社介绍，出版社确定后即可全面按计划进行。

傅璇琮
2012.2.22

我手里捧着信，放下咬了半截的果丹皮，读罢对妻说："老伴儿，老伴儿。你使劲儿踩踩我的脚。"妻说："你要干什么？"我说："我要悔过。你说这么多年，我守着这个当代鸿儒，还是很亲近的叔叔，怎么就有眼不识泰山呢？早点儿读了他的书，不早就拜师学艺了吗？当面错过泰山北斗级的人物！你说该踩不该踩？"这话把妻气得笑了起来。她马上转身给徐阿姨打电话。我听见听筒那边也是笑得不可开交。

当年暑假，我回到北京，恰巧傅叔叔在我岳父家的客厅里坐着，我赶紧行礼、道歉。平时和气而严肃的傅叔叔也忍不住笑着摆手说："没想到你还真能心无旁骛呀，连我是谁都不知道。"他这是为我开脱，反而弄得我更加无地自容，只好把话题岔开，向他请教。《唐才子传》里说天宝三载贺知章退休，请求皇上把周宫湖数顷赐给他做放生池。玄宗虽然答应了，却没有给他周宫湖，反而给了他更大一些的鉴湖一角。我问傅叔叔周宫湖是哪个湖，在什么地方。他毫不犹豫地说，这个他也不知道，做《校笺》时没弄清楚就存疑了。这给了我一定的安慰，同时我心里也佩服，这么大的鸿儒，有弄不清楚的事情就存疑，坦坦荡荡，虚怀若谷，值得我学习。几天以后，我专门跑到浙江去找，也没找到任何线索。傅叔叔听说后对我岳父说："你这女婿还算实在，真的跑去找。"顺便说一句，2016年夏天，绍兴文理学院的俞志慧先生帮我解决了这个问题。据他考据文献和实地踏勘，认为周宫湖当地人又叫周官湖，就是禹池。详情说来话长，须另文再谈。

我回到美国后又找一位诗人朋友帮忙，在酒吧间、咖啡馆里对饮、论诗、改诗，终于完成了美感较强的一稿。我从西雅图电邮回去，请妻妹帮忙打印出来，送到隔壁。据徐阿姨说，傅叔叔看完笑眯眯地说："我给宝宝写个序吧。"我听说后亦喜亦惧，喜的是傅叔叔这个许诺是对我工作的肯定，惧的是自己真的配不上如此殊荣。可惜傅叔叔写的时候用笔而非电脑，我得等上一段时间才能看到。序文纯是傅氏风格，平实而细致，使我最高兴的是他老人家夸我的工作也是"平实"和"有特色"。他的肯定对于我这个刚刚回头的学术浪子来说，是极大的鼓励。我由此坚定了信心，决定今后的职业生涯就是把西方文艺理论中一些实用的东西，介绍给国内同仁，让他们能更好地认识唐诗本身的魅力。我曾不止一次对傅叔叔和徐阿姨讲，就唐诗研究而论，国内随便找一个学者都比我功力深，我介绍的这些新工具，他们一旦掌握了，就肯定比我做的好得多。那时，我就完成了自己的历史使命，该退休了。傅叔叔说："你能有这样的学术心愿，很好。我介绍一个伙伴给你。"我的书由上海古籍出版社出版之后，傅叔叔让他的大弟子，南开大学中文系的卢燕新教授为我写了书评，指出拙著里面一些可取之处，在《博览群书》杂志上发表，引起了正面的反响。后来燕新到美国哥伦比亚大学访学，顺便到我家来玩，我向他请教了许多问题。如果像傅叔叔说的那样和燕新做学术伙伴，我还不够资格；但在燕新的帮助下，我总算走上正路，能用国内学者通用的文体和他们交流学习心得了。后来，燕新还介绍我参加了在成都召开的唐代文学年会，并获得在大会上发言、和国内学者交流的机会。这些机会是在燕新的帮助下获得的，但究其根本，还是在傅叔叔的关心下才得以实现的。对于他们师徒二人，我心中充满感恩之情。

2016年新年伊始，我正在为拙文《杜甫〈秋兴八首〉的形式美发微》收尾，突然接到燕新的电信，说傅叔叔仙逝了。噩耗传来，我悲痛不已。一方面伤心我们夫妻二人失去了亲人，另一方面感叹学界遽失泰山北斗，同时也悔恨自己四十年来身在庐山而不识其巍峨的学术面目。刚刚亲承謦欬四年，就失去了良师，怎一个"悔"字了得！怎一个"愧"字了得！然而，世上没有卖后悔药的。唯一的办法，就是沿着傅叔叔给我指出的路走下去——在西方文论中排沙拣金，去其浮躁虚华的部分，取其实用、适用的部分，为国内同仁们贡献一个工具箱，让他们在里面任选所需，使其工作起来更方便，更顺手。只有为唐代文学贡献自己的绵薄之力，才能对得起傅叔叔的在天之灵。先父的学生们曾经为您出了一本论文集，先父为其拟题为《薪火编》，意寓"学如燃薪，薪尽火传"。傅叔叔他们那一辈的学者，都有这种献身精神，值得我辈学习。众人拾柴火焰高。只有越来越多的有志者为学术献身，才能把前辈的事业承传下去。

怀念吴谷茗老师

1978年秋季，我们十名男生、十名女生从北京的各城区走到了一起。把我们领进北京航空航天大学8041班的，是一位慈眉善目的中年知识女性，我们的恩师吴谷茗先生。

2017年1月18日上午，处于弥留之际的吴老师头脑依然清醒，她对独子杨力说："今年我熬不过春节了。如果我过得了春节，许多亲戚、朋友、学生、同事们就会跑来医院看我，闹得他们过不好春节。所以，我也不想熬过春节。但是，我一定努力熬过今天，因为五年前的1月19日，爸爸去世了。我要在同一个日子里去找他。"杨力也是北航的校友，当初在8351班。因为吴老师的关系，和我们8041班的人很熟。他在微信里对我说："这就是妈妈的性格，生怕给别人添麻烦。临终留言，不开追悼会，不搞告别仪式，不给北航的各级组织、同事、学生、亲戚朋友增加任何负担。"杨力和我们说话时提到吴老师总是直接称"妈妈"，仿佛她也是我们的妈妈。我们早就习以为常，因为在我们心里，吴谷茗先生是我们四年的恩师，四十年的慈母。

老师的遗言，我们当然得遵守。但为了寄托哀思，大家在微信群里怀念她。我毛遂自荐，整理成文。既然是我执笔，当然要传达同学们的情感，但叙述时也很难避免我个人的视角。我以为，人与人之间，能成为师生，首先要有缘分；成为师生后能产生感情，也得有缘分；这感情经四十年而不减弱，反而越来越强烈、越来越深厚，更得靠缘分。就我个人来说，别的运气并不太好，唯独老师这一项，运气好得出奇，缘分广得出奇。我未满十一岁就赶上了"文革"，学校停摆了，按说是切断了一切师缘。但是鬼使神差，我入了元白先生的门，等于上了高级私塾。后来在中学的年龄段上，又有幸受到张中行、包桂潘、陈友松等名家的呵护和指导。1978年高考，不但得到了接受正规教育的机会，而且和北航以吴老师为代表的数位恩师结下了一生的缘分。这个缘分，我们8041班的同学特别珍视，因为我们感受到的师恩，不仅仅是授业解惑的理性传承，而且是一种对长者的感性依恋。这犹如我们对父母的依恋，起源于长辈对我们的慈爱，那种在外人眼里近似"护犊子"般的"溺爱"。在老师们的心里，我们这些宝贝是不会犯错的，即便偶然小有失误，也应该在鼓励中改进，而不是在批评中挣扎。听到吴老师仙逝的消息，钟利平同学从加利福尼亚传话说，吴老师总是"慈母般地送给我们温暖"。沈穗佳同学在北京不谋而合，"吴老师用一颗菩萨般善良的心，爱护着我们每一个学生，给我们温暖和鼓励"。定居纽约的王新佩同学，发来不久前看望吴老师的合影，庆幸自己留下了吴老师那永恒的笑容。美国孟菲斯大学心理系教授薛烨，以心理学家的细密与深邃，回忆起吴老师刚强的一面——她给我们判作业留下的字迹，薛烨还保存着。他说吴老师写字力透纸背！我们班的"贝贝"，吴老师宝贝群中的宝贝——贝燕嫣同学，有多年侍奉病母的经验，因此更难忘怀吴老师与疾病做斗争时的大气与坚强。我们的老班长，军人出身的卫国兄，正在去大同的路上，一反军营铁汉的常态，放声恸哭，并专门绕道五台山为吴老师祈福安魂。

汪曾祺先生说过一句意味深长的话："多年父子成兄弟。"我们的感觉接近汪先生的妙悟，可以形容为"多年的师生成母子/母女"。

1978年夏，我到北航参加口试。在一间宽大的阶梯教室里面，待考的学生大约在80到100人之间。天热，大家又难免紧张，所以很有些汗流浃背的意思。我见一个同学，比我略矮一点，戴着和我同样的秀郎眼镜，拿着一张张卡片，在那里背例句。看到我，他友善地笑了笑，说："心里没底，临阵磨枪瞎忙活。"我没有卡片，但头天晚上，哥伦比亚大学教育心理学博士、西南联大教育系副主任陈友松教授督促我背了二十句话。他说记住了就能通过口试。我将信将疑，当然也希望能靠它们侥幸过关。今天看到那个同学背卡片，我不由得也紧张起来。为了自我安慰，我吹牛说有高人指点，就这二十句话就能过关。那个同学当然想知道，我就给他一句一句地背。没想到我背一句，他就会根据那句话提出非常合理的问题，而那又总是我们回答不上来的。我们俩你来我往，不一会儿就满头大汗，更紧张了。我早上来时的那种侥幸心理也烟消云散。正在我们头上冒汗、心里打鼓的时候，听得背后一声轻言细语："挺不错嘛，两位同学。"我回头一看，只见一张慈祥的笑脸，目含鼓励地看着我们。"文革"时期，我因为"出身不好"，看到过很多的冷脸和鄙视，这是第一次在亲友之外看到鼓励的笑容。那是一种无条件接纳你的笑容，配上温和的目光，就像一阵清风，吹走了暑热，吹散了我心里深层的自卑，唤醒了一种毫无来由的自信。仿佛天上飘下来一个声音说："要知道我们的年轻人都是最棒的。孩子们，你们不用紧张！"我早上那种"考学有险阻，侥幸能过关"的"超低空豪情"又油然升起。初遇吴老师，我那久违的自信竟然有萌芽破土的趋势，这只能解释成缘分。

终于轮到我进考场。进门、鞠躬、坐下一连串心里排练过多次的动作木然完成，没敢抬头。我人坐而心不安，凝神一看，正对着的凑巧又是那张慈祥的笑脸，心里莫名其妙的平静了一点。她开口问，我居然听懂了！便机械地回答；她身旁的人也问，我还是机械地答。几来几去，忽然听到："谢谢你。你可以离开房间了。"我昏头胀脑地走出来，刚才那个同学凑过来问道："怎么样？烤煳了没有？"我还是不太清醒，机械地说："可能没煳。好像问的就是刚才咱俩盘练的那几句。"他急了，说："哥们儿，哪几句呀？"我这时才醒过来，说："问了十几句，都是咱们那二十句里面的！"那个同学喊道:"真的呀?"他笑得就像脸上开了花一样。

　　入学之后,我才知道那个同学叫焦群,后来成为四年的同窗、一生的朋友,他现在是纽约城市大学的图书馆高级馆员。他的父亲,20世纪60年代开始在北大教法语,母亲在北京语言大学教对外汉语。原来他也是出身不好的"臭老九"子弟,和我一样有深层的自卑心理。所不同的是,我以狂傲来掩饰,他以谦卑来缓解。后来我们谈起来,认为四年大学生涯,我们同有一种终于被社会所接纳的感觉。这种感觉,是我们心理自我治疗的开始,而吴老师那几乎永远挂在嘴角眉梢的慈爱微笑,恰恰是我们疗伤的良药。我们全班同学,没有不感念吴老师恩惠的。只是焦、俞这两位难兄难弟,感恩的角度和别人略有不同。每当我遇到困难而信心不足的时候,耳边就响起那轻轻的一句:"很不错嘛,两位同学。"不知焦兄是否有同感。

　　薛烨和王振亚,没有我们这种"出身不好"的思想负担。但是他们对大学生活的初始印象与我和焦群的完全一样,那就是吴老师的笑容。薛烨是这样描写他入学第一天的:"我正在报到,就听身边有人说话:'咱们是一个班的。'转头一看,身边是位穿灰色衣服、戴解放帽的男生,介绍自己叫王振亚。我们没说两句呢,桌子对面有个女老师走过来,一脸笑容,特别和蔼,说:'我叫吴谷茗,是负责你们班的。'记得当时看到吴老师的样子,真是印象深刻。她特别慈祥,总是面带笑容,即使不说话,也让人觉得心里安稳。后来,上学期间,提到吴老师，别的同学也有同感。时间长了，更觉得吴老师心地善良，关心、善待每个人。那是吴老师给我的第一印象，是在北航大门口的报到桌前。"

　　吴老师的微笑，似乎是与生俱来的。1932年，中国"现代茶圣"吴觉农先生的夫人又要临产了。他们已经有了两个儿子，特别盼望这次能得一个女儿。吴老先生青少年时曾立志"以身许茶"。此时他以上海商品检验局茶叶监理处处长的身份，正携眷在浙江、安徽、江西一带的山区监督建立出口茶叶的定点茶场，以保证出口茶叶的优质。夫妇二人想先取好一个女孩的名字，以增加得到千金的概率。身在山区的"茶圣"，自然而然想到了"山茶"二字。夫人希望再雅致一些，于是就选定了"谷茗"二字：谷者，山谷也；茗者，茶也。寓意"幽静的山谷里采出的香茶"。吴家远在无锡的朋友荣毅仁先生听说了这个名字，高兴地告诉他们：你们如此心诚，山神一定会给你们送来一个茶花女！

　　也许真有山神送女，也许是浙西皖南赣东北的山水灵秀，陶育菁英。"茶圣"夫妇如愿以偿，真的得到了一个笑靥若山茶花的，活泼灿烂的小姑娘。由于天性活泼乐观，吴老师童年甚得父母朋友们的喜爱。夏衍、周扬、荣毅仁等人都亲切地称她为"吴家大妹"。和大对应的，自然是小。据"吴家小妹"吴肖茗先生回忆，吴老师小时候是"大大的眼睛，小小的嘴，讲话也比较多，而且经常笑嘻嘻的，谁看到她都喜欢，一直到老⋯⋯"最后吴老师生病住院，肖茗先生去看望她，每次"她都是很有力地握着我（妹妹）的手，还笑眯眯地睁着大眼睛"。

更也许，沈穗佳同学说的对，吴老师真可能是菩萨转世。她一生的八十多年，是微笑慈爱的八十多年。而我们这些学生，却有幸把那脱俗的笑容分享了四十年，怎一个"缘"字了得！

吴老师慈爱温和，并不代表其性格软弱。恰恰相反，吴老师自有其倔强刚毅的一面。薛烨同学是通过分析吴老师写字的笔画而体会到她性格的："吴老师的英文板书和批改作业时的字体，是我注意了很久的事，还有所模仿。记得王振亚说过，字如其人。吴老师写的字母都是圆圆的，但是字母 g 和 y 在她的书写中总是有很长的一道，在圆圆的字列中特别醒目，长而直，一笔拉下，感觉力度很大。这一特点与吴老师平和、温雅、充满爱心的形象略有差别。这种刚劲的笔画，今天看来，其实是像吴老师其人呢——坚强、执着、不惧困难。那竖直的笔画，是内在的坚毅。上学时候我模仿过吴老师的 g 和 y。如今，有时候自己写这两个字母时，总不由想起吴老师性格鲜明的笔画。"

我完全同意薛烨同学对吴老师性格的分析，不过我是通过长期观察吴老师的所作所为而得出这个结论的。早在1949年以前，"茶圣"吴觉农先生就同情地下党、支持地下党。受他的思想感情影响，吴老师积极申请入了党。从1962年到1992年退休，她由团支部书记、普通党员到党小组组长、支部书记，干了整整三十年，而这三十年里却充满了一个接一个的运动。在历次运动中，吴老师从来没有改变过她善良的本性，从来没有借运动整过人，相反还保护了大批同事。虽然这样做使她受到"斗争性不强"的批评，但她的仁心早已广结善缘，因此也不曾有人动过整肃她的脑筋。尤其有意思的是，一旦碰上保护同事或学生的事，吴老师的刚强一面就会冒出水面。我们的另一位恩师在50年代末期曾遭人诬陷为"反对三面红旗"。这在当时是天大的帽子，弄不好的话后果难料。没想到平常温和良善的吴老师此刻态度异常坚决，以一级组织的身份，响当当的一句"我怎么没有感觉到他反三面红旗"，就把对方顶了回去。还是这位恩师，"文革"时又遭人张冠李戴，被怀疑解放前曾当过伪警察。吴老师这次回答得更干脆："你们这些人难道不会算术？你们也不查查他哪年出生的？你们谁见过十五岁的伪警察？"我听到这两段故事的时候不由得心里暗自忖度：谁说吴老师斗争性不强？要看跟谁斗了！定居西雅图的马兰同学说得精辟："吴老师善人善待。"我很怀疑"人不可貌相"这句俗话是否合理，因为单从外貌着眼，也能看出吴老师的善良与坚强。英国的阿克顿勋爵说权力是腐蚀剂，我觉得权力更是辨别善恶的试金石。吴老师是百炼而成的真金，她的微笑，是内心善意的自然流露，是24K的防伪标识。

  吴老师有神一样的微笑，并不意味着她真的是全知全能的神。吴老师也是血肉之躯的凡人，她尽可能地保护同事、爱护学生，也有力所不能及的时候。王振亚同学毕业后留校教书,上级培养他做在职研究生,这是保证他正常收入的前提下提高他业务水平的天大好事。但随着这好事而来的是他一面要教书,一面又要读书,再加上他女儿刚刚两三岁,家庭负担也很重,难免起早贪黑超负荷运转。本来不胖的王兄,更见消瘦。吴老师看在眼里疼在心上,虽是一级领导,却完全帮不上忙。怎么办?emotional support(情感支持)!她乘331路公交车,到新街口换11路无轨,到动物园再换15路公交,曲折迂回,一个多钟头的路程,到王振亚家中慰问。虽然不过说了些"注意身体、劳逸结合、安排好生活"等提醒的话,但她老远来一趟这件事本身可以看作一种肢体语言,意思是"虽然无法解决物质性的问题,我在精神上和你站在一起,共同克服困难"。

吴老师那种遇事先替别人考虑的精神,给学生们留下深刻印象。2014年,胡小梅同学从温哥华回京,大家聚会,吴老师也出席。晚餐后小梅略感不适,要提前回家,吴老师提出和她一起走。小梅要把老师先送回去,老师坚持到公交站下车,说:"你既然身体不舒服,就赶紧回家休息。你们年龄也都不小了,要好好注意身体。"小梅只好听命。没想到回到家中背痛更剧烈,赶紧服药,才避免了可能更严重的问题。小梅说:"如果那天晚上我真的送她回家,很可能自己就回不来了。"这两个人一个坚持要送,一个坚决不让送,其实是一回事,都是把方便留给对方。这种精神,吴老师已经"传染"给我们班所有的同学。

有两件事，十分对称，最能看出吴老师春风化雨、润物无声的道德感召力。她嘱咐杨力不开追悼会、不搞告别仪式，目的就是不要麻烦别人，特别是不能麻烦她那群心爱的学生。先生逝世后，林雪娟同学（雅号林妹妹）从遥远的曼哈顿微信大家，建议"我们买一个漂亮的、大大的花圈，献给吴老师"。随即她又否定了自己的建议："不过这样也不好，会给家属添麻烦的。咱们还是在心中感念她老人家，在行动上报答她老人家罢。"我读中国传统的章回小说比较多，脑子里有一些固定模式。一看林妹妹的留言，心里马上形成一个章回的题目：吴妈妈不开告别会，林妹妹撤回大花圈。这两个人、两件事和胡小梅同学的例子一样，是同一种思想的翻版，就是凡事先替别人着想，尽量不给人家造成麻烦。孔夫子说："德不孤，必有邻。"又说："草上之风，必偃。"道德的感召力，并非完全无形的。如果有谁想知道某位教师的真正造诣，那么他应该仔细观察该教师的学生们的言谈举止，观察他们如何待人接物，因为普天下所有林妹妹的身上，都会有普天下所有吴妈妈的影子。

孟浩然说："人事有代谢，往来成古今。"我们神一样的老师，也按自然规律渐渐老去，但她似乎能永葆那超凡的美丽与脱俗的笑容。2015年夏，大家在顺义钟利平同学的小庄园里聚会，我又一次看到了吴老师。她比以前瘦多了，体力也弱了。午饭后钟同学送她到净室午休，醒来后老师无论如何用力，却总也打不开门，于是拍门叫喊。我的同桌傅红，心细耳灵，听到了，便开门把老师接了出来。她发现其实门并未上锁，只是吴老师连拧门把的力气都没有了。她在这种情况下还老远地跑来和我们聚会，可见爱我们之深。许辉同学开车送老师回家，忽然发现自己的包忘在聚会的小庄园了。吴老师在体力消耗很多的情况下，还提出陪他回去取包，许辉怎么能忍心！但从此他再也忘不了吴老师这种利他精神。2016年，医生发现老师患了胃癌。我和同学们一起去看她，见老师已经瘦得脱了形，但她仍然乐观，仍然关心我们的生活点滴。回到家中，我无法入睡。忽然脑子里自动地冒出一句一句的话，眼睛里冒出一串一串的泪，慢慢地眼泪把话语也连成了串。我连忙坐起来记录在纸上：

拥抱您，我的老师

老师，
我好想把您
搂在我的怀中
不敢太紧
更不忍放松

您的白发

又脱了几绺

您的皱纹

又深了几层

您的体重

又轻了几磅

您体内的肿瘤

又增加了几丝阴险的直径

我怕触痛

您饱经磨难的神经

所以不敢

把您搂得太紧

我想把自己的生命力

传导进您的体中

所以不能

把您丝毫放松

老师呀，老师

您用心血

浇灌了我们的精神

为什么不肯

让我们的活力

反哺进您的体能

您从文化的沙漠中

把我们拉进校园

您用知识的点滴

滋养我们饥渴的心灵

您用无疆的大爱

调理我们良心的失衡

您用最简单的善良

嘲弄了老谋深算的恶行

您教我们做事

要埋着头 —— 兢兢业业

您教我们做人

要抬着头 —— 堂堂正正

如今，我不敢把您搂得太紧

如今，我怎能把您丝毫放松

白驹过隙，逝者如斯，那是搂不住的。我们回顾老师的一生，仿佛在细细地品尝幽谷采来的仙茗，入口甘甜，回味无穷。我们会更加努力，把老师从心中流淌出来的微笑与世人分享；我们期待在地铁上、飞机里、学校中、工地间看到越来越多的人，情不自禁地让心中的善意流淌到脸上，绽开幽谷仙茗式的微笑。那时，我们就知道，吴老师已在众人的微笑中获得永生。

附 录

元白先生论元、白

元白先生是雍正皇帝的第九世孙，所以您的名字里面很多字并非您的父母或祖父母能决定的，而是由皇族族谱中预定了的，从雍正皇帝（讳胤禛）开始，往后依次是弘、永、绵、奕、载、溥、毓、恒、启。所以您的直系家长能决定的只有一个"功"字。您有一方闲章，曰"功在禹下"。这是用典，最简单的，是大禹的儿子，名字叫"启"，与先生之名一字相同。较深之典出于韩愈《与孟尚书书》里面称赞儒家"亚圣"孟子的话："故愈尝推尊孟氏，以为功不在禹下者为此也。"大禹治水，是史上为百姓福利建功最大的明君。韩愈夸奖孟子，认为他拨乱反正，批判杨、墨之学，恢复儒家正统，其功劳不在大禹治水之下。先生的祖父临终时嘱咐过您，不能再提自己姓爱新觉罗，甚至不能用那个姓氏的汉译"金"字，其目的是敦促先生从小立志，要自食其力，靠自己学习、工作所能达成的功业而立身处世。"功在禹下"，一语双关："功"既指功劳，也指先生自己的名字。其隐含之意是用看似谦虚的口吻，来鼓励自己发挥最大的能力，为社会做出尽量多的贡献，虽然是在禹的功劳之下，却完全靠自己努力得来。再说，谁的功劳真的能够超过治水利民的大禹呢？

　　元白先生的情况有点儿特殊——您的长辈不允许您使用皇族之姓——所以您自称"姓启名功"。我小时候管您叫"启大爷"，您一点儿也不在意，反而很高兴。有的人知道您的名字却不知道您的姓氏，又听我称您"qǐ 大爷"，听得不准，又过于相信《百家姓》，故此误以为先生姓"齐"，回到外地再给先生写信，写的是"小乘巷86号齐启功先生收"，先生拿着那个信封，开怀大笑。后来我听先父称先生为"元白"，才了解到名和字的区别。从那时起学会名与字的不同使用语境，后来养成习惯，现在也难改。我还看到先生另一方闲章"长庆"，想起了明代松江马元调编纂的《元白长庆集》（元稹、白居易诗歌合集），就抖机灵，认为先生特别欣赏二人的诗艺和友谊，故此以他们的姓为自己的表字。没想到先生听说了我的小见识以后，说："你自作聪明，懂个什么？"并原原本本告诉我您原来根据自己居所的地理位置给自己取了一个"号"——苑北居士，后来觉得好玩，又根据"苑北"的谐音给自己取了一个字——元白。但是，您又说我的小聪明也并非完全不沾边儿，因为您确实也很欣赏元、白二人的诗歌艺术和真挚友谊。

　　您曾写过一首绝句，评论元稹、白居易的不同诗歌风格："路歧元相岂堪侔？妙义纷纶此际求。境愈高时言愈浅，一吟一上一层楼。"（《论诗绝句二十五首·白乐天》）

　　先生在这首诗旁边加的边注是"白居易"（772—846），而开篇第一句讲的却是元稹（779—831）。元稹字微之，是北魏昭成帝拓跋什翼犍的后裔，可以算是汉化了的鲜卑人，比白居易小七岁。元和元年（806）四月，宪宗策试制举人，元、白二人同应"才识兼茂，明于体用科"，并"策入第四等"（《旧唐书》卷一百六十六《元稹传》），同科登第，由此成为终生好友。点校《元稹集》的冀勤女史认为，他们是"诗歌唱和的好友，也是新乐府运动的倡导者和参加者。他们的诗歌风格相近，世人称元白"（冀勤《元稹集·点校说明》）。元稹有《元氏长庆集》，白居易有《白氏长庆集》；到了明万历三十二年（1604），松江（今上海一带）马元调把二者合刻，于是有了《元白长庆集》。先生闲章上的"长庆"二字，可见先生本有羡慕二人友谊笃厚的意思。先生常常自称"胡人"，您喜欢元、白二位也是因为欣赏他们身为"胡人"而成为中华文化的杰出代表。自古惺惺相惜，先生是力主各民族文化大融合的。先生为冀勤女史点校的《元稹集》题写了书签。不过对于冀女史的元、白"诗歌风格相近"这个普遍为人们所接受的说法，元白先生似乎不以为然，于是起首便问："岂相侔？"侔者，齐也。

元稹被贬谪后写了许多诗，整理成集，送给地位较高的人，"希望当权者'知小生于章句中乐栌橝桷之材，尽曾量度'……"（《元稹集·点校说明》）他的这种做法相当成功，长庆二年，元稹得以"拜中书门下平章事"，做了宰相。所以先生在第一句里面称他为"元相"。"路歧元相"，可以理解成白居易走上了和元稹不同的诗歌创作道路，也可以理解成在诗歌创作方面，甚至仕途人生方面，"元相"走上了歧路。很明显，启功先生认为二人的诗风不是一个路子。那么他们的路子有什么不同呢？人们已经有了很多不同的理解（"妙义纷纶"），先生似乎觉得都没说到点子上。在您看来，能够深入浅出的艺术家、诗人才算真高手。相比较而言，白居易言浅而意深，诗境高远，格调、成就都高于元稹。末句模棱，可以解作白居易的诗艺比元稹的更上了一层楼，也可以解作先生学习白诗，每细读一遍就会有明显的进步。至此，读者应该已经熟悉了先生的修辞特点，就是喜欢利用歧义，用一句话表达两个甚至更多不同的意思。这一点我在后面还会提到，因为先生反复使用这个手法。此处先生连用三个"一"字，是有意延伸白诗名句"一岁一枯荣"的句法，本地风光，象征性地推崇极简的修辞方法。

　　白居易的身世也很有意思。先是陈寅恪先生推测白氏与西域的"白"或"帛"有关，其弟子姚薇元先生在《北朝胡姓考》进一步详细考证："白敏中既自称'十姓胡'，其原出龟兹无疑。唐诗人白居易，即白敏中之从祖兄。"元白先生知道这种说法，持半信半疑的态度。您对我说过："我倒是真希望他也是'胡人'，这样我就多了一个伴儿。"先生之所以这样说，是因为您自己在多种场合下，多次自称胡人。元、白之外，先生喜欢的"胡人"里面还有元代的泗贤，字易之，一个精通汉文诗歌、书法的色目人。元白先生写过一首论书绝句称赞他：

> 细楷清妍弱自持，五言绝调晚唐诗。
>
> 平生每踏燕郊路，最忆金台迺易之。

诗后有先生的自注："其城南咏古一卷，皆五言律诗，格高韵响，宛然唐音……余既爱诵其诗，好临其字，尤重其为色目人之深通中原文化者。其墨迹风采，每萦于梦寐中。"这首诗虽然收在《论书绝句》里头，但是其评论诗歌的部分不比评论书法的少，而且先生对迺贤的评价，是诗艺略高于书艺。把他放在这里和元、白比玩，更饶趣味。

美国大学里，一个新来的教授工作满七年，且在教学、研究、行政服务三方面都可圈可点者，可以获得终身教授之身份。我在一个州立大学工作至第四年年末得到这个职称，算是破格提拔了。先生听说后十分高兴，对我说："在美国人眼里，你也是'胡人'。能得到美国文学终身教授职称，也算深通美国文化了。"先生的鼓励并未使我糊涂，受先生熏陶多年，我知道深浅高低，赶紧对先生答曰："粗通，粗通。"先生听罢笑得直咳嗽，这熟悉的笑声提示我，自己四十多岁时又通过了先生一次考试。我不禁深思：元、白、迺、启这些先辈，都是多元文化孕育出来的精英啊！唐代的中国和现代的美国有什么相似之处呢？我祈祷世界和平地发展下去，人口广泛流动，几个世纪以后，也许人人都成为胡人，也就没有胡人这一说了。

话又说回来了，先生认为白诗言浅境高，胜于元诗。元稹自己也认为白居易"雅能诗，就中爱驱驾文字，穷极声韵……小生自审不能过之。"（《旧唐书》卷一百六十六《元稹传》）他们这样说有什么根据呢？论诗绝句只有二十八字，当然容不下先生展开来谈。从总体诗风的角度看，先生又觉得白诗朴质自然，和元稹理解的"爱驱驾文字"相径庭。先生的美学思想，以顺应自然、尊重自然为原则。比如我在《启大爷》一文中提到的先生认为画梅花应该尊重南方雨水重、梅罩水的本性。还有先生在艺术追求上对自己有"亦知狗马常难似，不和青红画鬼神"（启功《论书绝句》其九十八）的严格要求。记得一次先生作书我按纸，见您挥洒自如，我不禁赞叹："笔、墨、纸这三样儿东西怎么都那么听您的呀？"先生目不斜视，说："没长进！是我听它们的。""没长进"三个字是批评我的见识依然浅陋；"我听它们的"五个字说明先生的美学情趣：一切自然顺遂，绝不勉强行事。这次测试，也是我不惑之年进行的。当不惑时仍然有惑，考试不及格。作诗和写字原理相通，先生反对"驱驾文字"，主张顺着字义文理运行，让它们发挥出自身的最大潜力。根据我对先生的理解，我们不妨从元、白集里各选一首相关的诗来分析一下。管窥锥指，细审二者风格异同之一斑。

元和十年（815），元稹有幸从谪居多年的江陵奉召回长安。路过蓝桥驿站，正赶上一场春雪，他满怀希望在墙上题了一首诗《留呈梦得子厚致用》：

泉溜才通疑夜磬，烧烟余暖有春泥。
千层玉帐铺松盖，五出银区印虎蹄。
暗落金乌山渐黑，深埋粉堠路浑迷。
心知魏阙无多地，十二琼楼百里西。

先简要解释一下此诗：春来冰化，泉溜初通，冲的碎冰叮叮咚咚，在静夜中其声如磬。"烧烟"应该是指烧畲之烟，把冻土融为春泥。古代农人开垦荒地，主要靠火烧，称为"烧畲"。因为春雪下得挺大，一层层松枝像是撑开了白玉的帐子。"五出"是五瓣的意思，指虎掌之分趾，印在白茫茫的区域上。"金乌"指太阳，此刻慢慢落山了，天也渐暗。"堠"可以是土堡垒，也可以指标志里程的黄土堆，此处指后者。魏阙指朝廷的宫殿，即都城长安。离此地不远了，只需再西行百里就可以望见那里的亭台楼阁。这首诗典雅深奥，既表达了诗人被召回首都的高兴心情：泉溜初通，毕竟还是通了。春寒料峭，但毕竟还有烧烟之余暖。同时也委婉曲折地透露了诗人心中隐隐的担忧：太阳落山，天色渐暗，行人因路标被雪埋没而可能迷路。但是，前程毕竟是充满希望的，从江陵千里迢迢来到此地，只剩下百里之遥就可以到达长安——马上就可以施展自己的抱负了。此诗用"泉溜""烧烟""玉帐""银区""金乌""粉堠""魏阙""琼楼"等隐秘意象来象征矛盾而复杂的心情，应该说是很成功的。元氏炼字造象颇见功夫：泉声夜磬、烟暖春泥、五出虎印、粉堠路迷，新颖巧妙，特别是把白雪覆盖的黄土堆路标浓缩成"粉堠"这样凝练而又鲜明的意象，显示出诗人"驱驾文字"的技巧，读者由此可见他的风格是繁复绣缛。白居易评论元稹的诗艺时也说"清楚音谐律，精微思入玄。收将白雪丽，夺尽碧云妍"，又说"声声丽曲敲寒玉，句句妍辞缀色丝"。他用"白雪丽""碧云妍""声声丽""句句妍"这样的意象反复强调元稹诗的特色 —— 妍丽。当时元稹在墙上的题诗应该不止这一首，因为七八个月后白居易经过那里，看到墙上有元稹的诗，其中有一句"江陵归时逢春雪"。这句以及所在原诗《全唐诗》元稹名下都没收，只是白居易在《蓝桥驿见元九诗》的诗题下注了一句"诗中云'江陵归时逢春雪'"。据此，冀勤女史点校《元稹集》的时候把它作为残句收在《外集续补》里面。

没承想，几个月后，元稹的希望破灭了，担忧成了现实：正月到长安，三月就被贬谪到更远的通州（今四川达州）。再看他的好朋友白居易，元和六年（811）丁母忧退居下邽，九年返回长安，除太子左赞善大夫，掌传令、讽谏、赞礼仪等职。仅过了一年好日子，到元和十年七月，宰相武元衡遇刺，白居易上书主张急捕盗以雪国耻，为当职宰相所恶，于八月贬谪江州司马。沿着元稹走过的路，走到蓝桥驿，按照自己的习惯，一寸寸仔细查看柱身、墙上的文字，发现了好朋友元稹上述的那首七律。心情激动而复杂，写下著名的《蓝桥驿见元九诗》：

蓝桥春雪君归日，秦岭秋风我去时。

每到驿亭先下马，循墙绕柱觅君诗。

和元稹的那一首比较，最明显的区别是此为绝句，彼乃七律；一眼可见的共同特点是两首诗里面都没有"举杯消愁愁更愁"和"风飘万点正愁人"那样直接的抒情，而是把愁绪用意象的搭配表达出来。元稹的意象组合精巧而繁富，白居易的则自然而简洁：利用地理节气的自然特点和下马寻诗的自身行动表达心情，乍看似简单无过人之处。仔细玩味，则发现其意味隽永。

绝句又称"截句"。白居易曾把其中的"律绝"称为"小律诗"。二者都有把七律截断，取其一半的意思。比如上面这一首明显是律绝，因为我们可以把它看作七律的后半截，即把起首的两句看作一首七律的颈联——第五、六两句。"蓝桥春雪"对"秦岭秋风"，"君归日"对"我去时"，是极为严谨的律对，但一眼看上去却是毫不着力的本地风光，自然流畅。说它语言浅近大概无人异议，但这两句的意境却十分高远。谚云"瑞雪兆丰年"，"蓝桥春雪"本身就带有春天的希望与遐想，而对于远道归来的逐臣来说，它是多么鲜明美好的意象啊！"秦岭秋风"本来就是肃杀凄冷的意象，对于远放卑湿之地的江州司马来说，"我去时"三字的言外之意（connotation）又有多么丰富的内涵呐！特别值得注意的是白氏在此只字不提几个月前，元稹也是从这条路上被再次放逐，"我去时"也涵盖了未曾明言的"君去时"，两位挚友双重被逐的冤屈与愁苦尽在不言之中。另外白居易也不说自己多么想念蒙冤远放的友人，更不说自己多么急迫地想知道友人逆境中的心态，而是用了看似习以为常的两个动作，下马和寻诗，来表达深远的寓意。中国古代的宦游之士，花朝月夜，长亭短亭，壁上题诗抒发情感是一件大家都常做的事，而观赏墙上前面行人留下来的诗也是熟门熟路。但是白诗此处用了"循墙绕柱"和"君"这几个字，使得本来一件熟悉的事情变得陌生：他不是随意欣赏，而是目的明确地寻找元稹的诗，把每个犄角旮旯都找到。为什么如此刻意寻找元稹的诗呢？ 当然出于关心。为什么如此之关心？ 是否和他的贬谪有关？ 是怕朋友因此而颓丧吗？ 这一连串的问题，都在不言之中，有读者自己在想象中补足。所以，白居易在9世纪的诗歌实践一定契合了某种具永恒意义的普遍规律，乃至一千多年后俄国形式主义文学评论家的理论可以恰当地解释他成功的路径：典型环境下的典型人物以特殊的、非典型的行为和出乎预料的细节把景物与人物"陌生化"[①]，治大国如烹小鲜，表达了对友人近况的极度关怀。元白先生的评论"境愈高时言愈浅"，其实是一件很难做到的事，而这首诗举重若轻，几近完美地达到了这种境界。

---

① 这个概念是俄国形式主义文学理论家什克罗夫斯基（Victor Shklovsky）提出的。详见 David H.Richter,*The Critical Tradition*,Third Edition.Boston and New York,Bedford/St.Martin's,2007.Victor Shklovsky "Art as Technique",p.778.

论诗兼论人
——从"明代苦吟"到"分香卖履"

论诗绝句是我国传统诗论的一种特殊形式，短小精悍、观点分明、不求全面，只求言之有物、有特色。郭绍虞、钱仲联、王遽常等先辈曾搜集了近万首论诗绝句，并把它们分为四大类，其中又含五个子类。然而他们的分类里面没有包括一个有趣现象，即这些绝句里有一部分讨论诗歌本身的很少，倒是专门论述诗人，甚至诗外之人的人格和特质。例如唐朝末年的张蠙写过一首《伤贾岛》，被郭、钱、王三位收入了他们合编的《万首论诗绝句》：

生为明代苦吟身，死作长江一逐臣。
可是当时少知己，不知知己是何人？

这里面除了"苦吟"二字与诗歌勉强沾边（其实主要谈苦吟的诗人而非苦吟出来的诗句），其他三句半都是谈的贾岛的人生和性格：生在昌明的时代，他却因性格孤僻，朋友不多；命运多舛，得罪了皇帝而被贬谪为长江（今四川大英县）主簿。最后两句发人深省：一个人知心朋友少，是不是因为他不知友谊为何物呢？也就是婉转地批评他根本不懂得知心朋友是怎么回事。这就是情商低的人，"当时少知己"也就不足为奇了。所以张蠙为贾岛感到悲哀伤痛，写了《伤贾岛》。

金代的元好问写了三十首论诗绝句，其二谈到三国时期的曹植、刘桢和晋代的刘琨：

> 曹刘坐啸虎生风，四海无人角两雄。
> 可惜并州刘越石，不教横槊建安中。

诗中曹刘是指汉魏间著名诗人曹植、刘桢。曹植八斗之才，天下皆知。而刘桢的文采，于东汉建安年间得到曹操的赏识，提拔为"丞相掾属"，得以和曹丕、曹植兄弟接近，以诗文互相往来。"四海无人"有微贬的意思，意思是当时的文坛不太繁荣，只有曹植、刘桢二人才华出众。接着后面两句又带上了元好问抱怨命运不公的意思：如果老天有眼，使晋代的刘琨（字越石）生在汉魏之际，他的人格与风格也一定会是与曹植、刘桢一样，就是在马背上行军，也能作出无愧于建安风骨的好诗。这固然有肯定刘琨诗歌风格的方面，他的《扶风歌》很有曹氏父子横槊赋诗的气概："左手弯繁弱（古代良弓），右手挥龙渊（古代名剑）……据鞍长叹息，泪下如流泉。"（沈德潜《古诗源》）永嘉乱后，他坚守晋阳，抵御前赵、后赵的围攻；面对强敌，他登城长啸、夜半吹笳，退却了前赵匈奴的围攻。从这些典故来看，元好问或许是说刘琨比刘桢更适合跟曹植做朋友，可惜晚生了百来年。这是评判人物品格的高低、命运的穷通，只是间接地评论了他的诗才。从思路上看，此诗很像宋代刘克庄《沁园春》里所写的历史遗憾："使李将军（李广）遇高皇帝（刘邦），万户侯何足道哉！"两位诗人的关注力，都集中在当事人的身上。

元白先生也写过二十五首论诗绝句，里面流露出的人文情怀似乎比古人更为浓重。因此对先生的绝句，要多费一些篇幅来细致地讨论。其第五首恰巧也是评论建安时期的一位诗人：

鼎分一足亦堂堂，骥老心雄未是殇。
横槊任凭留壮语，善言究竟在分香。

这一首主要是先生对曹操人格的理解，只有二、三两句于曹氏的诗歌稍有触及。第一句评论的是曹操的政治建树，第四句赞扬其人性中温厚的一面。曹孟德"挟天子以令诸侯"，以汉献帝的名义征讨四方，平定了袁术、袁绍、吕布、刘表、马超、韩遂等内乱割据势力，对外遏止了匈奴、乌桓、鲜卑等外敌侵扰，统一了北方。放眼全国，虽然还是三分天下，毕竟形成了相对平稳的政治局面，普通平民百姓又得以繁衍生息了。先生的意思，这是堂堂的功业，不因小说里的故事和戏台上的白鼻头儿而减少光芒。所以，此句称赞曹操的政治人格。

第二句需要讲的事情多一些。据《三国志》所载，曹操是汉初名相曹参之后，生于东汉恒帝永寿元年（155），卒于汉献帝延康元年（220）。"殇"字的意思是夭折、战死、未成年而死。元白先生认为曹操活了六十五六岁，在那个时代，算是比较长寿的，所以说他"未是殇"。"骥老"指代《龟虽寿》全诗，先生夸赞曹操老年仍有壮志，直至寿终正寝。

我第一次接触曹操的诗，是通过余冠英先生选注的《汉魏六朝诗选》。"文革"时期我家被抄过，拿走了不少书。后来父亲和师大其他"有问题"的教授们一起，被关在校园西南角上的公共浴室，工资停发，不过我每月可以领取十五元五角的生活费——至今我也不明白为什么不是十五元或十六元，这个带零头的数字是谁人定下的规矩呢？。有时是我到会计那里取，有时是由住在西斋西楼（简称西西楼）里的一位叫赵文跃的中文系学生转交给我。一次我去取钱，宿舍里只有他一个人，正在看《汉魏六朝诗选》。我来了，他也不避讳，大大咧咧地把书放在桌上，转身摸索上铺的一个箱子，开锁拿钱。那时这本书很有可能被划在"毒草"之列，所以我觉得机会难得，抓过来先读几行再说。他拿了钱，转回身来，见我读书，一边把钱交给我，一边看看窗外面，然后小声对我说："爱看就揣走，本来也是你们家的书。"我简直不敢相信自己的耳朵，赶紧把书塞在棉袄下面,接过钱,结结巴巴地,连声谢谢都没说利索就转身跑到屋外。英国诗人柯勒律治有一首描写帆船因无风停滞在大洋之中的诗,里面说:"抬头四望尽汪洋,岂有涓滴润枯肠!"北师大本是传播知识的地方,其藏书犹如浩瀚的海洋。但在那个特殊的时期,有书也拿不到我的手中,使我觉得因欲读不能而干渴欲绝。赵先生递给我的那本书,恰似一瓢清水;而赵先生的善举,不啻沙漠甘泉,正好滋润、慰藉我的心灵。不知现在他在哪里生活,于此遥祝他健康长寿,阖家平安吉祥。

我回家展读《汉魏六朝诗选》,最喜欢里面左思的"郁郁涧底松,离离山上苗"、鲍照的"泻水置平地,各自东西南北流"和曹操的"星汉灿烂,若出其里",却又说不出为什么喜欢那几句。唯有《龟虽寿》全诗,除了"螣蛇"二字靠猜之外(年少懒怠读注脚),其余似乎都很明白。印象之深,三十年苦读英美文学也未能磨灭记忆,依然可以默写下来。

可惜的是,我现在所用的本子,是人民文学出版社1978年的第二版;赵先生退还给我的那本1958年第一版的,不知怎么再也找不到,似乎被时间长河卷走,随着那黑暗的十年消失了。

《汉魏六朝诗选》里面的《龟虽寿》,其第五句是"老骥伏枥",元白先生的第二句是"骥老心雄"。这不是先生一时笔误,也不是为音韵而调换词序,因为这两个字怎么安排都是仄仄。这很可能是一种偏好,您在练习书法的时候,喜欢把这句写成"骥老伏枥"。我问他为什么倒过来写,他说罗振玉有一个唐人抄本,好像是出自敦煌,上面写的就是"骥老伏枥"。为了写好此文,我近来在年轻朋友们的帮助下仔细查阅了一下,发现最早的"骥老"写法出自南朝梁沈约所撰的《宋书》(卷二十一《乐三》),另外唐房玄龄的《晋书》(卷二十三《乐下》)里面的《碣石篇》和《淮南王篇》,《曹操集》(《步出夏门行》),宋代郭茂倩编的《乐府诗集》等书里都作"骥老"。这些文本都比较早,更接近曹操的时代,因而接近原著的概率大一些。后来人们普遍更倾向于"老骥"可能是出于修辞技巧的原因。记得我当时就问过先生:"您的写法和下一句的'烈士'不对仗呀?"他的回答是"颠倒一下别有韵味"。我当时的话充其量只能算是童稚之言,没想到暗合了十年之后哈尔滨广播电视大学的田忠侠先生系统而简单的判断:"以对偶习惯考之 …… 倘作'骥老',则'老'已由形容词转为动词,只可与'士烈'对举,而'士烈'不辞,只能做'烈士',其对举之词亦只可做'老骥',至于《宋书·乐志》卷三与《乐府诗集》卷三十七皆误,应予校正 ……"(田忠侠《骥老乎? 老骥乎?》,载《学习与探索》1984年第4期)这位田先生用一个懵懂少年所能想到的修辞常识,一笔抹杀了四五部古书的记载和《辞源》里面有关的词条,或许有些武断吧? 日本僧人遍照金刚(774—835)在《文镜秘府论》里面总结了中国诗歌中近三十种对仗的方法,其中第二十三种是"偏对",第二十五种是"假对",第二十六种是"切侧对",都是不完全、有参差变化的对应。

当初的懵懂少年如今随着阅历的增加，改变了原来的想法。人们在文学作品里面使用对偶，也是普遍规律：唐诗七律的颔联、颈联要对仗工整，但在汉魏三国时期尚未形成铁定规律；而英国诗歌传统中的英雄双行体（heroic couplet）也是相对应的抑扬格五韵步（iambic pentameter）每联押韵（rhymed couplet）。这种对仗的美感，是远古时期人们观察动物而逐渐产生并确定的，因为动物的双耳、双眼、双肩、四足都是对称、均匀的。后来对称也成了诗歌追求形式美的重要修辞手段，但它绝不是唯一手段。因为古人通过对植物的观察，也体验到了不对称的、参差的美感，并把参差美也用到诗歌里面。从楚辞到宋代流行的长短句都是参差美在文学作品里的体现，更不用说《诗经》里面的"参差荇菜，左右×之"，既反复强调，又错落参差。而英美诗歌里面的所谓"自由体"诗（free verse）也是长短错落，讲究参差自然。就连当年写对称英雄双行体最拿手的英国诗人蒲伯，也为中国园林自然散置的非对称美而倾倒，亲自动手"依中国植树的方法布置花园"（周珏良《数百年来的中英文化交流》）。"骥老"虽然不能和下句的"烈士"完美对应，但也有其独到的修辞效果。所谓"老骥"的"老"字，是定语，此"骥"一出场就被限定为"老"，"伏枥"是趴在马棚里的意思。整句的意象是一匹棚下卧槽老马。而"骥"的本意是骏马良驹。假设"骥老"的老字真如田先生说的那样从形容词变成了动词，那么整句的意象是本来一匹骏马因衰老而卧在棚下槽前动弹不得。这个意象有由盛变衰的过程,更生动,修辞效果强于对仗工整的"老骥"。况且,趴在马棚里不能动弹,与志在一日驰骋千里,确实不对称、不协调。用不对称的句法表现,比呆板的对偶要更加适合这个特殊场景。这就是元白先生所说的"别有韵味"。所以,到底应该是"骥老"还是"老骥"?此事可能还是以存疑为妥。中华书局2013年再版《曹操集·步出夏门行》里面依然是"骥老伏枥"。由此可见,学术问题不能总像陆法言那样于"烛下握笔"以一己之见强求"我辈数人,定则定矣"(陆法言《切韵序》)。凡遇到此类难求一律的问题,存疑以代将来可能出现的新材料,是认真负责的态度。尤其是修辞效果问题,换一种说法也许就是另一种境界,很难说甲就一定强过乙。严羽的《沧浪诗话》,劈头一句"夫学诗以识为主,入门须正,立志要高"。治学态度越科学,思想也就越开放,愿意随时接受新的质疑和新的解释,这才是识正志高的态度。

  第三句的"横槊""壮语"无疑是指曹操《短歌行》里面"慨当以慷"、《龟虽寿》里面"壮心不已"这类有名的诗句。《三国演义》里面有"横槊谓诸将曰:'我持此槊,破黄巾、擒吕布、灭袁术、收袁绍……'"这些话听着生动而热闹,但系小说虚构,不足为训。罗贯中文思的来源应该是唐代元稹对曹氏父子文学建树比较中肯的评论:"建安之后,天下文士遭罹兵战,曹氏父子鞍马间为文,往往横槊赋诗。故其抑扬怨哀悲离之作,尤极于古。"(元稹《唐故工部员外郎杜君墓系铭》)当然,现代读者中古典文学修养稍微好一些的人,还会联想到苏轼的《赤壁赋》："酾酒临江，横槊赋诗，固一世之雄也。"对于曹氏这些丰功伟绩和豪言壮语，元白先生承认历代的评价，但内心并不十分欣赏。您看重的是曹操有人情味儿的一面，即第四句里面提到的分香卖履。曹操临终时安排自己的后事，称"余香可分与诸夫人，不命祭。诸舍中无所为，可学作组履卖也"（《遗令》）。作为"一世之雄"，曹操临终为其妻妾安排身后营生，可谓通情达理，甚至细致入微。

俗话说"不怕不识货，就怕货比货"。元白先生还有一百首《论书绝句》，说是评论历代书法大家，但也有对于人格的褒贬。其第八十首里面写到了元末起义将领张士诚之女婿潘元绍的劣迹："潘元绍为张士诚婿，士诚势蹙，元绍出兵败绩，归家逼其七妾同死。焚其尸而共瘗一冢，作此志铭。"诗云：

七姬志里血模糊，片石应充抵雀珠。
孤本流传余罪证，徒留遗恨仲温书。

本来应该是讨论书法的绝句，结果不谈论宋克（字仲温）所书墓志铭的字体，却控诉潘氏的残忍无情、逼七个活生生的年轻妇女为其殉葬的丑恶行径。就连宋克的书法作品都成了"遗恨"和"罪证"，可见先生对封建社会毫无生命权的妇女之同情有多深。先生幼年失怙，靠母亲和姑母抚养成人，后与启大妈结婚，感情甚笃。靠了这三位女性的支持，先生才得以潜心学术与艺术。所以对欺侮妇女者，先生自是深恶痛绝。比如宋代的程朱理学强调妇女必须贞节，丧夫后不得改嫁。先生认为这是"程朱理学及其后代末学对妇女变本加厉的迫害，也是我最反对朱熹之流的原因之一"（《启功口述历史》）。潘元绍的做法，其恶毒与残忍，岂止百倍于程朱理学。而相比之下，先生觉得曹操的分香卖履要人性化多了，值得称道。一个人有了不受限制的权力，可以做坏事而不受惩罚的时候，不做坏事以利己，却自动选择做好事而利他，反映了这个人良心存丧与人格高低。大到曹操的分香卖履，小到赵文跃先生的退还图书，都是在利用手中权力做以人为本、与人为善的好事。此类行为正如沙漠中的泉水，流淌着人性良知的清凉与甘甜。过去有一派文学理论主张"文学即人学"，沿着他们的思路往前走，论诗绝句中含有论诗人人格的成分，也就顺理成章了。人文学科的学术，大概永远也不可能脱离对于人性的思考。也许正因为如此，郭、钱、王等三位老先生，才没有把"论诗人"单独分为一类。

金牌得主李爱锐

北京的街心公园里或小区绿地上，常聚集着一群群晨练的中老年人。假如您问他们，哪一个出生在中国的人，获得了第一块奥运会金牌，十人有十个会说是许海峰。十人中也许有三个甚至会告诉您：1986年7月29日，这位神射手实现了"零的突破"，为国争了光。其他人会附和这个说法，甚至脱口而出，给您背诵当初上海照相机总厂的广告妙语："国手进军奥运会，海鸥飞向洛杉矶！"

然而，大爷大妈们的答案却未必正确，因为没有仔细审题：在中国出生的运动天才，不一定都有机会代表中国国家队参赛。1902年1月16日清晨6点28分，有个男婴在天津马大夫纪念医院（地点在今天津口腔医院）出生，后来取名李爱锐。他很快就长成了一个优秀运动员，到22岁的时候，在1924年巴黎夏季奥运会上破了400米跑的世界纪录赢得冠军，并在200米赛跑中摘取铜牌。如果他参加当时舆论公认他最有竞争力的100米冲刺，肯定还能拿回一块奖牌，而且很可能是金牌，因为那是他最拿手的项目。不巧的是，大会把百米跑安排在星期日，不能更改。而他拒绝在星期日参赛，因为作为虔诚的基督徒,他不肯在安息日参与任何世俗的事功。有一部获得了1981年度最佳影片等四项奥斯卡奖的小制作电影,叫作《烈火战车》(*Chariots of Fire*),叙述的就是李爱锐的故事。电影里说他在横渡英法海峡时才知道100米赛跑是排在周日进行,而他经过思想斗争才决定不参加比赛。历史事实是赛程表几个月之前就发到运动员手中,而且从一开始李爱锐就根本没有过周日参赛的想法。在教练的指导下,他进行了数周的赛前训练,准备参加400米和200米的比赛。在放弃100米赛的同时,他还放弃了4×100米接力赛和4×400米接力赛,因为那些也是安排在同一天的。出生在天津的运动健将李爱锐,英文名字是Eric Henry Liddell,绰号"苏格兰飞人"(the Flying Scotsman)。他出生在华北,和中国结下了不解之缘。

他在天津长到五六岁,父母带着全家回到英国,把他和八岁的哥哥罗伯特·利德尔(Robert Liddell)留在伦敦,进入专收传教士子弟的寄宿学校,地点在伦敦郊外的布莱克·希斯(Black Heath)。然后他们的父亲只身回到天津继续传教。母亲玛丽·利德尔(Mary Liddell)带着他们的妹妹珍妮(Jenny Liddell [Somerville])陪着两个男孩在伦敦,一年多以后,眼看着两个孩子适应了寄宿学校的生活,玛丽才带着珍妮回到丈夫身边。1912年,李爱锐十岁的时候,那个寄宿学校迁到了伦敦城南的茂汀罕区(Mottingham),取了新的校名,这就是后来颇有名气的伊尔萨姆学院（Eltham College）。有了比以前宽敞的校园，孩子们的体育运动机会增加了。两兄弟都很喜欢每周两次的橄榄球赛，几年下来，积极参与橄榄球的结果是李爱锐两次锁骨骨折。而每年一次的赛跑，他们兄弟俩连续几年都是第一和第二。除了体育，李爱锐也喜欢伯力（D.H.Burleigh）先生的化学课。我见过该校保存的一张老照片，李爱锐坐在化学实验台前的高凳上，很认真地观察手中的试管。

1920年，李爱锐回到苏格兰老家，进入爱丁堡大学学习"纯科学"，而他的哥哥Robert则在两年前进入同一所学校学医。入学不久，赶上了一年一度的校运动会，李爱锐一鸣惊人，击败夺冠呼声最高的百米选手，获得了第一名，又以十分接近第一的成绩取得了200米的第二名。1923年，他打破了100米和200米的英国纪录，成为英国的田径新星。他在运动场上的荣誉，使他那虔诚的妹妹珍妮十分担心。"你整天地跑步、跳远、领奖、发奖，"她告诫他说，"你连停下站一会儿的时间都没有，哪里还有时间去认真思考上帝和天国？"李爱锐平常是一个性格比较内向，不太善于表达的人。不过他给妹妹的回答却成为我心中的金句："上帝造就了我，是为了一个目的——那就是中国。但是，上帝还让我跑得很快！"他向妹妹保证，大学毕业后一定会回到天津。但在那之前，他要参加1924年夏季在巴黎举行的奥运会。他这个决定的直接结果，就是奥运会的历史上，迎来了第一个出生于中国的金牌得主：他在奥运会结束后不久就回到天津，在北戴河向心仪的加拿大女子求婚，在天津的合众会堂结婚，在北京西山度过短暂的蜜月，在河北枣强县和他的哥哥罗伯特一起帮助村民在贫困中和侵略者铁蹄下生存，在山东潍坊的日军集中营里和中国人民一起承受苦难，最后在华北某地的黄土之中留下了他的遗骨。他未入中国籍，但我心里愿意把他想象成中国人。

天津新学书院（Tientsin Anglo-Chinese College，地点在今天津第十七中学）自1900年2月接受英国基督教伦敦会用中英庚子赔款的资助，它的前身是1864年（同治三年）创建的养正学堂。其校舍仿照英国牛津大学，是一群青灰色的欧洲古城堡式的建筑。李爱锐大学毕业前后的那几年，新学书院的校长是哈特博士（Dr. Lavington Hart）。那时学校急需化学教师，哈特校长就到各界募捐，筹措李爱锐回天津任教的旅费，紧急聘请他来新学书院任教。李爱锐从爱丁堡大学理学院毕业后又到该校的神学院进修了一年，1925年6月他踏上了归途，在当时人称为"西伯利亚铁路"上"咣当"了十四天以后，终于回到了出生地天津。

我后来了解到自己和李爱锐有些间接的交集，是得惠于许国璋先生。1984年中秋节奥斯卡获奖影片《烈火战车》（Chariots of Fire）就是根据他的生平编排的，他还敦促我去北京外国语大学的电化教室里去仔细看看这部片子。

我真的去电教馆调出了那部电影，仔细看了两遍，对李爱锐其人产生了兴趣。回到家里便兴冲冲地向父亲打听他的事情。没想到父亲脸色一肃，沉吟了半晌才说："你问这个干什么？你从哪里听说这个人的事儿？"我只好如实转述了我那两位教授的对话。父亲长叹了一口气，给我讲了一段使我颇感意外的故事。

"我在新学书院一共读了七年书。你们那位周教授说得不错，第一年预科，专学英语，然后六年，相当于中国的初中三年加上高中三年，除了国文课，都是用英文上课。七年里与那些英国教员在一起厮混，打下了坚实的英文基础。洋先生里头，我喜欢两位，化学教师 Liddell 和英文教师 Cullen，因为他们真是有学问，认真而严谨，让我看到知识、学术本身的魅力。如果你问我在新学书院最喜欢哪位先生，那我只好说前六年是 Liddell，后一年是 Cullen；如果问我，最后一年里对 Liddell 什么态度，我只好实话实说——不喜欢。"

我问您这个大反转是怎么回事。您好像很不耐烦，但踌躇了一下，还是告诉我了。

"你其实有个五叔，也就是说，我有个小弟弟。我上小学二三年级的时候，他五岁，生了重病，躺在床上奄奄一息，拖了好几个礼拜。我那个弟弟不像我。我淘气顽皮，他听话乖巧，十分可爱。我看他病重，弄不明白原因何在。家里的老亲里头有信佛的，告诉我是他前世造了恶业，今生为了消业，就得受苦甚至短命。我不想让弟弟死去，就问他们有什么办法不让他死。他们说《梁皇忏》就是消业的宝卷。我赶紧找来一本，每天早晚跪在弟弟病床前轻声诵读《梁皇宝忏》。里面有许多不认识的字，查字典也弄不明白什么意思。但我还是坚持诵读，一共十卷，很长。我盼着把十卷都诵读完毕，弟弟的病就应该好了。结果读了不到一半儿，他就死了。我气得不行，从此再也不信什么神佛之类的东西。我弟弟那么小，那么听话，他前生能有什么罪？如果他前生是恶人，那神佛为什么不在前世惩罚那个恶人？为什么要等到我弟弟今生投胎做了一个听话的乖孩子的时候惩罚这个乖孩子？这是什么神佛？这么不讲理！"

"我这五叔，"我不解地问，"和 Liddell 有什么关系？"

"当然有关系。Liddell 是虔诚的基督徒，他到中国来主要目的是传教。他除了在我们学校里教化学，还在外面一个教堂里教孩子们'查经'（研读《圣经》）。我在学校里跟他上课，喜欢他的学问。他鼓励同学们去教堂和他一起查经，我可不想去那里。他开始很有耐心，不急于催我皈依基督。一年、两年、三年……我们基本相安无事：他是好老师，我是好学生。互相欣赏是在意料之中的。我虽没有去他的'查经班'，但身在教会学校不可能不接受各种形式的说教。我尤其不能接受的是'原罪'理论，因为这个理论说了半天就是一句话：'因为亚当夏娃违背上帝的意志，偷吃禁果，所以被赶出伊甸园。全人类都因他们而负罪。'用美国早期清教徒的话说就是：'In Adam's fall / We sinned all.'（亚当堕落，我们全都有罪。）我是个中学生，刚一听说这话，马上想起那些老亲们说我弟弟前生造了恶业的说法，怎么能不产生抵触情绪？我不由分说就把《圣经》

归于《梁皇宝忏》一类，就这样成了彻底的无神论者。

"到了高中二、三年级，我各门功课越来越好，几近全优。但是对于皈依基督教，我还是不肯松口。渐渐地 Liddell 对我失去了耐心。我猜想他心里有个时间表，就是在我毕业前把我带入基督的圣殿。我虽然拒绝他的教义，但是对于他宣扬的诚实、正直、理性、公平的英国绅士伦理却接受了很多，而且在不知不觉中开始践行。这使我一生中不懂得隐瞒自己的观点、喜欢认死理，为此吃了不少亏。那时我愈发喜欢 Liddell 的分析化学课，因为它使我养成了精密分析、一丝不苟的治学习惯。同时 Cullen 的英文课讲到一些希腊文和拉丁文的词根，使我能把一串串同源的词汇比较容易就记住了，也让我觉得新奇。有一天 Liddell 给我们留了一个定量的化学分析作业，我完成得极为精确。满心欢喜地把结果写成报告，交给自己佩服甚至崇拜的老师，期待他当面称赞一番。结果他提都没提，只是在我的报告书上写了一个评语：Too good to be true. 以我当时的英文水平，当然知道这是一个很强的称赞语，意思就是非常好。可是我受了英文课上寻找词源、寻找词汇的原生义或称本义的影响，心里钻了牛角尖，越想越觉得不是滋味。Too good to be true——这句话的本义不就是'好到了不真实的程度'吗？难道他怀疑我作弊或者抄袭了？他为什么不说'Excellent'（卓越）、'Outstanding'（出众），甚至就是简单的'Very good'？因为我那时已经接受了诚实是最高品质的伦理，所以特别生气，和他闹了别扭。而在最后一年，他希望我信教的心情更迫切，对于我的抵制，他也更加失望，弄得我们俩越来越僵。后来我干脆一心一意地跟着 Cullen，走上了语言学研究的道路。如果没有那场别扭，我本来是可以成为一个不错的化学家的。"

我问父亲毕业之后和 Liddell 是否还有联系、是否有机会言归于好。您简单地摇摇头，说："我只听说他后来被日本兵抓进了集中营，送到山东去，死在那里了。"

我搜索历史，发现李爱锐和天津的英国人一起被送到潍县（今潍坊）集中营，那里关了1500名英国人。他在集中营里教孩子们化学，还辅导他们做一些体育运动。他在潍县的一个学生后来回忆，李爱锐曾诚恳地劝他们为虐待他们的日本兵祈祷，求"主"饶恕日军的罪行。1944年李爱锐不幸颅内长了肿瘤。1945年2月21日，病床上的李爱锐忍不住头颅中的剧痛，抽搐着把脖子往后仰去。大概自知结局到了，他把自己一直带在身边儿的跑鞋送给了学生斯提芬·梅尔卡夫（Stephen Melcalf），并让护士递给集中营里管乐队一张纸条，请他们演奏一曲他认为适合自己最后时刻的赞美诗《让我的灵魂宁静》（"Be Still My Soul"）。那支七拼八凑颇为寒素的小小管乐队满足了他的要求：

宁静下来吧，我的灵魂。你最好的、来自天国的朋友
带领你穿过铺满荆棘的道路，走向充满喜悦的结局。

这是那首赞美诗第一段最后的两行。这会不会是李爱锐心中流过的最后意识呢？

　　大概一两天以后吧，在2月下旬的冷风中，他的同事和个子稍大一些的学生，抬着他那口薄皮棺材，走出高高的围墙，在潍县集中营日本军官宿舍后面荒地的某个角落，刨开冻得梆硬的黄土，草草埋葬了这位优秀的运动员。他们为他钉了一个木头十字架，因为既没有油漆也没有刷子，他们就用手指蘸着黑色的皮鞋油在十字架上写下了他的名字。1989年，据说香港埃里克·利德尔基金会的人在潍县发现了他的墓地。我对这个说法持保留态度，因为难以想象那个鞋油写成的木头十字架能在40多年以后还被人们准确地发现、辨认。1991年，爱丁堡大学用苏格兰花岗岩为他在那里立起一块墓碑。而在山东潍县的日军集中营原址，有一个操场，上面也立了一块石碑，上面写着埃里克·利德尔运动场（Eric Liddell Sports Ground）。从那时起，还记得这位体育明星、教育家的世界各国人民，常常到这里来悼念他。更有意思的是，中国民间还有一个传闻，说他被埋葬在河北石家庄华北军区烈士陵园，和白求恩、柯棣华等国际共产主义战士安葬在一起。虽然这个传闻真实性不高，却反映了中国老百姓的心胸是广大的，他们能把有神论者和无神论者同样当作朋友来看待。

　　我知道父亲心里为了没能在李爱锐生前与他和解而遗憾。我教了三十多年书,最重要的一条经验是从李爱锐和父亲那里得来的:教师说话要小心翼翼、如履薄冰,千万不能伤了学生们敏感的心。另外,师生之间有了疙瘩,一定要尽早说开,免得以后大家遗憾终身。我草写这篇小文,一是为了给大家介绍这位天津出生的奥运金牌得主,二是替父亲解开一个心结。

印度才子白春晖

由于人类记忆本身既不十分可靠，又非空穴来风，家族叙事里的事实也就难免扑朔迷离，同时也不至于出了大格儿。比如先父在燕京大学任教时，到底是住在校内还是校外？校内究竟是在佟府还是在朗润园居住，抑或两处都曾搬进搬出，母亲的说法前后并不一致，和孩子们的记忆也有出入。但是父亲在燕大教过书，我家曾在燕园居住，却是可以放心的事实。所以我们家关于"小白子"的口头传说，虽不敢说是翔实的史料，却肯定是非虚构文学的良好素材，而且其可读性是大有发掘潜力的。

1947年父亲由台湾回到燕京大学教书，班上有个高鼻大眼、肤色深褐的学生，刻苦用功，进步很快。他的全名叫 Vasant Vasudev Paranjape，属于印度种姓制度中最高的一层——婆罗门。先父根据他的姓氏 Paranjape 的谐音，为其取名白春晖。后来父亲又介绍他跟吴晓铃先生学习元代杂剧，吴先生首先使用了"小白子"这个昵称。20世纪50年代初期至中期，他几乎每逢周日必来我家，请父亲给他开音韵学的小灶，我的兄姊当面都恭敬地称他"白先生"，而背后提起他，也学着大人们叫"小白子"。

那时已经是院系调整之后，我家住在旧辅仁大学（已和北京师范大学合并）坐落在西煤厂的教师宿舍。印象中房间宽大，仿佛类似现在的三室一厅，也有厨房、卫生间。最大的一间是客厅，靠墙一张八仙桌，父亲和白先生各坐一侧，上课、闲谈。一次家兄和家姊在另一个房间玩玻璃弹子，房间门没关，弹子珠滚到了客厅的八仙桌底下，家姊只好跑到桌子下面取回玻璃弹子。时值仲夏，白先生穿的是制服短裤。家姊看到他的小腿迎面骨，忽然惊呼："哈哈！白先生腿上有毛儿嘿！"

小白子听了一愣，疑惑地问先父："腿上有毛儿很奇怪吗？中国人腿上没毛儿吗？"

父亲笑着说："汗毛儿恐怕人人都是有一些的，但多数中国人毛发不重。"说罢，拉起自己长裤的裤脚，抬起腿给他看看。

没想到小白子为此大发感慨，说："啊，还是中国人进化得早呀！说什么四大文明？我有埃及、伊拉克、伊朗的朋友，他们腿上的毛儿比我还重。"说罢摇头叹息，俨然是这件偶尔发生的小事引起了他心中的某种感悟。

小白子出身于印度贵族，而贵族的社会责任（当然也是社会特权）之一，是钻研、传承印度的文化经典。研读经典必须精通梵文，所以他的最初志愿是做一个梵文学者。后来印度的政治与外交需要精通汉语的人才，所以在抗战胜利后送了一些青年才俊到中国学习汉语，小白子就是这批精英中的佼佼者。这位婆罗门是何等人物！怎能满足于"您请坐""您请喝茶"这种浅薄的口语？他天赋甚高，加上刻苦用功，很快就冲过语言关，直奔中国文化精髓而来。

1950年，中印建交，小白子也被急调回国，受聘于印度的外交部，首场工作就是为尼赫鲁总理会见中国大使馆临时代办申健做翻译，据先父和家母回忆，那时他的口语已经不错，但初出茅庐就担此大任，固然和印度急需汉语人才有关，恐怕和他的贵族出身或许也有些关系。回印度不久，他于同年又回到北京，在印度驻北京大使馆工作。他对先父说："在北京的时候，有些想家；回到新德里，又很想念北京；回了一趟印度，才知道北京已经是自己的第二故乡。"

1954年，中印关系进入蜜月期。印度总理尼赫鲁访华，受到周恩来、刘少奇和毛泽东的接见。那时小白子汉语已经大成，充当尼赫鲁与上述三位政要会谈的翻译，连周恩来都夸奖他的汉语流利纯正。尼赫鲁和毛泽东会见，最后到了告别的时候，尼氏对毛用英语说了相当长的一段话，大意是"我一听说将和您会谈，就十分激动。今天真的见到了您，更是高兴，可惜只觉得相见太晚，而且时间飞逝，刚刚见面，马上又要分别了，十分遗憾"。这长长的一串。小白子翻译的时候，稍加铺垫，然后直接引用中国经典："恨相见得迟，怨归去得疾……恨不倩疏林挂住斜晖。"据说这段翻译，使毛十分开心，高兴地站起来问小白子："你读过《西厢记》？"

这段故事，吴晓铃先生最为陶醉。虽然余生也晚，没赶上20世纪50年代早中期的热闹，但印象里至少有两次，吴晓铃先生到我家来，谈正事之前，要求先父配合他重演他们得意门生的得意场景。吴先生先请先父用英语把尼赫鲁那段话说一遍，然后他模仿自己的学生，抑扬顿挫地朗诵《西厢记·长亭送别》片段，最后要求先父站起来用湖南方音问："你读过《西厢记》？"说罢二人抚掌大笑。

我是学外语的，深知在重大政治会谈的口译中，如此恰当、精妙地运用古典文学知识，既有胆大心细的人力，也有神来之笔的天赐良机。我在美国的一所州立大学的英文系里教授英美文学三十年了，按常理，我对于语言技能的掌握，应该强于当时的白先生。但是，如果让我在重大场合中即兴地、如此恰当地引用莎剧，恐怕未必做得到：首先是没有那么大胆，另外也难得那么奇妙的巧合。故此，吴先生和先父有充分的理由为他们有眼力收下，有能力教出，如此优秀的学生而得意。

真心热爱文化、钻研学术的人，走上政途，哪怕是一路春风得意，也未必是件愉快的事情。到了20世纪50年代末、60年代初，出于众所周知的原因，中印关系突然恶化。小白子不得不离开他怀有深情的第二故乡北京，离开师长朋友们，回到印度，和先父与晓铃先生也断了音问，但是他对于中华文化的热爱没有减退。20世纪60年代初，他又被派至香港，作印度驻港总领事馆的一等秘书。他借此机会，继续钻研文化经典，并且结识了香港著名学者饶宗颐先生。二人口头相约：饶先生教白先生《说文解字》，白先生教饶先生梵文。两个单纯热爱学术的人，凑到一起，其乐也融融。可惜好景不长。一旦入了仕途，就要随时听候调动。调来调去，白先生整整二十年没能再回北京。

1979年某一天，先父和家母忽然接到印度大使馆发来的请帖，邀请他们出席印度驻北京大使馆的招待会。自从20世纪50年代末期，二十年间风风雨雨，二老从来都没收到过印度使馆的任何信息。那天突然接到请柬，二老自然想到可能是小白子回来了。二十年没见了，他如今怎样了呢？既然回来，就说明中印关系也要回暖了吧？

招待会上，二老不但见到了因"文革"而久失音问的老友吴晓铃先生，而且见到了小白子，弄明白了原委：70年代小白子当上了印度驻韩国大使。到了1979年，印度当时的外交部长瓦杰帕依（后来成为印度总理）访问中国，计划要和邓小平见面。事关重大，紧急召调驻韩大使白春晖到北京参加与邓的会谈并兼任翻译。用大使作翻译，可见印度对此次会见的重视。但是先父对政治家重视的大事并不关心，只是感慨说："小白子提了几个问题，从中可见其学力大有长进。如果当初他不从政，现在真有可能成为一个有些建树的学者了。"言外之意，竟有为之惋惜的味道。

1996年，白春晖在新德里见到了江泽民主席，成为为数不多的、见过三代中国领导人的外交家。

1995年，吴晓铃先生（2月）和先父（7月）先后辞世。追悼会上没有见到白先生的身影。外交家四处奔走，身不由己，这是可以理解的。但是，一旦他退休有了自主权，他的心还是向往着学术界和学者们的。2008年，他以"北大校友"的身份，到301医院看望季羡林先生，就说明了这一点。燕京大学被取消，校址归于北京大学。从这个角度看，说他是北大校友也情有可原。若论梵文的功力，白先生不见得低于季羡林先生，故此季先生也就从来没有教过他梵文。他去医院看望季先生，大概是出于对老一辈知识分子的崇敬，把季先生看成了老一辈学者集体的象征。由此可见，他虽然一生从政，从心底里还是向往着学术的殿堂。